Andrea Grill

DAS PARADIES DES DOKTOR CASPARI

Roman

Paul Zsolnay Verlag

1 2 3 4 5 19 18 17 16 15

ISBN 978-3-552-05744-9

Satz: Eva Kaltenbrunner-Dorfinger, Wien
Druck und Bindung: CPI Books GmbH, Leck
Printed in Germany

FSC
www.fsc.org
MIX
Papier aus verantwortungsvollen Quellen
FSC® C083411

DAS PARADIES
DES DOKTOR CASPARI

I.

DAS WICHTIGSTE SIND DIE KÖRPER. So fragil, dass ich sie nicht angreifen, nur berühren kann; mit der Spitze eines Pinsels aus Marderhaar setze ich behutsam einen nach dem anderen auf ein Stück glattes durchsichtiges Papier und die Waage, ein Gerät, wie es in Apotheken verwendet wird, auf tausendstel Gramm genau. Ich notiere ihre wöchentliche Gewichtszunahme. Sie rühren sich nicht, während ich sie halte, wirken kaum lebendig. Wenn ich sie zurücksetze in ihre Schalen, quadratische, flache Heimaten aus Plastik, ausgestattet mit Blättern, den richtigen, also solchen, die sie fressen, und feuchtem Zellstoff, kringeln sie sich zusammen, bleiben als reglose Kugeln liegen. Bis ich nicht mehr hinsehe, nachts. Wenn es dunkel ist, werden sie aktiv, kriechen hinauf zu den Spitzen der Aststücke. Ich kenne sie persönlich, verfolge und dokumentiere die Entwicklung jedes einzelnen Tieres vom Stadium des kaum einen Millimeter langen Hautsacks, der nur dafür lebt, sich mit Pflanzen zu füllen, bis zum flugfähigen Falter. Die Körper sind das Wichtigste, von Anfang an, die Unversehrtheit der Körper.

Erst wenn sie größer sind, das dritte Larvalstadium überschritten haben, nehme ich sie, vorsichtig, mit einer Pinzette. Larven, wie sie nennt, wer ihre Unfertigkeit betonen will, bestehen vor allem aus Körper – Körper und Kopf. Über und über leicht behaart, bleiben sie an meiner Pinselspitze hängen, ob sie wollen oder nicht. Das heißt: Sie haben nichts zu wollen. Das Härteste an ihnen ist die Kopfkapsel, sie bleibt bei jeder Häutung übrig und wird vom Tier selbst gefressen. Es verspeist seinen Schädel, weil ihm schon ein neuer gewachsen ist: Kauwerkzeuge, Spinndrüsen, Sehfelder aus Anhäufungen verschwindend kleiner Punktaugen, damit erblickt es, soweit bekannt, nur Schattierungen im Licht, heller oder dunkler. Hat nichts vor, als zu wachsen; weil die Haut nicht mitwächst, muss es ihr ständig wieder entschlüpfen – dreizehn Segmente, immer, so ist es gebaut. Kann riechen und tasten, bewegt acht Paar Beine: drei an der Brust, vier am Bauch und eins ganz hinten, damit das dreizehnte Segment des Larvenleibes nicht nachschleift; aus den Brustbeinen entwickeln sich die Beine des Falters, die übrigen verschwinden. Was vier Paar Bauchbeine hat, wird später ein Schmetterling, würde ein Taxonom sagen. Ich bin keiner.

Ich verfüge frei über meine Zeit, und darum beneiden mich alle, außer Heinrich. Du bist dein eigener Herr, *Teacake*, sagt Mr. Pants jedes Mal, wenn ich bei ihm tanke und jedes Mal exakt dann, wenn er den Hahn an die Zapfsäule hängt, Mr. Pants war der Erste auf Mangalemi, mit dem ich eine freundschaftliche Beziehung entwarf, ein Tankstellenbesitzer. Du bist dein eigener Herrscher, sagt er und nickt dabei zustimmend. Über etwas herrschen heißt, die Verantwortung dafür übernehmen, diese Verantwortung lastet auf mir, sie lastet auf allen, die ihre Zeit einteilen können, wie sie wollen. Ich bin verantwortlich für die Zeit, okay, nur meine Zeit, aber eine andere erlebe ich nicht, und etwas Größeres als die Zeit existiert nicht in unseren Dimensionen. Heute habe ich Zeit bis zum Abend, muss bis dahin überlegen, wo ich Futter für meine Tiere auftreibe.

Den Wissenschaftler belastet, dass er völlig allein entscheidet, was er erforscht und ob, was er erforscht hat, schon so weit erforscht ist, dass es der Welt mitgeteilt werden kann. Irrtümlich glaubt er oft, vor allem wenn er jung ist, der von seinen Kollegen ausgehende Druck sei es, was ihn so fertigmacht: die Konkurrenz. Aber das ist es nicht. Dem Wissenschaftler schwindelt vor seiner Bibliothek, deren Volumina er in einem Leben nie mehr lesen, geschweige denn erfassen wird können, denn egal welche Technologien zur Speicherung von Information erfunden werden, der Boss des Wissenschaftlers ist die Bibliothek; er schreibt dennoch Buch für Buch dazu, während sein Betrübnis, dass er für jede Seite, die er selber schreibt, hundert andere nicht lesen wird, wächst und wächst. Seine Bibliothek – sei sie digital – ist ihm eine innige unerreichbare Angebetete. Obwohl sie Nacht für Nacht im selben Raum rasten, wird er nie so in sie eindringen können, wie er es sich ersehnt. Der Wissenschaftler ist männlich – hätte ich jetzt fast geschrieben –, auch wenn er eine Frau ist. Aber das stimmt nicht. Der Wissenschaftler ist sein ganz eigenes Geschlecht und hat mit Natur wenig zu tun. Er steht im Wettbewerb mit dem Unerforschlichen, das die Ursache aller Dinge sein soll und alles Leben zusammenhält; meine Großmutter väterlicherseits hätte *dio della madonna* dazu gesagt und solche Vergleiche, wie ich sie hier anstelle, mit den Bröseln der letzten von uns verzehrten Mahlzeit vom Tisch gewischt. Der Wissenschaftler lebt in den ewigen Tiefen unstillbarer Sehnsucht, denn er ist (unglücklich?) verliebt in die Welt, interessiert sich wahnsinnig für alles. Dieses Alles braucht nicht sonderlich groß zu sein, das Ausmaß eines Wimperntierchens, wenige Mikrometer, ist mehr als ausreichend.

Calyptra lachryphagus, für mich nenne ich sie »Mützchen«. Seit zehn Jahren notiere ich jedes gelegte Ei, messe jede Puppe, fotografiere das Flügelmuster jedes Falters. Für jedes Individuum besitze ich, in Excelsheets geordnet, alle Daten: Geburtstag, Häutungsdaten, Gewicht in den diversen Stadien, Metamorphosedatum, Schlupfdatum, Lebensdauer als Schmetterling, Anzahl der gelegten Eier (falls es sich um Weibchen handelt), an welchen Tagen sie gelegt wurden, Anzahl der Verpaarungen (bei den Männchen), wie viele der Eier befruchtet sind, wie viele Raupen sich verpuppen, aus wie vielen ein Schmetterling schlüpft. Ich habe alles notiert, notiere täglich weiter. 88 Falter, 36 Puppen, 211 Raupen und zirka 2500 Eier befinden sich augenblicklich unter meiner Obhut. 38 669 Falter habe ich bisher insgesamt aufgezogen.

Raupen tragen ihre Schatten am Körper, verzichten auf Dreidimensionalität, verflachen, bis sie nicht mehr auseinanderzuhalten sind von Blättern, Grashalmen; ein Streifen teilt den Leib in eine hellere und eine dunklere Hälfte. Sogar bei mir in den Töpfen tue ich mir schwer, sie zu finden, bin oft schon überzeugt, eine sei desertiert, verlorengegangen in die falsche Richtung, weg von den Blättern anstatt zu ihnen hin. Und sehe sie dann doch wo sitzen. Sitzen, schreibe ich, dabei sitzen sie nie. Stehen oder gehen, andere Möglichkeiten haben sie nicht. In meinen Anfangszeiten als Forscher war die Suche nach den Raupen ein großes Handikap, ich war monatelang unterwegs, ohne eine einzige zu finden.

Selten gelingt es mir, die Geburt eines Falters zu beobachten, wie er nass aus dem Kokon krabbelt, mit weichen Flügeln, sie langsam entfaltet. Hat er nicht genug Platz, berühren die Flügel irgendetwas, wird das für immer sichtbar bleiben, Netz, Ast, Karton, ein Daumenabdruck, was behindert, bleibt eingeschrieben; trocknen sie unregelmäßig, bekommen sie Beulen. Die dümmste Ungeschicklichkeit ist mir einmal beim Transport passiert. Aus drei mit Watte umwickelten Puppen schlüpften, in den Schächtelchen, die Falter, mit verkümmerten Stängeln am Thorax statt Flügeln, mit denen sie wackelten, als könne das helfen, völlig flugunfähig. Insektenkrüppel, nackt, als hätte jemand sie ausgezogen und bei lebendigem Leib gekocht. Aber sie rührten sich noch. Krochen über das Papier, aus dem ich sie wickelte.

Ohne sich anzusehen hängen sie aneinander, die Leiber verbunden, festgesaugt, rühren sich nicht, berühren sich nur an der einzigen Stelle; Kuss fiele mir ein, das Wort; schwer zu lösen, Austausch von Körperflüssigkeiten, eine Eigenart von Kuss. Wäre eine nicht unzutreffende Beschreibung, aber verboten in meiner Art Wissenschaft. Bleiben sie ungestört, verharren sie so mehrere Stunden, meist drei, meinen Beobachtungen nach. Halten die Flügel geschlossen. Manchmal, wenn sie gestört werden, fliegen sie, aneinander hängend, lassen sich, sobald sie den Störfaktor nicht mehr wahrnehmen, bald wieder nieder. Davor umkreisen sie einander, umkreisen mehrere, einer ist ihnen nicht genug, auch sie wählen aus, wie, weiß noch niemand, nicht einmal ich, der nichts anderes tut als ihnen zuschauen. Das Umkreisen ist die Umarmung der Falter. Bäringer wäre entsetzt über solche Vergleiche, er darf keinesfalls lesen, was ich hier von mir gebe. Die Naturwissenschaftler haben einander innerhalb des letzten Jahrhunderts dazu gezwungen, ihre Ehrlichkeit genau einzugrenzen auf das ihnen anerzogene Vokabular und die übliche Grammatik. Zu viel Phantasie haben wir einander abgewöhnt; weil wir uns ängstigen, den Überblick zu verlieren. Anders kann ich das nicht erklären.

ÜBRIGENS, MEIN NAME IST Franz Wilhelm Rosalie Caspari, abgekürzt F. W. R. Caspari, geboren 1980 in Wien. Auch ich verlasse mich auf meinen Körper. Wie die Raupen, wie alle Lebewesen. Trainiere ihn, seine Muskeln, sein Hirn. Fitnessstudio, halbe Marathons, Zehn-Kilometer-Läufe. Bibliotheken, Vorlesungen, Vorträge, Konferenzen, Korrespondenz. Was sich durch Training nicht vervollkommnen lässt – meine Sinnesorgane –, verbessere ich mit technischer Hilfe, computerunterstützt sehe ich bis zum Mikrometerbereich gestochen scharf; schneide die Schalen von Eiern, die einen Viertelmillimeter messen, in feine Streifen; rieche, was ein Falter riecht, weil bei einem spezifischen Peak der chemischen Analyse ein Sensor reagiert, mir zeigt, dass die Antenne des Tieres zuckt, obwohl sie bereits seit einer Stunde von dem Leib, zu dem sie gehörte, der sie bis dahin in Bewegung versetzte, getrennt ist.

Mein Körper hat nicht immer dieselben Ideen wie ich. Seit einigen Wochen scheint er verwirrt, drängt zum Aufbruch. Obwohl ich gerade erst verreist gewesen bin. Dieser Aufbruch wäre ein ganz unwissenschaftlicher. Ich bemühe mich, ihn nicht zu beachten, will nicht bedrängt werden, erst recht nicht vom eigenen Körper. Sein Verlangen ist absurd. Er will die Insel verlassen, zurück auf den alten Kontinent, zurück zu meinem Vater. Geflissentlich ignoriere ich ihn. Deshalb bin ich Wissenschaftler geworden. Unabhängigkeit! Von allen, inklusive des eigenen Körpers. Mein Körper drängt mich, meine wissenschaftliche Arbeit aufs Spiel zu setzen. Aus einer Laune, einer lächerlichen Angst. Zwei Launen, zwei Ängsten, wenn ich genau zähle. Ein Brief, was ist schon ein Brief. Ja, er hat einen Körper wie ich, und eine Seele hat er. Aber Papier ist nichts mehr wert. Eine Papierseele ist flüchtig, evaporiert, Gedankengas des Verfassers; der feste Zustand wäre gegenwärtig der digitale, da ist alles überprüfbar. Ich kann so tun, als hätte ich den Papierbrief nie erhalten; auf die Post ist kein Verlass, sicher nicht auf die öffentliche. Man hätte eine private Transportfirma beauftragen müssen. Die Nachricht ist schlicht nicht angekommen. Ich zerknülle den Brief aber nicht, schiebe ihn in eine Klarsichthülle, zwischen Rechnungen von iTunes-Einkäufen, in die Mappe mit meinen akademischen Dokumenten, Rücken an Rücken mit der PhD-Urkunde. Indem ich den Körper des Briefes nicht zerstöre, nur unschädlich mache, weise ich meinen Körper in seine Schranken. Ich archiviere, was ich nicht bekommen habe.

Nackt stelle ich mich vor den Spiegel. Ich ähnle meinem Vater gar nicht, mein Körper müsste das wissen und Angst Nummer zwei eliminieren, einfach löschen, wie man ein File löscht. Click und in den kleinen Kübel rechts unten im Bildschirm ziehen. Gerade war ich im Fitnessstudio, Pudding Tarzan, nenne ich es, mache mich darüber lustig, gehe trotzdem regelmäßig trainieren, an Donnerstagen und Samstagen, das Studio ist überfüllter als die Cafés an der Strandpromenade, besonders am Wochenende; in so einem Studio ist mein Vater natürlich nie gewesen.

Mein Job ist Sport genug, sagt er, ich habe eine Kondition.

Manchmal muss ich lachen, wenn ich aus der Ferne an den Vater denke, ein zärtliches Lachen, das ihn vermisst, meinen Vater, der so bedingungslos hinter allem steht, was ich tue. Wieder hat mein Körper recht und nicht ich; ich ähnle meinem Vater, irgendwie, nicht dem Vater auf den Fotografien, dem echten lebenden. Alles ist verrutscht, aber die Einzelteile sind vorhanden, Lage und Form der Muskeln, kräftige Unterschenkel, so sehr ich mich dagegen sträube, sogar die Lippen habe ich von meinem Vater, auffallende, leicht asymmetrische Lippen.

Mit drei Fingern fahre ich über die Rücken meiner Bücher in der mittleren Reihe der Stellage, keine Liebesgeschichte zu finden, alles voll wissenschaftlicher Fakten. Oder: Die Geschichte Bäringers könnte man im weiteren Sinn als Liebesgeschichte bezeichnen, er widmet – weiht, liegt mir auf der Zunge – sein Leben diesen Tieren; weint für sie in allen Wäldern Thailands, lässt sie ihre züngelnden Rüssel in alle Öffnungen seines Gesichts stecken, will beweisen, dass sie ihn brauchen, seinen Speichel, seinen Rotz, jeden Tropfen, den seine Augen produzieren. Dass sie den Menschen brauchen, will er beweisen. Bäringer ist ein hoffnungsloser Fall.

Da sitzt ein Gecko am metallenen Fuß der Lampe in der Ecke des Zimmers, er oder sie, bei einem Reptil kann ich das nicht sagen, ohne das Tier in der Hand zu halten, hängt an einem Fuß, wie ein Turner. Es ist einer von der Sorte mit den irrealen Augen, die beim ersten Hinsehen so menschenartig wirken, wegen der Lider, mit denen er klimpert wie ein flirtendes Fräulein, ein Leopardgecko. Seltsam, die findet man eigentlich nie im Inneren von Häusern. Im nächsten Moment ist er weg. Wieder sehe ich nur meine Bücher vor mir.

Ich betrachte meine Aussicht von meinem Arbeitstisch aus, die bis zum Plafond reichende Bücherwand, die meisten dieser Druckwerke haben sich im Lauf der neun Jahre, seit ich auf die Insel gezogen bin, angehäuft. Angekommen bin ich mit einem Armvoll, der auf ein halbes Fensterbrett passte, in meinem damaligen provisorischen Zimmer direkt am Hafen, der kein heruntergekommenes Viertel ist, sondern die blühendste, schillerndste Gegend der Stadt. Dort habe ich Heinrich kennengelernt.

Von zu erfolgreichen Leuten muss man sich fernhalten, sagt Heinrich. Sich von mir fernzuhalten hat er also keinen Grund. Auf seine Vermittlung hin wohne ich im einstigen Familienbesitz eines Politikers, der ziemliche Berühmtheit erlangt hat; einer der Guten, möchte ich betonen, Heinrich kennt ihn persönlich, wollte den Kontakt angesichts der vielen Karriereschübe des Mannes aber nicht so eng halten. Ich habe ziemliches Glück gehabt (unheimliches Glück!, so mein Vater) und habe seit damals ein Haus mit drei geräumigen Geschoßen zur Verfügung, zu einem wirklich günstigen Preis. Als ich den Mietvertrag unterzeichnete, gab es noch keine Billigfluglinien, die junge Engländer für halbe Wochen über den halben Erdball fliegen; und Ausländer hatten kein Interesse, sich hier, so nahe der Hauptstadt, Port Blaise, niederzulassen. Es waren die Jahre, da mehrere Inselbewohner kurz nacheinander in der Landespolitik Bedeutung erlangten und in der Folge ihren Wohnsitz aufs Festland verlegten, die hiesigen Immobilien schnell und ohne besonderen Ehrgeiz, Gewinn zu erwirtschaften, vermieteten.

Im Lauf der Jahre habe ich das Haus gründlich umgestaltet und perfekt an die Notwendigkeiten der Schmetterlingszucht angepasst. Der erste Stock besteht aus klimatisierten Räumen, in denen sich auch die Tageslänge regulieren lässt; je nachdem, wie ich die Programme einstelle, fahren lichtdichte Jalousien vor die Fenster oder schalten sich UV-Lampen ein, bei Bedarf scheint lange nach Sonnenuntergang noch meine ganz private Sonne. Die Schaltkreise sind mit einem Alarmsystem verbunden. Falls irgendetwas nicht stimmt, werde ich per SMS verständigt. Stromausfälle sind in Port Blaise nicht selten. Das System weckt mich auch nachts, sodass ich unverzüglich einschreiten kann. Ich besitze einen benzinbetriebenen Generator, bin, im Notfall, vom Stromnetz unabhängig.

Ich liege unten im Erdgeschoß. Ganz oben, im Dachboden, den ich ausbauen ließ, ist die Puppenstube. Ich bewahre die Puppen getrennt von den Faltern und Raupen auf; im Fall eines Schimmelbefalls, einer Erkrankung, sterben nicht alle Tiere, ich bekäme wenige Tage später eine neue Generation.

Im Garten steht eine sechs mal sechs Meter große begehbare Voliere, in der ich jeden Morgen die Blühintensität der Nektarpflanzen kontrolliere, blühen zu wenige, stelle ich frische Pflanzen in voller Blüte hinein. Ein Gärtner aus der Nachbarschaft versorgt mich damit mehrmals wöchentlich, verlangt dafür nichts, keinen Cent, erkundigt sich nur regelmäßig nach dem Fortgang meiner Arbeiten, lässt sich hin und wieder einen Falter auf die Hand setzen.

Ich bin mittlerweile nicht mehr unbekannt auf der Insel. Meinen Spitznamen, Teacake, hat mir Mr. Pants verpasst, weil ich ihn anfangs, als ich gerade hergezogen war, immer um *teacakes* gebeten habe, wenn er mir eine Tasse dieses starken, bitteren Tees hingestellt hat, den hier alle trinken. Ohne diese Kuchen hätte ich den Tee nicht hinuntergebracht, runde süße Biskuitstücke, ähnlich wie Madeleines, aber zitroniger. Jede Begegnung mit Einheimischen endet normalerweise mit einem Teemoment; ohne die Kuchen hätte ich mich in den zehn Jahren also mit keinem angefreundet. Der Tee meines Freundes Mr. Pants ist weit und breit der bitterste.

Heinrich trinkt keinen Tee, niemals, das wissen alle, Heinrich gehört hier einfach dazu. Ich dagegen muss Tee trinken, um dazuzugehören.

Nichts in Port Blaise deutet auf Maria Theresia hin, kein Denkmal, keine Plakette. Die einzige Inschrift betrifft einen Meeresvermesser, den Namenspatron. ARCHIBALD BLAISE steht in Marmor, tatsächlich Marmor, wer weiß, woher angeschleppt, gestanzt auf einer Platte in der, wie ich sie nenne, *lost-glory*-Bucht, eine Art Vergnügungshafen, wo undichte Boote ins Wasser gelassen werden und manchmal aus der Peripherie angereiste Familien picknicken. Sechs Jahre lang war Mangalemi eine österreichische Kolonie, die einzige Kolonie, die wir je hatten. Wir haben sie auch bald wieder verloren, ohne etwas damit anzufangen. Dass ich überhaupt etwas von der Beziehung meines derzeitigen Aufenthaltsortes zu meinem Geburtsland weiß, verdanke ich meiner Schwester. Sie ist (seltsamerweise, denn es passt nicht zu ihr) Fan der Erzherzogin Maria Theresia; weiß alles über die von ihr gegründete Ostindische Handelskompanie, die Versuche, von Triest aus die Kolonialpolitik der Holländer zu kopieren, man fuhr dafür extra unter holländischem Kommando, wenn auch unter der Flagge des Heiligen Römischen Reiches; es geht um die Jahre nach 1776, als die Habsburger groß und mächtig übermütig waren. Sogar die Idee, Madagaskar zu erobern, tauchte auf. Das wiederum wusste ich, nicht meine Schwester. Mehr als die Erklärung der Insel zur Kronkolonie passierte nie. Sechs Mann (Österreicher im weiteren Sinn) wurden als Posten eingesetzt. Sie blieben nicht lange.

Hier auf der Insel hat niemand eine Ahnung von diesen Dingen und Geschehnissen, und ich bin historisch nicht sonderlich gebildet, beziehungsweise habe ich mich vor meinem Umzug nur mit der biogeografischen Geschichte der Insel befasst, nicht mit der von Menschen verursachten.

Manchmal gehe ich am frühen Nachmittag an den Strand, betrachte die Leute im Wasser; wie die Tropfen von ihrer Haut perlen, wie sich ihre nassen Haare an den Kopf legen, wie sie in ihrem Wesen zu glänzen beginnen. Nasse Menschen gefallen mir besser als trockene. Sie bekommen eine besondere Qualität, scheinen veredelt; durch die Schicht aus Element, das nicht ihres ist. Wenn ich ehrlich bin in meinen Selbstgesprächen und mir eine gewisse Naivität gelten lasse, wundere ich mich über die Undurchlässigkeit ihrer dünnen Haut, als hätte ich noch nie von Physiologie, Chemie oder Physik gehört. Unter diesen Umständen ziehen mich die Menschen an. Ich hätte nichts dagegen, sie zu berühren, solange sie nass sind, während ich sonst Abstand halte, besonders wenn sie in Mengen auftreten.

Zwischen den Handtüchern entdecke ich einen Bläuling im kurz rasierten Gras; auch er entdeckt hier offenbar irgendetwas. Bläulinge sind taxonomisch eine schwierige Gruppe; um ihn zu bestimmen, müsste ich ihn fangen. Von entwaffnender Geringfügigkeit, wie er da über diesen grünen Teppich flattert, der aus den langweiligsten Grassorten der Welt besteht und besticht durch Beständigkeit und Belastbarkeit. Diese Wiese lässt sich ausrollen, nach Bedarf, wächst, wo sie gegossen wird. Und jemand, auf den legendären Schlendrian der Insel verzichtend, schneidet sie immer genau zweieinhalb Zentimeter kurz.

Man spürt überall den Einfluss der Engländer, bis in die Toiletten und Bäder; dort ist es genauso angenehm wie in der Sprache. Das Englische liegt wie ein duftender, sagen wir, parfümierter Film über allem. Was auf Englisch gesagt wird, scheint halb so schlimm. Deswegen lasse ich mich auch seit Jahren Teacake nennen, ohne zu protestieren; während mir »Teekuchen« oder »Rosinenbrötchen« unerträglich wären.

Die Spuren der Habsburger in Mangalemi sind vernachlässigbar. Das Café Vienna könnte es überall auf der Welt geben, mit den paar Männern, die hier vor mehreren hundert Jahren herumschlichen, hat es nichts zu tun. Niemand assoziiert sie damit, niemand weiß davon. Man weiß aber vom verfallenen viktorianischen Friedhof. Man weiß von der »englischen Zeit«. Man liebt englischen Rasen. Im Grunde hätte man am Rand dieses Strandes auch einen grünen Parkettboden verlegen können, ökologisch gesehen wäre der ebenso wertvoll wie der momentane Rasen. Wir (der Schmetterling, ich und die Badegäste) räkeln uns hier auf einer glatzigen Stelle des Archipels, der eine Perücke verpasst wurde. Und in diesem makellos soignierten Wohnzimmer lebt das Falterchen, zumindest auf Durchflug.

Es ist ein ganzer Zoo. Die Badenden blicken und bewegen sich wie zu schnell groß gewordene junge Kätzchen. In dieser reizend zahmen Natur kennt meine Sympathie für die Mitmenschen kaum Grenzen. Ich halte mich hier auf, um ihre Schönheit bestätigt zu bekommen, ihre grundsätzliche Schönheit, das Potenzial dazu.

Heinrich nehme ich nicht mit hierher, oder anders formuliert: Heinrich hat mich bisher nie an dieses begrünte Meeresufer mitgenommen. Ihn interessiert im Wasser nur das Schwimmen. Er liebt Menschen sowieso. Wie sie aussehen, hängt vom Blick ab, würde er wahrscheinlich sagen, vom Blick, der sie einfängt.

DER TOD ERLEICHTERT MIR DAS LEBEN; auf der Insel, meine ich. Er lieferte mir Futter für die Falter; kaum andere Ereignisse liefern es so reichlich. Angesichts des Todes merken die Leute nicht, was mit ihnen geschieht, haben nach der Zeremonie keine Erinnerung daran, wie sie von einem Schwarm Nachtschmetterlingen umschwärmt wurden, sich ihnen mehr oder weniger zarte Rüssel unter die Lider drängten; sie lassen die Tränen rinnen, genieren sich nicht, vergessen auf Taschentücher, lassen sich traumwandlerisch von Insekten das Gesicht trocknen. Trösten, so nenne ich es. Ich wünschte, ich könnte den Anblick, der sich mir bietet, mit einer Filmkamera aufnehmen. Trauernde Menschen, Grabsteine, die Köpfe umschwärmt von etwas schwer Erkennbaren: einer orangegoldenen Bewegung. Wird der Sarg in die Erde gesenkt, die Asche verstreut, erstarrt sie zum Hauch. Derartige Details meiner Arbeit kann ich schwerlich im Methodenteil eines wissenschaftlichen Artikels erläutern; dabei sind sie unverzichtbar.

Gerade nehmen die Falter wieder überhand, entpuppen sich zu Dutzenden gleichzeitig, unruhig umflattern sie mich, schieben mir ihre Rüssel suchend über die Haut auf den Oberarmen, setzen sich auf meine Schultern, bleiben mit ihren geknickten Beinen im weißen T-Shirtstoff hängen, die Tarsen am Ende der Gliederfüße verfangen sich. Ich muss sie füttern. Wenn sie nicht relativ bald nach dem Schlüpfen zu trinken bekommen, entwickeln sie sich schlecht; das ist der Trick, einer der Tricks für meine Zuchterfolge.

Begräbnisse haben, seit ich mich mit *Calyptra lachryphagus* befasse, eine neue Bedeutung in meinem Leben erhalten. Manchmal reise ich mehr als hundert Kilometer weit ans andere Ende der Insel, um einer Verabschiedung beizuwohnen. Nur selten ist es eine Bestattung, bei der ein Sarg in ein Erdloch hinuntergelassen wird, viele verbrennen ihre Toten, verstreuen die Asche oder kippen sie, an dafür vorgesehenen Orten, ins Meer. Letzteres ist für meine Zwecke am allerwenigsten geeignet. Am praktischsten für mich sind klassische Begräbnisse. Nur eine Minderheit der Inselbewohner ließ sich von Missionaren zum Christentum überreden, der Großteil sind Hindi oder Muslime, ein äußerst geringer Prozentsatz konfessionslos, Letztere vor allem europäische Zuwanderer.

Je bekannter die verstorbene Persönlichkeit, desto mehr Menschen verspricht die Totenfeier anzulocken. Ein beträchtlicher Teil meiner Forschungsarbeit besteht mittlerweile im Monitoring von Exequien; man kennt mich als Zaungast, ich erhalte sogar Einladungen – auf schlechtem Papier gedruckte Karten mit verwaschenen Fotografien oder Zurufe, wenn man mir begegnet; sogar wenn ich mit geöffnetem Fenster vorbeifahre, schreit man mir nach, wo dem Nächsten die letzte Ehre erwiesen wird. Manche der Einheimischen denken, ich studiere ihre Bräuche; sie erklären mir die eine oder andere Besonderheit, von der sie annehmen, sie sei etwas, das die Welt anderswo noch nie gesehen habe.

Ich konsumiere die Trauer mir gänzlich Fremder, zeige Anteilnahme, versteht sich; und muss doch schnell wieder fort sein. Auf den Alkohol der Christen verzichten, der den Kummer ehrlich unter allen Anwesenden verteilt; auf die Gelage, Fressereien aller Konfessionen.

Ich bin mittlerweile ein Champion im unversehens Unsichtbarwerden.

Ich verschwinde, und niemand wird sagen können, wann ich verschwunden bin; es wird immer einen Zweifel geben, ob ich nicht doch fast bis zum Ende des Festes da war, und keiner wird sich trauen, mir diesbezüglich etwas vorzuwerfen. Die Konzentration, die mir diese Bestattungsdiplomatie abverlangt, ist enorm, an solchen Tagen komme ich völlig erschöpft nach Hause.

ICH SCHLICHTE MEINE TIERE in ihren Plastikbechern in Schachteln, diese in den Kofferraum und fahre über Land. Ich achte darauf, kurz vor Beginn der Zeremonie da zu sein; während die Trauergäste eintrudeln, bereite ich alles vor. Wenn der Moment gekommen ist, der Trauerzug sich in Bewegung setzt, nütze ich die Gelegenheit der Zerstreuung, entferne mich schnell und lasse die Falter aus ihren Behältern. Sie fliegen dann ganz von selber zu denjenigen, die am heftigsten heulen; glücklicherweise meist keine Kinder; Kinder sind in solchen Situationen stolz darauf, nicht zu weinen, sie kultivieren ihre Tapferkeit, Kinder wären ein Risiko, sie observieren unerbittlich, sie würden schreien, wenn eins meiner Tiere seinen Rüssel unter ihr Augenlid schiebt. Die Erwachsenen sind so mit sich selbst beschäftigt (mit ihrem vermeintlichen oder echtem Schmerz), dass sie in den Minuten, in denen der Leichnam in die Erde gelassen wird, kaum wahrnehmen, was rund um sie geschieht. Das sind die Momente, in denen sich der Schwarm auf ihren Gesichtern niederlässt.

BÄRINGER HAT MICH, WISSENTLICH ODER NICHT, falsch informiert. Ein Jahr versuchte ich erfolglos, die Tiere auf Blättern dieses verfluchten Strauches zu züchten, ein Jahr, in dem Hunderte Individuen eingingen, ich Stunden um Stunden vergeudete, ein ganzes Jahr, bis ich endlich dahinterkam, was sie wirklich fressen. Bestimmt nicht das, was Bäringer behauptet. Bestimmt nicht nur Blätter von dieser einen speziellen Strauchart; im Gegenteil, viele verschiedene Blätter von möglichst verschiedenen Baumarten müssen es sein, je mehr, desto besser. Die Raupen gedeihen bei mir bestens, ohne in ihrem ganzen Leben auch nur ein einziges Blatt des angeblich so wichtigen Strauches gesehen zu haben, geschweige denn, dass sie es gefressen hätten. Dazu kommt noch etwas anderes, das adulte Stadium betreffend: die Falter. Auch Bäringer hat nie ein Hehl daraus gemacht, nicht einmal mir gegenüber. Es ist sein ganzer Stolz. Seine Entdeckung.

»Könnte man sie Parasiten nennen?« So betitelte Bäringer kürzlich einen seiner populärwissenschaftlichen Artikel. Ganz offensichtlich hat er hervorragende Verbindungen zu den Medien, nicht nur zur Journaille – die *Neue Zürcher Zeitung* brachte innerhalb von sechs Jahren drei großformatige Berichte über ihn! –, sondern auch zum Fernsehen. Ein unvergessliches Bild von ihm aus Thailand; ein Schwärmer direkt vor seinem rechten Auge, flatternd, in der Luft, den Rüssel unter Bäringers Lidrand gesteckt, Bäringers gerötetes, blutunterlaufenes Auge, mit dem Finger aufgespreizt, in Zoomaufnahme, ein Selfievideo. Da ist er am glücklichsten, wenn ihm so etwas gelingt. Es gibt Fotos mit Faltern, die an Kuhaugen saugen, an Elefantenaugen, hervorragende Fotos, beste Qualität, viel besser als diejenigen, die er mit ausgestrecktem Arm von seinen eigenen geplagten Augen macht. Doch die Bilder der tränenden Tieraugen befriedigen ihn nur marginal, er will beweisen, dass viele Schmetterlingsgattungen Menschliches aufsaugen, die privateste aller Flüssigkeiten.

Er stellt sich auf eine Lichtung, eine halbwegs offene Stelle im Wald, achtet darauf, dass der Mond nicht zu stark leuchtet, wählt die Tage sorgfältig; wartet. Wenn sie kommen, lässt er sie an seinen Lidrändern Platz nehmen, wartet und wartet weiter reglos, bis einer den Rüssel darunter schiebt. Er fotografiert. Das Blitzlicht verscheucht das Tier, aber das Foto erscheint in Bäringers nächster Publikation. Trotzdem bleiben seine Beweise anekdotisch. *Calyptra lachryphagus* an sich interessiert ihn kaum, ihm geht es darum, immer wieder eine andere Art zu finden, immer wieder eine neue, die unter anderem *auch* Menschenwasser trinkt. Dass es eine Art geben könnte, die menschliche Tränen trinken *muss*, um zu überleben, lässt sich nicht einmal Bäringer träumen.

Wenn er mit Journalisten spricht, berichtet er von dem »sanften und schmerzlosen Gefühl«, das Schmetterlingsrüssel ihm verursachen, wenn sie aus seinem Auge saugen. Wenn er wüsste, was ich züchte, wie weit ich schon bin! Womöglich weiß er es, und es tangiert ihn nicht. Wir haben den Kontakt abgebrochen, ein sanfter Bruch – um seine Worte zu verwenden –, ein schmerzfreies Gefühl, weniger spürbar als ein Schmetterlingsrüssel.

ICH SETZE VIER MÄNNCHEN UND ZWEI WEIBCHEN in einen Käfig von vierzig mal vierzig mal vierzig Zentimeter Größe; diese Käfige macht mir eine Behindertenwerkstätte, von Engländern eingerichtet, ob sie Missionare waren, weiß ich nicht. »Behindert« zu sagen ist verpönt zu Hause in Mitteleuropa, schreibt meine Schwester, und die Online-Zeitungen bestätigen ihren Bericht. Hier, wo manche Person beinlos über den Strand kriecht, sich auf den Armen dahin frettet, wirkt diese Debatte künstlich. Die kleine englische Werkstätte nimmt, je nachdem, was es zu tun gibt, auch tageweise Leute an, ist angesehen auf der Insel, man ist den Engländern dankbar, dass sie gewisse Institutionen eingerichtet haben. Daran musste ich mich erst gewöhnen, anfangs, als ich auf die Insel kam, dass die Leute den Kolonialisten dankbar sind. Ich hätte erwartet, sie wären heilfroh, sie endlich davongejagt zu haben; auch dass sie das Englische hassen würden, hätte ich erwartet. Nichts davon. Sogar für den aufgelassenen Friedhof aus dem 18. Jahrhundert sind sie dankbar, ist er doch immerhin etwas, das man Touristen zeigen kann, den Tauchern an den Tagen, an denen das Meer zu unruhig ist, die Tauchgänge aus Sicherheitsgründen abgesagt werden. Dann wirbt man mit leicht gruselig gestalteten Flyern für Ausflüge zum englischen Friedhof. Gruselig ist dort nichts, und für meine Zwecke ist der Ort völlig ungeeignet, seit Jahrhunderten wurde dort keine Träne mehr geweint, ich überlasse ihn den Einheimischen gerne.

In der englischen Werkstätte also bestelle ich bei Bedarf neue Käfige, es sind gute Erzeugnisse, stabil und aus hübschem hellen Holz gemacht, das Netzmaterial lasse ich mir aus Australien kommen, dort stellt eine Firma besonders feinmaschiges, glattes Netz her, ich halte es gern in den Fingern; auch das ist wichtig. Für mich zumindest. Anderen Kollegen sind solche Details egal, Hauptsache, es tut seinen Dienst, sagen sie. Bäringer ist einer von ihnen. Stolz teilte er mir (als wir noch korrespondierten) wieder und wieder mit, wie billig er dies oder das besorgen könne. Er zum Beispiel nimmt Käfige, die andere Labors ausrangiert haben, in unterschiedlichen Größen, mit irgendwelchem Netzmaterial. Ich sage: Nein, es muss sich gut anfühlen, genau das Material sein, das ich will. Je feinmaschiger das Netz, desto geringer die Chance, dass Parasiten eindringen, meine Zucht gefährden.

Bäringer setzt sich über solche Bedenken hinweg. Ihm geht es um ihn selbst, um seine Berühmtheit. Wie schlampig seine Zucht beisammen ist, sieht man auf den Fotografien der Illustrierten, denen er Interviews gibt; die Höhle eines Irren, möchte man bei dem Anblick sagen. Er gefährdet das Ansehen unserer Disziplin. Nicht alle experimentieren mit fettigen Haaren in schmuddeligen Löchern, das zu betonen ist mir wichtig.

Die Weibchen wählen die Männchen, das ist die Hypothese meines Experiments; eine gewisse Wahlmöglichkeit haben auch die Männchen, deshalb diese Zahlen: zwei zu vier. Ich möchte beweisen, dass es so ist. Das Weibchen wählt, aber das Männchen sucht sich das absolut jüngste Weibchen aus, sei es nur eine Stunde jünger als das andere, nur dreißig Minuten jünger, das Männchen merkt das. Ist keins der beiden jung genug, hat keins der beiden Erfolg; das Männchen führt dann zwar alle in ihm vorgesehenen Verhaltensweisen durch, zwanglos, die Falter flattern stundenlang einmal in der einen, einmal in der anderen Ecke des Käfigs, saugen an den Fruchtstücken, die ich ihnen hinlege, spielen ihr Balzverhalten durch, *flirten* miteinander, sonst geschieht aber nichts.

Ich liebe es, das zu beobachten, es verschafft mir ein unglaubliches Glücksgefühl, ich weiß: Sie tauschen nur Pheromone aus, Geruchsstoffe. Doch imaginiere ich Zärtlichkeit hinein. Und könnte es nicht sein, dass es sich um etwas handelt, das wir zärtlich nennen, weil ich es doch so wahrnehme und auch die Tiere immer aufgeregter werden, ganz schnell und immer schneller mit den Flügeln schlagen, die Fühler aneinander reiben, sich nah beieinander hinsetzen, noch näher, fortwährend flatternd, aufgeregter und aufgeregter? Wenn wir es Aufregung nennen, weil wir es so nennen können, kann es für die Tiere nicht etwas Ähnliches sein?

Diese Experimente faszinieren mich, ich bekomme nicht genug davon, wieder und wieder setze ich sechs Individuen in einen Käfig; manchmal stelle ich zwei oder drei oder vier Käfige gleichzeitig nebeneinander auf und erhalte so eine größere Anzahl Stichproben pro Tag. Das ist wichtig, genug Stichproben, ich will ja publizieren, bei aller Liebe zur Beobachtung. Alles, was man sagen will, muss schriftlich gesagt werden, damit es zählt.

Schreiben, schreiben, schreiben, dafür bin ich nicht Wissenschaftler geworden. Ich habe mich aber daran gewöhnen müssen, und mittlerweile muss ich achtgeben, nicht mitgerissen zu werden, von dem Sog, der Publikationen in hochrangigen Journalen umgibt. Nicht was ich getan, nur was ich geschrieben habe, gilt. So ist das.

An manchen Tagen bildet sich kein Paar, manchmal bildet sich tagelang kein Paar, weil immer wieder etwas nicht stimmt, etwas mit dem Altersunterschied der männlichen und weiblichen Falter, etwas mit ihren Pheromonen, wer weiß das schon. Ich will es wissen! Ich setze immer wieder andere potenzielle Paare zueinander, immer wieder sechs Falter in einen Käfig. Manchmal verzähle ich mich, fluche mit mir: Wie kann man sich bei sechs Tieren verzählen? Ökologen sind die schlechtesten Mathematiker, nicht einmal zählen können sie, schelte ich, wenn Heinrich nicht in der Nähe ist. Heinrich mag es nicht, wenn ich fluche. Nein, er hasst es. Auch wenn es ihn nicht betrifft; er will mich nicht schimpfen hören.

In einem offenherzigen Augenblick – wir saßen am Hafen wie am Anfang, als wir uns kennenlernten, waren uns zufällig begegnet, als ich eine Besorgung machte, er herumschlenderte, vorschlug: Wie wär's mit einem Bier – als wir da saßen, im Schatten, denn niemand auf der Insel sitzt in der Sonne, nur Touristen, da habe ich ihn gefragt, was ihn wirklich stört an mir. Er hat lange überlegt, mehrere Minuten lang. Wenn du fluchst, sagte er dann, wenn du fluchst, das verkrafte ich nicht. Wenn du aufhören würdest zu fluchen, bitte, dann gäbe es nichts, was mich an dir stört.

Heinrich flucht niemals. Ich führe das auf unterschiedliche Erlebnisse in der Kindheit zurück. Bei uns wurde lautstark gestritten, dann war es wieder gut, die Mannigfaltigkeit der österreichischen Schimpfwörter habe ich früh gelernt; seine Eltern fluchten offenbar nicht. Haben sie nicht, sagte Heinrich, nein, aber ich würde diese Kindheitsgeschichten nicht überbewerten. Wenn man erwachsen ist, kann man sich ruhig dafür entscheiden, glücklich zu sein; man ist seiner Kindheit nicht hilflos ausgeliefert. Wenn man an keinen Gott glaubt, wieso dann daran, dass einem die Kindheit das Schicksal vorschreibt? Als Atheist oder Agnostiker, wie du willst, kann man per Definition an kein Schicksal glauben. Warum dann also daran, dass einen Menschen, deren Gene man trägt, die also naturgemäß das Beste für einen wollen (das ist doch Biologie?), fürs Leben schädigen würden, nur weil sie ab und zu gesagt haben, iss auf, sonst spielst du nicht Ball, die Kinder in Afrika hungern?

Gewisse finanzielle Voraussetzungen erleichtern einem das eine oder das andere, klar; und ich spreche jetzt nicht von heftigen körperlichen Misshandlungen, ich spreche von einer, nennen wir sie, normalen mitteleuropäischen Kindheit. In Mitteleuropa ist es modern geworden, mit seiner Kindheit zu hadern, seit dem Zweiten Weltkrieg, würde ich sagen. Heinrich war in einen Redefluss geraten und nicht zu stoppen, obwohl sein Glas leer war und ich Anstalten machte, die Aufmerksamkeit des Kellners auf uns zu ziehen.

Die Kindheit ist eine sichere Quelle für Gründe zur Unzufriedenheit, sie erlaubt einem, sich von der Verantwortung für das eigene Leben freizusprechen; dafür, dass es verläuft, wie es verläuft, und man diesen Verlauf nicht notwendigerweise als optimal erlebt. Mangels eines anderen möglichen Verantwortlichen wie ein Gott beispielsweise, ein Geist, eine Seele. Was es diesbezüglich gegeben hat, wurde weggeforscht. Alles ist eben Körper. Und wann ist man körperlicher als in der Kindheit?

Ich weiß nicht mehr genau, wann wir das Gespräch geführt haben, wie lange das her ist; ich nahm einen Schluck und nickte. Ich widerspreche Heinrich gern, einfach aus Lust am Widerspruch, an der Debatte, wir führen herrliche Debatten miteinander, freundlich heftige, äußerst anregende Debatten. Doch damals fiel mir nichts ein.

Ich hantiere mit den Schmetterlingen, schneide Früchte für sie, so verbringe ich meist meine Vormittage. Die Experimente gehen nie so glatt, wie ich es mir erhoffe, das gehört dazu; doch wenn mehrere Tage vergehen und keine Verpaarung geglückt ist, wenn ich zähle und zähle, mich verzähle, aber jedenfalls weiß, dass die Zahl hundert, die ich mir als Endzahl der Wiederholungen meines Experiments vorstelle, noch lange nicht erreicht sein wird, zu wenige Tiere geschlüpft sind oder zu viele Weibchen oder zu viele Männchen, lässt die Konzentration nach.

Ich hantiere, und meine Gedanken begeben sich auf Wanderschaft, ich schneide Orangen in Scheiben, lege die Scheiben auf den Käfig, beobachte, wie das eine oder andere Weibchen den Rüssel ausrollt, zu saugen beginnt, treibe meine Gedanken zusammen wie eine Schar vierbeiniger Weidetiere. Die Weide wäre, was ich bisher erlebt habe, auf der Insel und anderswo. Ich muss mich konzentrieren, ich filme die Tiere bei der Balz, möchte in einem anderen Artikel ihr Balzverhalten beschreiben, detailliert. Immer wieder frisst ein Gedanke hier und da ein Büschel Gras.

ALS ICH AUF DER INSEL ANKAM, war es das erste Mal, dass ich mit wissenschaftlicher Tätigkeit etwas verdiente. Geld, meine ich. Schon das machte mich ziemlich euphorisch. Ich weiß nicht, was mich dazu brachte, eine mehrjährige wissenschaftliche Arbeit auf der vagen Hoffnung zu gründen, eine als ausgestorben geltende Art wiederzuentdecken; eine Intuition, ein Bauchgefühl. Ich *wusste*, ich würde *Calyptra lachryphagus* einmal in der Hand halten. Nein, es war mehr als Wissen: Es war Gewissheit. Nirgendwo die Spur eines Zweifels. Ich würde das Tier finden.

Bäringer, der meinen Falter in den sechziger Jahren entdeckte und beschrieb, derjenige, der – bis ich daherkam – als der Experte galt, einer der drei oder vier Leute weltweit, die *lachryphagus* überhaupt je gesehen hatten, Hans Bäringer hatte aus »anekdotischen Beweisen« (ich zitiere hier seine Worte) »konkludiert«, die Art fresse ausschließlich Blätter eines in seinem Vorkommen auf die Insel beschränkten Strauches.

Den Rückgang des Strauchvorkommens machte er einige Jahrzehnte später in einer auf Modellen basierenden hypothetischen Abhandlung über den Einfluss des terrestrischen Klimawandels auf die Artenvielfalt Mangalemis dafür verantwortlich, dass *lachryphagus* mittlerweile unauffindbar war: ausgestorben.

Bäringers Arbeiten faszinierten mich und lieferten mir

ein Ziel; beweisen, dass die Art nicht ausgestorben, nur sehr sehr selten geworden war.

Ich war gut vorbereitet. Hatte alles Notwendige bei mir, Fotos, Zeichnungen, Detailbeschreibungen, die gesammelten Werke Bäringers, und eigene, anhand von Museumsexemplaren angefertigte 3-D-Animationen. Bäringer hatte dafür gesorgt, dass seine Typenexemplare in den wichtigsten Sammlungen Europas vertreten waren. Ich hatte sie alle gesehen.

Ich flog nach Mangalemi, nahm mir ein billiges Pensionszimmer, begann mit der Suche. Wochenlang, täglich bis zu zehn Stunden, tastete ich Sträucher und Bäume ab, kletterte Hunderte, Tausende Male auf meine hohe Klappleiter, aus extra leichtem Material, damit ich sie auf den Rucksack geschnallt relativ mühelos tragen konnte; mit einem separaten Reifen befestigte ich die Leiter am Stamm des Baumes, den ich erklimmen wollte, sicherte mich mit einem Kletterseil in regelmäßigen Abständen an Ästen. Die Bäume waren oft fast fünfzig Meter hoch, und ich war allein; stürzte ich ab, wüsste niemand, wo ich war.

Rückblickend ist es mir rätselhaft, was mich durchhalten ließ, welche Energie mich damals befallen hatte. Ich erinnere mich an keinen Moment, in dem ich gedacht hätte, ich höre auf, fliege nach Hause, zurück in mein bequemes europäisches Leben, die angenehme Temperiertheit der Bibliotheken und Buchhandlungen, der Museen und Sammlungen; dorthin, wo mich wenigstens der eine oder andere kennt.

In den ersten Monaten auf Mangalemi wurde mein Enthusiasmus auf die Probe gestellt. Monatelang fand ich nichts. Kein einziges Individuum, weder Falter noch

Raupe, von Eiern ganz zu schweigen; auch keine Puppe. Nach einer Weile knüpfte ich hier und da Gespräche mit Einheimischen an. Ihr Interesse an mir und warum es mich auf ihre Insel verschlagen hatte, war groß. Jeder war bereit, mit mir zu plaudern.

Ich zeigte ihnen Abbildungen des Schmetterlings. Ob sie den kannten? Schon einmal gesehen hatten? Und wenn ja, wann zuletzt und wo? Eine Kellnerin, eine Barfrau eigentlich, war die Erste, die behauptete, ja, sie hätte ihn gesehen, auf einer Wanderung mit ihrem Verlobten und dessen ausländischen Verwandten. Sie seien durch ein Waldgebiet gegangen, sagte sie. Das Gebiet kannte ich bereits, war auch kurz da gewesen. Es erschien mir zu klein, zu fragmentiert, zu nahe am menschlichen Siedlungsraum. Als ich dem Wäldchen einen neuerlichen Besuch abstattete, mit meiner Leiter wieder zig Bäume bestieg, erfolglos, war ich kaum überrascht. Hinweise von Nichtfachleuten bringen im Normalfall wenig. Sie orientieren sich an falschen Merkmalen, lassen sich von Farben und Flügelmustern zu voreiligen Schlüssen auf Ähnlichkeiten verführen.

Ich nahm Kontakt mit Bäringer auf, der schon auf Umwegen von mir gehört hatte, schrieb ihm ein E-Mail, legte mein Projekt dar. Bäringer hatte zuletzt 1965 einzelne Individuen beobachtet, bei folgenden Expeditionen nichts gefunden und folglich das Tier für ausgestorben erklärt. Er antwortete zuerst nicht, wenigstens mir kamen die vier Tage, die er brauchte, um eine Antwort zu formulieren, endlos vor; dann vehement: Die Art sei ausgestorben, mein Vorhaben unsinnig. Ich könne sofort wieder abreisen, mir Geld und Anstrengung sparen. Er machte trotzdem noch einige Angaben zum Habitat, in dem er die Falter vor mehr als 35 Jahren zuletzt beobachtet hatte, damals als junger Mann – das verkniff er sich nicht zu betonen –, fast so jung wie Sie jetzt, schrieb er mir, irgendwie doch wohlwollend, obwohl er keinen Zweifel daran ließ, dass das Forschungsgebiet, in dem ich mich aufhielt, sein Territorium war. Er hatte es entdeckt und abgesteckt. Suchen Sie auch an den Blattunterseiten, riet er mir, suchen Sie im dichtesten Dickicht, lassen Sie sich nicht davon abhalten, dass die Lianen das Durchkommen erschweren, Falter nehmen Lianen nicht als Obstakel wahr.

Er hielt mich für einen noch blutigeren Anfänger, als ich es tatsächlich war. Ich muss aber zugeben: Auf seine Hinweise hin nahm ich neuen Anlauf, suchte sorgfältiger, sah mir die Unterseiten der Blätter genauer an, sah mir die ganzen Bäume von unten bis oben genauer an. Noch genauer. Es gibt immer eine Steigerung. So ist das in der Wissenschaft. Aber vielleicht ist das überhaupt so.

Aktiv suchte ich vor allem Raupen, nachmittags. Nachts hängte ich Lichtfallen in die Bäume, an einen Ast im oberen Drittel, sie locken Schmetterlinge an, die sich im nächtlichen Wald bewegen, unerbittlich, keiner widersteht der Anziehungskraft des Lichts. In jeder Falle befanden sich am nächsten Tag Hunderte Tiere, die ich sortieren musste; teilweise verklebt vom Chloroform. Unten in so einer Falle hängt eine Flasche, das daraus aufsteigende Gas betäubt die Falter.

Ich schob sie mit meiner Pinzette vor mir hin und her, drehte sie auf die eine und andere Seite, zumindest dreißig Sekunden widmete ich jedem Exemplar. Die meisten waren glücklicherweise zu klein, sie waren bestimmt nicht *lachryphagus*, die weniger als einen Zentimeter großen konnte ich rasch aussortieren; ich sah sie mir trotzdem an, zumindest in den ersten Wochen. Bestimmen konnte ich fast gar nichts oder nur unter großem zeitlichen Aufwand, es gab kaum Literatur, keine Bestimmungsschlüssel, eine Reihe von Tieren waren vermutlich Neubeschreibungen für die Wissenschaft, auf jeden Fall Neufunde für die Insel.

In den Tropen ist die Vielfalt gigantisch. Genau diese Vielfalt hatte mich ursprünglich dazu veranlasst, das Fach zu wählen, das ich jetzt meines nenne, wie ich *lachryphagus* meine Art nenne: Biologie. Die schwindelerregende Unübersichtlichkeit der Lebewesen, da eine Systematik hineinbringen! Genau diese Vielfalt wurde mir jetzt zu viel.

Ich warf die betäubten (oder toten) Falter weg, aß bei einem der Kioske am Hafen zu Mittag, gebratenen oder gebackenen Fisch mit scharf gewürztem Gemüse oder Reis als Beilage, genehmigte mir eine kurze Rast, legte mich in den Schatten, nie länger als dreißig Minuten; und machte mich wieder auf den Weg in den Wald, auf die Suche nach Raupen. In der Dämmerung hängte ich wieder Lichtfallen in die Bäume. Morgens holte ich, so früh es mir gelang, die mit einem Wirrwarr aus verklebten Flügeln und feuchten Bestandteilen von Insektenkörpern gefüllten Behälter; sortierte sie.

Jedes Mal, wirklich jedes Mal, wenn ich den Inhalt einer Falle auf das weiße Tischtuch schüttete, auf dem ich arbeitete, bekam ich aufgeregtes Herzklopfen; ein Zustand wie Verliebtsein, wenn der- oder diejenige sehnsuchtsvoll erwartet wird; gleich da sein wird. Mein Warten blieb vergeblich, monatelang.

Auch die kurze Korrespondenz mit Bäringer änderte daran nichts, im Gegenteil; ich ertappte mich dabei, dass ich ab und zu erwog, mein Stipendium abzubrechen. Da lernte ich Mr. Pants kennen. Junge, du brauchst ein Auto, sagte er zu mir, als ich eines Abends spät noch zwei Bier bei ihm kaufte. Alle Lokale hatten geschlossen, nur Mr. Pants' Tankstelle war offen. Ich war müde, kam gerade aus dem Wald. Er sah es mir an.

Wozu soll ich ein Auto brauchen? Der Wald ist doch ganz in der Nähe.

Du brauchst ein Auto, Junge, um auf andere Gedanken zu kommen, sagte Mr. Pants und bot mir einen rostroten und auch rostigen Wagen an, der bei ihm auf dem Parkplatz stand. Eine Spritztour? Du musst die Insel erkunden, die ganze.

Mr. Pants war sehr mager und sehr dunkel, das einzig Überschwängliche an ihm war sein Mund, mit einer Reihe perfekt wie Perlen glänzend gereihter Zähne, die er bereitwillig jedem zeigte, der sich in seine Nähe begab. Während ich auf der Stufe zu den Zapfsäulen saß, mein Bier trank, und er auf einem grünen Plastiksessel sein spätes Abendessen löffelte, bekam ich diese Zähne mindestens alle zehn Sekunden zu sehen. Mr. Pants lachte schallend über mein Vorhaben, das ich ihm, auf seine aufrichtig interessierten Fragen hin, erklärte.

Junge, sagte er, warum holst du dir nicht Hilfe, warum machst du das ganz allein?

Wissenschaft geht nur allein, antwortete ich ihm aufrichtig; sonst wird man abgelenkt, ungenau. Ganz glaubte ich mir selber nicht, was ich sagte, ich scharrte mit meinen Schuhen im Staub der Tankstelle.

Aha, sagte Herr Pants, dem man nichts vormachen konnte, das glaubst du wohl selber nicht recht, nicht wahr.

Er bot mir trockene Kekse an, stand auf und ließ einen Blechvorhang vor der Baracke herunterrattern, von der aus er handelte. Ich wollte Abschied nehmen, ihm für die Unterhaltung danken, machte ein paar Schritte rücklings und entdeckte unter meinen Sohlen Erstaunliches.

Schmetterlingsflügel, ein halbes Paar, mit einem mir verführerisch bekannten Muster. An sich nicht sonderlich spektakulär, bestimmt nicht so schön, wie man es von Schmetterlingen erwartet; die Flügel waren bräunlich, mit feinen hellgelben und hellroten Streifen, ziemlich groß allerdings. Sie besaßen auch Augen, sie lagen auf der nach unten gekehrten Seite im Staub der Tankstelle. Ich bückte mich, hob sie auf, drehte sie hin und her und war meiner Sache ganz sicher.

Das ist er, Mr. Pants, sagte ich zum Tankstellenbesitzer, da ist das Tier, das ich die ganze Zeit gesucht habe. Mr. Pants zeigte seine Zähne.

Ich steckte die Flügel in ein kleines Säckchen aus glattem durchsichtigen Papier, das ich für solche Zwecke immer bei mir trage; früher hat man in solchen Säckchen Briefmarken verkauft. Auf dem Weg in mein Pensionszimmer machte ich einen Luftsprung, einen richtigen, echten, den einzigen, an den ich mich in meinem Leben erinnern kann. Es war so weit, ich hatte es bewiesen. Wo ein toter Schmetterling ist, müssen auch lebende sein!

In der Nähe der Tankstelle war ein baumbestandener Erdfleck und einige verhungernde Büsche, sonst wuchs nichts, nur Öllacken; nie hätte ich erwartet, hier Calyptren zu finden. Gleich am nächsten Tag würde ich Lichtfallen platzieren. Diese Nacht gönnte ich mir eine Pause. Ich genoss meinen ersten Erfolg; ein Zufallserfolg, trotzdem nur meiner Beharrlichkeit zu verdanken. So viel habe ich in der Anfangszeit meiner Arbeit immerhin gelernt: Das Wichtigste für einen Wissenschaftler ist, dass er sich selbst ermutigt. Vielleicht ist es eigentlich das, was ein Student während seiner Doktorarbeit lernen muss.

Es vergingen noch mehrere Tage, an denen ich meine nächtliche Beute in der Früh vergebens sortierte. Aber alles war anders. Ich wusste, irgendwo waren diese Tiere; wenn ich lange geduldig genug war, würden sie mir ins Netz gehen.

Dann entdeckte ich auf einem einzigen Ast drei Raupen, die haargenau auf die Beschreibungen und zu den Zeichnungen aus Bäringers Artikeln passten. Um sicher zu sein, welche Art es war, einen Beweis zu haben, ein Foto für eine Publikation, würde ich sie aufziehen müssen, bis die Falter schlüpften.

Mittlerweile, heute würde ich sequenzieren, wenn sich mir so ein taxonomisches Problem stellte, vor zehn Jahren war das noch weniger üblich und teurer; und vor allem hatte ich keine Vergleichssequenzen und keinen Zugang zu einem Labor, keinerlei Verbindungen zu anderen Wissenschaftlern mit Ausnahme Bäringers. Und er verachtete alle Laborratten, wie er sie nannte; ich habe es schriftlich von ihm.

Den Raupen legte ich den Boden eines Gurkenglases mit einer Schicht Zellstoff aus (eigentlich schlicht vierlagiges Toilettenpapier, ich arbeite bis heute damit, es hat genau das richtige Format, die richtige Konsistenz); darauf einige Blätter des Baumes, von dem die Raupen stammten; feuchtete alles an, nicht zu sehr, damit kein Wasser im Glas stand, sich kein Schimmel bildete, aber genug, dass die

Tiere nicht austrockneten. Das Austrocknen ist die größte Gefahr bei der Schmetterlingszucht; in unseren Wohnräumen ist die Luft viel zu trocken, daran sterben die meisten Falter, die von Leuten einfach mit nach Hause genommen und dort gehalten werden: an Austrocknung.

Begeistert schrieb ich Bäringer. Er gratulierte mir nicht. Er säte Zweifel, postulierte, es würde mir keineswegs gelingen, die Raupen durchzubringen, selbst wenn es sich um die Art handeln sollte, die ich suchte, er bezweifelte die Identität der Flügel, die ich an der Tankstelle gesammelt hatte; er behauptete, es gäbe eine leicht verwechselbare ähnliche Art, eine weitverbreitete, gar nicht seltene, er war sich sicher, ich müsse mich geirrt haben; sogar dann noch, als ich ihm Digitalfotos schickte, auf denen die schmalen gelben Linien und die drei kaum wahrnehmbaren orangefarbenen Zacken an der Unterseite der Hinterflügel, die *Calyptra lachryphagus* eindeutig von allen verwandten Arten unterscheiden, deutlich zu erkennen waren.

Jedenfalls, so schrieb Bäringer, müsse ich die Raupen täglich mit frischen Blättern eines speziellen Strauches füttern. Die Blätter des Baumes, auf dem ich sie gefunden hatte, fräßen sie ganz sicher nicht, er habe das in mehreren Experimenten bewiesen, ich solle nur da und dort nachlesen (er zitierte mir zwei seiner neuesten Veröffentlichungen und sandte auch die PDFs). Der Strauch sei noch keine wissenschaftlich beschriebene Art, gehöre höchstwahrscheinlich zum Genus *Actephila spp.*, ein Wolfsmilchgewächs (so viel war mir selber bereits aufgefallen), sei aber eine endemische Form davon, und die Larven meiner *Calyptra* – falls sie es überhaupt waren! – gediehen obligat nur an dieser Pflanze.

Ich verbrachte noch mehr Zeit im Wald, suchte und suchte nach den wahrlich äußerst seltenen Büschen, verbrachte meine Abende, indem ich mit rotgeränderten Augen auf die drei Raupen starrte, die ganz und gar nicht gut gediehen. Im Gegenteil, sie verschimmelten bei lebendigem Leibe. Zuerst bildeten sich dunkle Stellen an ihrem Abdomen, die sich dann in kürzester Zeit auf das ganze Tier ausbreiteten. Innerhalb von zwei Wochen waren alle drei tot. Eines, es war das größte Tier gewesen, fast doppelt so groß wie die anderen, hatte sich sogar verpuppt, doch aus der Puppe ist nie etwas geschlüpft, solange ich sie auch aufbewahrte. Ich besitze sie noch jetzt.

Mr. Pants mit seinen Witzen und seinen blitzenden Zähnen hat mich in dieser Zeit unglaublich unterstützt; moralisch, indem er sich fortwährend über meine Arbeit lustig machte; auf liebevolle Weise, indem er mir immer wieder ein Bier spendierte. Er brachte mir zu Bewusstsein, was mir meine Arbeit bedeutete. Dass ich die Insel unmöglich verlassen würde können, bevor nicht die Falter gefunden waren. Lebendig. Fruchtbar. Züchtbar.

Ungefähr einen Monat nach dem Tod der Raupen passierte endlich das Langersehnte. Ich schüttete den Inhalt einer Falle auf das weiße Tuch vor mir und sah sie sofort: drei Individuen von *C. lachryphagus.* Im selben Moment der Schreckensgedanke: Wenn sie nur nicht zu Tode betäubt sind! Sie waren intakt, in perfektem Zustand, kaum abgeflogen, einen besseren Beweis, dass die Art tatsächlich nicht ausgestorben war, konnte ich mir nicht wünschen. Aber: Nur einer der drei Falter erholte sich so weit, dass ich hoffen durfte, ihn eine gewisse Zeit beobachten zu können. Es war ein Weibchen. Sie sind oft zäher als

Männchen; zum Glück für mich und mein Projekt! Dieses Weibchen bildete mit fünf weiteren, die ich mit einer anderen Technik, nur durch Anlocken, ohne Anästhetikum, fing, den Grundstock meiner ersten Zucht. Diese Zucht, ich sage es gleich, ging neuerlich fatal schief. Von den Hunderten Raupen, die aus den in die Tausende gehenden Eiern, die die beiden Falter legten, schlüpften, starben alle. Fünf verpuppten sich. Diese Puppen habe ich auch noch immer.

Mein Verhältnis zu diesen Schmetterlingen gleicht, könnte man sagen, und nicht einmal nur in Retrospektive, nein, bis jetzt, bis zu diesem Augenblick, in dem ich das niederschreibe, einer Ehe im Sinne Dostojewskis; große Gefühle, endlose Missverständnisse, Enttäuschungen, Erklärungsversuche, Geldknappheit – und all das zu niemandes Nutzen, weder für mich noch für andere.

ICH MUSS MIR EINE ANDERE STRATEGIE ÜBERLEGEN. In den letzten Wochen habe ich Schwierigkeiten, genug Material zu bekommen. Die Menschen hier sterben zu selten, nur zwei Tote auf der Insel im ganzen Monat; dreißig Tage und nur zwei Bestattungen. Die schlechteste Nachricht, die es für mich geben kann: zu wenig Tote. Wir haben keine Überalterung auf Mangalemi, nein, einen Überschuss an Jugendlichen; sogar Teenager sind hier schon im Erwerbsleben aktiv, treten als Geschäftsleute, Journalisten und Politiker auf. Und die Leute, besonders die Bestattungsunternehmer, fragen mich mittlerweile nach den Ergebnissen meiner nichtexistenten Studie über Bestattungsriten auf Mangalemi, schließlich arbeite ich (ihrer Wahrnehmung nach) schon fast ein Jahr daran. Seit einem

Jahr melke ich trauernde Insulaner für wissenschaftliche Zwecke, andere Zwecke allerdings, als sie denken.

Sie haben einzigartiges Material, sagte der Bestattungsunternehmer unlängst zu mir, anerkennend, selten hat ein Fremder so viel Energie in die Erforschung der Kulturgeschichte der Insel gesteckt.

Ich nickte bescheiden, zog mich geschwind in meinen Wagen zurück, während die letzten Trauergäste noch ihr kostbares Nass an Taschentücher verschwendeten. Das war die letzte Bestattung, an der ich teilgenommen habe, seither, siebzehn Tage lang, nichts. Kein einziger Toter.

Seit meine Zucht richtig floriert, seit ich mehr und mehr Tiere bekomme, wächst der Druck, sie optimal zu versorgen. Als ich nur wenige hatte, war es einfach, hier und da fand sich eine Weinende, ab und zu auch ein Mann, es genügte, die Augen offen zu halten. Mittlerweile und wenn ich an die Zukunft denke, wenn die Mützchen wieder auf der ganzen Insel angesiedelt sein werden … Eine ganze Tränenfabrik werde ich brauchen, will ich sie ordentlich versorgen, die Population nicht wieder in sich zusammenstürzen sehen; mein sorgfältig errichtetes, flatterndes Kartenhaus.

Letzte Woche habe ich mir selber einige Tränen hervorgepresst; ich lag mit geschlossenen Augen unter einer lebenden Decke aus schlagenden Flügeln, einer nach dem anderen kamen sie näher, Muster und Formen, Flügel direkt um mich, als wäre ich Unterteil des Schwarms, sie scharten sich in Grüppchen von fünf oder sechs um meine Lider, sanft steckten sie die dünnen Rüssel unter den Lidrand, drängten ihre Schmetterlingszungen zwischen den Wimpern hindurch und tranken. Im Spiegel, danach, bildete ich mir ein, mein Blick sei schärfer geworden, als hätten die von den Faltern aufgesaugten Tränen alle hässlichen Bilder von der Bindehaut gewaschen, einen eigentümlichen, nicht zu mir passenden Glanz bildete ich mir ein. Auf nichts basierender Unsinn, natürlich.

Ich produziere aber viel zu wenig Tränenflüssigkeit, kann sie unmöglich satt bekommen, nicht einmal ein Dutzend Falter hätte an mir genug. Nicht, dass ich keinen Grund zum Weinen hätte, mir nichts einfiele, es fällt mir nur schwer, Flüssigkeit zu produzieren, Tropfen unter meinen Lidern hervorquellen zu lassen. Ich weine innerlich. Spontan nass geweint habe ich zuletzt zwei Jahre bevor ich auf die Insel kam. Mein Hund starb, mit ihm bin ich aufgewachsen. Danach jahrelang nichts, nicht einmal bei den traurigsten Anlässen, ich vermutete schon, ich hätte das Weinen verlernt; weder bei Filmen noch bei traurigen Büchern, noch beim Tod Nahestehender eine einzige Träne.

Mein Vater hat, während ich heranwuchs, immer zu mir gesagt, es käme nur darauf an, sich die Dinge intensiv genug vorzustellen. Wenn du dir genau vorstellst, wie du es haben willst, wird es dir gelingen, sagte er, an den Abenden vor Schularbeiten zum Beispiel, vor Prüfungen. Stell dir vor, wie der Einser ausschaut, unter deiner Arbeit; die Unterschrift des Lehrers darunter, stell dir vor, wie du die Aufgaben leichthin löst. So wie du es dir vorstellst, wird es sein, sagte er.

Ich suche nach Ratschlägen für Schauspieler, im Internet gibt es einiges: wie sie sich, falls es die Rolle verlangt, zu Tränen rühren können. Auch Weinen kann man lernen, heißt es in der einschlägigen Literatur. Ich bin ein Klassiker; ich weine nicht.

Was ich mir als Zwischenlösung überlegt habe, kann ich niemandem erzählen. Ich habe eine Haushälterin, Mrs. Jane Banerjee; sie kommt einmal pro Woche fürs Gröbste im Teil des Hauses, den ich benütze; in den Teil der Schmetterlinge lasse ich sie nicht, dort reinige ich alles eigenhändig. Das Leben hat Jane Banerjee ein bisschen mitgespielt, auch ein Grund, warum Heinrich sie mir vermittelte und warum ich sie genommen habe (Heinrich zahlt ihre Gage), anfangs den Schmutz eigentlich für sie erfindend, denn da war nichts sonderlich schmutzig. Mit der Zeit habe ich mich an sie gewöhnt, auch der Schmutz stellt sich jetzt in ausreichendem Maß ein; es scheint, dass die Anwesenheit einer Reinigungskraft geradezu Unordnung kreiert, aus der sie dann Ordnung macht, die wiederum sich bis zu ihrem nächsten Besuch vollends aufgelöst hat. Sie ist eine einfache Frau, Mitte vierzig. Ich weiß inzwischen viel von der Dramatik ihres Lebens. Sie nützt jede Sekunde, wenn sie mich erwischt, denn meist gehe ich ihr aus dem Weg, um mir etwas von sich und ihrem schweren Leben zu erzählen.

Im Lauf der letzten Wochen habe ich sie gebeten, häufiger zu kommen. Ich habe ein gutes Gedächtnis: Es fällt mir leicht, Mrs. J. Banerjee zum Weinen zu bringen.

Mrs. Banerjee ist ein Naturtalent, im Gegensatz zu ihr bin ich hoffnungslos unbegabt. Ich werde mich, hoffentlich, verbessern, wenn ich trainiere und trainiere, wie damals, als ich mit dem Langstreckenlauf begonnen habe. Momentan schaffe ich höchstens zehn oder fünfzehn Tiere satt zu weinen. Dann ist Schluss, mehrere Stunden lang. Jane hingegen, Mrs. J. Banerjee, hat in einer Sitzung hundertfünfzig Tiere gesättigt; sie ist unglaublich. Ich brauche aber mehr. Mehr sogar, als die schier unerschöpfliche Mrs. Banerjee zusammenweint.

WIR SIND JA GANZ NORMALE MENSCHEN, sage ich zu meiner Schwester, wenn ich versuche, ihr klarzumachen, was einen Wissenschaftler ausmacht. Sie bezweifelt das. Ich will kein Problem haben, keine Problemexistenz sein, sage ich zu ihr, als wir miteinander über Bildtelefon sprechen; sie versucht jedes Mal, wenn ich »grün« werde, wie sie es nennt, wenn ich online komme, den Computer aus seinem digitalen Schlaf wecke und sich der runde Punkt neben meinem Namen in ihrer Liste im Bildtelefonprogramm Skype von durchsichtig auf knallgrün verfärbt, mich zu kontaktieren. Du bist schon seit Stunden nicht mehr grün geworden, was machst du? SMS dieses Wortlauts kriege ich ab und zu, vor allem an den Wochenenden, daran erkenne ich Wochenenden, piep piep piep: SMS von meiner Schwester.

Mein Computer atmet geräuschlos Licht aus und ein, durch einen schmalen Streifen an der Frontseite, er schläft entspannt; wenn er wach ist, ich mit meiner Schwester spreche, ist am Metall nichts zu erkennen, nur wenn er schläft, blinkt dort im Rhythmus des digitalen Atmens die helle Stelle. Ich habe mir überlegt, mich für meine Schwester auf Dauer unsichtbar zu machen, bringe es aber nicht über mich. So hält sie mich auf dem Laufenden darüber, was sich zu Hause abspielt. Zu Hause, das heißt, innerhalb unserer Familie: Vater, Mutter, Großmutter, *c'est tout.* Mehr gibt es nicht. Also, für meine Schwester gibt es nicht mehr. Theoretisch ist da naturgemäß ein einigermaßen verzweigter Clan von Cousins und Cousinen, die wir nie sehen. Und eine Tante, die ich sehr mag. Die Tante spielt in diesen Skypegesprächen eine Nebenrolle, ihr Leben ist zu ruhig, zu frohgemut.

Meine Schwester ist bisher zweimal bei mir in Port Blaise gewesen. Nach ihrem letzten Besuch hat sie mir ein Foto geschickt, ich umarme eine Schaufensterpuppe im *GB Pant Hospital*, dem größten Konsumtempel Mangalemis; mein Mund steht offen, die Puppe hält den ihren zu einem bösen Lächeln gepresst.

So böse sei es ihr gar nicht vorgekommen, als wir in dem Geschäft waren, schrieb mir meine Schwester, als sie das Bild schickte; wäre ihr das dämonische Grinsen gleich aufgefallen, hätte sie mich gar nicht neben der Plastikfrau aufgenommen. Meine Schwester ging regelmäßig schwimmen, als sie hier war mit ihren zwei Buben; auch allein, sie braucht nicht sonderlich viel Gesellschaft. Ab und zu begleitete ich sie, setzte mich angezogen neben sie, streckte meine Beine in langen Hosen neben sie aufs Badetuch. Sie kennt mich, vor ihr brauche ich mich nicht zusammenzunehmen, nichts zu erklären. Sie ist diejenige, die am meisten von mir weiß, würde ich sagen.

Mehr als Heinrich, ja. Aber das Entscheidende weiß auch sie nicht. Sie würde es ihrem Mann erzählen, früher oder später, allen Schweigeschwüren zum Trotz; das ist der Grund, warum ich mich auch ihr nicht anvertraue.

In einer meiner frühesten Erinnerungen stehe ich neben meiner Mutter am Fenster und frage sie, woher die Kinder kämen, besonders die Buben. Draußen sieht man die Böschung, auf der Schnee taut, den Hang, auf dem ich Skifahren gelernt habe und vor allem, wie man eine Piste tritt, denn ohne Piste könne man nicht Ski fahren, höre ich meinen Vater sagen. Ein Zaun ist da zu sehen, ein Schotterweg, der zu einem hellgelben Haus führt, das eine Frau bewohnt, die in der Nachbarschaft nur »Katzenfrau« genannt wird, weil mindestens fünf Katzen sich ständig um ihre Beine treiben. Ich lehne mich an den Heizkörper, in die Wärme, schaue zu meiner Mutter hinauf, meine kleine Mutter, damals doppelt so groß wie ich.

Meine Mutter hat bestimmt nichts dergleichen erzählt, aber irgendwie kam ich bei diesem Nebeneinanderstehen an der Heizung auf die Idee, Kinder schlüpften aus Heizungen heraus; wenn ihre Eltern sich das innig wünschten. Der Wunsch sei essenziell, lange habe ich daran geglaubt. Wer keine Kinder wollte, bekam sie schlicht und einfach nicht. Wer welche wollte, aber nicht bekam, dessen Fähigkeit zu wünschen war nicht ausgeprägt genug. Ich hatte den Eindruck, der Wunsch müsse noch stärker sein, um ein Mädchen zu bekommen. Insgeheim dachte ich: Siehst du, bei dir mussten sie noch üben, bei der Schwester waren sie schon Profis im Wünschen.

Als meine Schwester mich besuchte, habe ich ihr Marlene gezeigt, ihr gesagt, dass sei die letzte und einzige Chance, sie noch zu sehen. Marlene war damals seit zwei Jahren bei mir. Meine Schwester hat gelacht, es für einen Witz gehalten; meine Schwester hält mich erstaunlicherweise für einen Witzbold.

Marlene ist eine gute Freundin; rege ich mich über etwas auf, betrachte ich sie eine Weile und beruhige mich dabei; Marlene ist Südtirolerin, das steht auf dem blauen Etikett, das auf ihrem Rücken klebt, *Marlene* steht da, schräg gedruckt, also muss es ihr Name sein, und darunter: Südtirol. Ab und zu stelle ich sie einem Besucher vor, jedes Mal großes Gelächter. Marlene ist eine Banane und hat den Großteil ihres Daseins in meinem Gefrierfach verbracht. Unsere Beziehung ist eigentlich aus einer Notlage entstanden und ziemlich einseitig. Ich bin davon überzeugt, dass Marlene trotz unseres langen Zusammenseins nichts mit mir verbindet. Der Enthusiasmus ist einseitig: meinseitig. Kurz nachdem ich sie gekauft hatte, musste ich verreisen und wollte Marlene nicht wegwerfen. Weil sie perfekt war, unversehrt, fleckenlos gelb und gerade richtig gebogen. Also legte ich sie ins Gefrierfach, wo alle verderblichen Esswaren versuchsweise landen, bevor ich wegfahre. Wenn ich zurückkomme, werfe ich sie weg; das Einfrieren macht sie meist ungenießbar.

Mit Marlene war es anders. Über Marlene musste ich schmunzeln, sie überraschte mich, weil sie einen Namen hatte. Irgendwie bin ich nie dazu gekommen, sie zu verspeisen. Wiederholt habe ich mir vorgenommen, sie zu braten, eine gebackene Banane aus ihr zu machen, eine Nachspeise. Nach mehr als zwei Jahren ist sie immer noch da, braun, mit einer dünnen weißen Eisschicht überzogen und dem blauen Aufkleber in der Mitte, *Marlene*.

CIAO FIGLIOLO, SONO IL TUO BABBO, hat mein Vater kürzlich geschrieben, er lernt auf einmal Italienisch, als gäbe es nichts anderes zu tun. Lernt Italienisch, schreibt E-Mails, leidenschaftlich gern. *Ciao e buona notte, babbo!*, habe ich ihm zurückgeschrieben. *Quando di morte mi conven trar vita*, denke ich, *babbo*, verstehst du mich? Mein Vater ist nie ein glücklicher Mensch gewesen, wirkt aber wie einer. Jeder, der ihn kennt, spricht davon, wie häufig er lacht, wie prächtig er sich amüsieren kann, innerlich geschüttelt von kleinen Explosionen, Innenfreuden. Worum es sich dabei genau handelt, Erinnerungen, Erlebnisse, an die er denkt, weiß niemand; zumindest keiner von uns dreien, die wir seine Familie darstellen. Seine *Freude* nennt er mich immer wieder; wenn er mich lange nicht gesehen hat, inzwischen auf Italienisch. *Ciao gioia*, schreibt er mir.

Mein letzter Besuch zu Hause ist zwei Jahre her.

Ich kam an. Er trug meinen Koffer hinauf in die Wohnung; auf dem Tisch stand ein halbvolles Glas Wein, Rosé, und gleich nachdem er den Koffer abgestellt hatte, setzte er sich an seinen Computer.

Ob er mir nicht Gesellschaft leistete beim Essen, fragte ich ihn, ob wir nicht ein Glas Wein miteinander trinken?

Er reagierte nicht, hörte mich nicht, ich stellte mich nahe hinter ihn, so nahe, dass ich den Sessel berührte, auf dem er saß, und sagte noch einmal dasselbe.

Was?, erschrocken schaute er mich an, was sagst du?

Kann ich dir etwas zu trinken holen?

Vielleicht nächstes Jahr, lautete seine Antwort, dieses Jahr bestimmt noch nicht, dieses Jahr hole ich es mir noch selber.

SEIT MEHREREN JAHREN HÖRE ICH, dass mein Vater nicht mehr richtig hört. Manchmal ruft meine Mutter an, sie hat eine spezielle Vorwahlnummer, mit der sie günstig, »für fast nichts«, wie sie sagt, mit mir telefonieren kann, *overseas*. Sie fragt, wie es mir geht, immer ausgesprochen höflich, sie erkundigt sich (statt eines Grußes), ob sie mich bei etwas stört, ob sie mich sehr stört. Du störst immer, Mama, sag, was gibt's.

Nach ein paar Minuten der Alltäglichkeiten kommt sie zur Sache. Er hört mich nicht mehr. Es ist zum Schämen; zu allem nickt und lächelt er. Die Leute sprechen ihn an. Sehen seine Reaktion, Nicken und Lächeln, man hält es für Zustimmung, redet weiter, wartet auf Antwort. Was kommt? Nichts kommt. Er nickt und lächelt. Sie halten ihn für meschugge, deinen Vater, sagt die Mutter mit klarer Stimme (als stünde sie neben mir, an meinem Arbeitstisch), er steht da, lächelt und weigert sich, zuzugeben, dass er nichts hört, pardon, *schlecht* hört.

SEIT MEINEM LETZTEN BESUCH saß ich ihm gegenüber. Wir sprachen miteinander, würde ich gerne sagen, aber es war ein einseitiges Gespräch. Ich redete mit ihm. Er nickte, lächelte nicht. Er starrte mich an, ließ abrupt das Kinn sinken und konzentrierte sich auf das Essen. Er löffelte, verschlang den Inhalt des Tellers innerhalb von drei Minuten. Danke, ist sehr gut gewesen. Er stand auf, obwohl wir anderen nicht fertig waren. Er machte Kaffee, bot uns Kaffee an, während wir noch mitten im Hauptgang waren.

Du Papa, wir sind noch beim Essen, sagte ich zu ihm; er begann ungerührt, Tassen aus der Vitrine zu nehmen, vier Stück. Als er die vier Tassen vollgeschenkt hatte, setzte sich mein Vater mit seiner Tasse auf die Couch und blätterte in einer Zeitung: seine Leidenschaft und seine Arbeit. Zeitungen! Er liefert sie aus, an die Abonnenten in der Innenstadt. Sobald das erledigt ist, gegen elf Uhr vormittags, beginnt seine eigentliche Beschäftigung. Er liest. Zeitung!

Für mich ist er eine Art immense Gazette, die nach meinem Vater riecht statt nach Druckerschwärze. Fast alle

Situationen, in denen ich ihm in den vergangenen zwanzig Jahren begegnet bin, wurden von Zeitungen dominiert; er hält sie zwischen den ausgebreiteten Armen, schichtet sie stapelweise um, von einem Tisch auf den anderen, vom Rücksitz seines Wagens in den Kofferraum. Wenn er nicht Zeitung liest, notiert er sich, was er darin gelesen hat, fieberhaft. Er ordnet, sortiert Nachrichten, mischt sie mit seinen Gedanken. So wenigstens reime ich mir das zusammen. Was er schreibt, hat er nie jemandem gezeigt.

In der Früh lese ich die Zeitung im Gehen, sagt mein Vater. Er liest, während er sie ausliefert. Wenn er bei den ersten Kunden ankommt, kann er schon erzählen, was drinnen steht.

WIE GEHT ES DIR JETZT MIT DEM SORTIEREN der Adressen? Weil ich nur wenige Tage blieb und weil es der erste Tag dieser Tage war, wollte ich krampfhaft ein Gespräch führen. Ich wusste, es hatte ein Problem mit den Adressen gegeben, eine Umstellung des Computerprogramms, alles war durcheinander geraten, eine Reihe Abonnenten hatte die falschen Zeitungen erhalten; es hatte Beschwerden geregnet, mein Vater war rasend gewesen. Das Sortieren im Morgengrauen dauerte für ihn eine Stunde länger, seit es das neue »System« gab. Da das System erst das Alphabet lernen musste. Eine Stunde, für die er nicht bezahlt wurde: Sein Lohn richtete sich nach der Stückzahl der ausgelieferten Zeitungen. Er reagierte nicht auf meine Frage.

Vater, sagte ich, so geht das nicht.

Ich nahm mein Telefon und rief ihn an. Unter einem Zeitungsblatt sah ich etwas zittern, sein Telefon, es klingelte schrill, unüberhörbar. Er zuckte mit keiner Wimper. Für ihn herrschte Ruhe. Er war vertieft in einen Text, den nervöse Journalisten aus Agenturmeldungen zusammengeschustert hatten. Für ihn war alles in bester Ordnung.

Papa, schrie ich ihn an, Papa, dein Telefon, heb ab, du musst abheben, das ist wichtig. Er schaute mich unbeirrt an, ein leichtes Erstaunen in den Augen. Ach so? Er sagte unseren Familiennamen ins Telefon, man hörte die Neugier in seiner Stimme, wer es sein würde.

Papa, hallo, ich bin's, sagte ich in mein Telefon, ich wollte dich fragen, wie es dir in der Arbeit geht, was aus dem Problem mit den Adressenlisten geworden ist? Ist das behoben? Kriegst du endlich mehr bezahlt?

Warum rufst du mich an, wenn du mir gegenübersitzt? Spinnst du jetzt?

Er behielt das Gerät aber am Ohr, sah mich plötzlich wie verjüngt an, wie früher, alert und bei der Sache.

Papa, du hörst mich einfach besser, wenn ich dich anrufe, sagte ich in normaler Tonlage. Er verstand und reagierte sofort.

So ein Blödsinn. Ärgerlich drückte er den Aus-Knopf des Telefons und warf es auf die Couch. So ein Blödsinn, murmelte er noch einmal, kopfschüttelnd, und wandte sich wieder der Zeitung zu; weil ich vor ihm stehen blieb und ihn weiter betrachtete, schaute er noch einmal auf zu mir.

Hey, wolltest du nicht ausgehen?

Ich schaute ihn unverwandt an.

Oder möchtest du etwas trinken?

Danke, nein, ich gehe noch weg.

Früher habe ich viel mit meinem Vater gesprochen; besonders in der Nacht. Wenn ich als Teenager gegen Mitternacht nach Hause kam, saß er da, mit einer ausgebreiteten Zeitung. Vielleicht wartete er auf mich. Das sagte er aber nie; tat immer so, als wäre er einfach zufällig noch wach. Was ich getrieben hätte, wo ich mich herumgetrieben habe? Sein Ton war locker, scherzend. Wenn ich ungefähr so viel über meine Schwester weiß, wie sie über mich, weiß mein Vater naturgemäß viel mehr über mich als ich über ihn: Er kennt mich aus einer Zeit, an die ich keine Erinnerung habe, einer Zeit, in der ich noch nicht einmal mein Greifen kontrollieren konnte, geschweige denn meine Verdauung. Kann sein, dass ich ihm das im Grunde übelnehme. Kann es sein, dass alle Kinder das ihren Eltern insgeheim übelnehmen, dass sie uns schon kannten, als wir uns selbst noch nicht kannten? *Arrivederci e baci di padre*, hat mein Vater vor einer Stunde geschrieben.

Ci sentiamo presto, saluti, habe ich ihm zurückgeschrieben.

Figlio mio, ora diventa un po freschino, quando esco al mattino, er ist bestrebt, mir fortwährend seine Fortschritte zu demonstrieren.

Wenn wir einander schreiben, mein Vater und ich, korrespondieren wir nicht im eigentlichen Sinn, wir führen kein schriftliches Gespräch, sondern kleine Monologe, wir zeigen vor, was wir gemacht, gedacht haben.

Er schickt mir einen Kettenbrief, eine Powerpointpräsentation mit verschiedenen Tieren darauf, schönen Tieren. *Di tuo padre*, wie er neuerdings unterschreibt. Zu meinen letzten Geburtstagen hat er mir E-Cards geschickt, offenbar in der Gewissheit, dass ich ständig mit dem Internet verbunden bin und damit mit ihm. Meine ganze Familie vermutet mich dauernd online, es gibt ihnen das

Gefühl, ich sei im Handbereich. So lebe ich in ihren Köpfen, zwischen ihren Gedanken. Mein Vater macht nie den Versuch, mich anzurufen, er schickt elektronische Karten, elektronische Briefe; nicht minder herzlich, im Gegenteil, mehr als herzlich. Man klickt auf den Link und wird zu einem hinreißenden Naturbild geleitet, zwei Kingfisher an meinem 33. Geburtstag, eine gestochen scharfe Fotografie, sie halten die Schnäbel zueinander, wollen sich (vielleicht) gegenseitig füttern.

Bei meinem letzten Besuch sind mir die Eltern blass vorgekommen, ihre Haut wirkte wie mit einer Schicht Seidenpapier bespannt, bei beiden, ich bin diese Blässe nicht mehr gewohnt, seit ich im Süden lebe. Obwohl sich die Menschen hier nie in die Sonne legen, sich vor diesem täglich vom klaren Himmel strahlenden Klumpen Materie dauernd verstecken, sind sie bis tief unter die Haut von ihr durchdrungen. Alle auf Mangalemi haben einen dunklen Teint; sogar die Blassen sind nicht blass.

Ich möchte eine Liebesgeschichte schreiben, wie meine Eltern einander kennengelernt haben, am Skilift, wie sie sich einen Bügel teilend hinaufschleppen ließen, bis an den oberen Rand der Piste, wie sie die ersten Geheimnisse übereinander erfuhren, einander sympathisch waren, sich verabredeten; wie sie beschlossen, im Mai zu heiraten, weil der Mai der klassische Heiratsmonat war. Sie waren jung in den siebziger, achtziger Jahren, hatten Autos, unternahmen Reisen ans Mittelmeer; der Vater begleitete die Mutter achthundert Kilometer weit zu einem Schiff, um dann allein die achthundert Kilometer zurückzufahren.

Den größten Teil meines bisherigen Lebens habe ich mir keine Gedanken darüber gemacht, ob die Eltern einmal verliebt waren. Mittlerweile erleichtert es mich zu wissen, sie haben eine Zeit erlebt, von der sie zehren können.

Meine Geburt fand an einem schneereichen Tag im Jänner statt. Man raste mit dem Auto ins Spital (so schnell der Schnee es zuließ). Meine Mutter hatte es schwer. Meiner Großmutter fiel um Haaresbreite ein schwerer Eiszapfen nicht auf den Kopf, traf ihre Schultertasche, zerbrach daran. Mein Vater war bei der Geburt nicht dabei, Väter waren damals üblicherweise nicht dabei. Das war nicht erwünscht, sagt mein Vater; aber du warst ohnehin zappelig genug, sodass ich schon vorher genug von dir mitbekommen habe.

Während meines Besuchs zu Hause vor zwei Jahren ging ich in ein Spezialgeschäft, mit dem Ziel, meinem Vater ein Geschenk zu besorgen, ein junger Mann im weißen Labormantel empfing mich.

Womit kann ich dienen?

Ich suche ein Hörgerät.

Woran hatten Sie denn gedacht, welche Art? Ein Im-Ohr-Gerät oder eins zum Draufstecken, die sind fast unsichtbar? Eine bevorzugte Firma?

Er nahm einen Katalog aus einer Lade und legte ihn geöffnet vor mich hin. Variation und Machart von Hörgeräten sind schier endlos, es gibt so viele unterschiedliche Kombinationen, dass ich zur Überzeugung gelangte, es gibt mindestens so viele Hörgeräte wie Menschen, keine zwei Leute auf der Welt tragen dasselbe Hörgerät.

Kann man ein solches Gerät auch für jemand anderen kaufen, jemanden, der eigentlich keins möchte? Als Überraschung sozusagen?

Das wird schwierig. Das Ohr müsste gemessen werden.

Üblicherweise wird der Patient zuerst zu einem Arzt geschickt, der sicherstellt, dass der Gehörgang freiliegt, üblicherweise muss das Ohr gereinigt werden, und dann wird ein Abdruck gemacht. An den passen wir das Gerät an. Sie könnten einen Gutschein nehmen. Wir haben Gutscheine in unterschiedlicher Höhe.

Ihm einen Gutschein zu schenken ist sinnlos, echote die hilfesuchende Stimme meiner Mutter. Der weißbemantelte Mann schaute mich fragend an, seit ein paar Minuten schon; weil ich nachdenklich schwieg. Ich wiegte den Kopf hin und her.

Wissen Sie, es ist für meinen Vater.

Er tat nicht einmal so, als hätte er Verständnis, als kenne er die Situation, weil er auch einen Vater hat, der auch vieles Gute, das man mit ihm meint, abwehrt; er verweigerte mir jegliche Komplizenschaft. Der Mann wirkte ungesund, hatte sehr schlechte Haut, Wangen und Nase wirkten porös, semipermeabel mit einem unappetitlichen Muster von Kratern und Hügelchen. Eigentlich war ich froh, dass mein Vater den Lärm der Welt nicht aus diesen geröteten Händen wieder ins Ohr gesteckt bekam.

Man kann kein Hörgerät für jemand anderen kaufen, Mutter, nicht für jemanden, der keins will, sagte ich ins Telefon.

Zu dem Verkäufer sagte ich, danke, da ist dann wohl nichts zu machen.

Unversehens bemühte er sich, überreichte mir eine Visitenkarte.

Hier, das bin ich.

Während ich mich schon verabschiedete, zählte er noch immer weitere Varianten von Hörgeräten auf: normalerweise für beide Ohren, oder manche bevorzugen nur eins, abhängig vom Hörvermögen, das vor der Wahl des Geräts unbedingt gemessen werden muss.

Wir können das hier am Ort machen. Von plötzlichem Enthusiasmus ergriffen, tat er, als hätte ich nicht gerade gesagt, kein Interesse mehr zu haben, deutete hinter eine Glaswand, die den Raum halbierte. Dort hinten machen wir das. Es geht ganz schnell. Eine Angelegenheit von fünf Minuten. Solang er noch irgendeinen Piep hört, würde mein Vater niemals einen Fuß in so ein Geschäft setzen.

Caro ragazzo, schreibt er, in diesem Augenblick, *io faccio dei progressi*. Ja, er macht Fortschritte, dieser Vater, mit seinem unerklärlichen plötzlichen Sprachlernfanatismus. Ausgerechnet seit sein Gehör versagt, hat er angefangen, eine Fremdsprache zu lernen. Ob ihn sein Lehrer dauernd anschreit? Zugegeben, er scheint talentiert zu sein, in seinem Alter tut sich kaum jemand noch eine neue Grammatik an. Er lernt Italienisch, schreibt er, weil er ein Gegengewicht bilden möchte zu all den Angelsachsen, zur Internationalisierung des Angelsachsentums, Italienisch scheine ihm eine komplizierte Sprache, strukturierter auf jeden Fall und: älter.

Mein Vater hat tatsächlich keine Ahnung von Sprachwissenschaft.

Ti sarei molto grato, schreibt er weiter, ohne zu sagen, wofür. Ich weiß, es handelt sich um eine Übung, trotzdem würde ich in diesen digitalen Nachrichten meines Vaters an mich gerne mehr als eine Übung sehen. Er tippt unermüdlich, sendet oft spätnachts noch ein P.S., aber alles bleibt an der uns beiden bekannten Oberfläche der Dinge. *Caro babbo, perchè hai tentato il suicidio?*, müsste ich schreiben, wenn ich ehrlich wäre in der Korrespondenz mit ihm. *Erano davvero i soldi? Soltanto i soldi?* Stattdessen bleibe ich auf vertrautem Terrain, bei dem, für das niemand etwas kann: den klimatischen Bedingungen meiner Umgebung. *Caro babbo*, schreibe ich, *qui inizia la stagione calda. La gente gira già in mutande. Ma si porta sempre un'ombrellone adosso.*

WENN ICH MIT DEN SCHMETTERLINGEN VERREISE, muss ich sie verpacken; wie zerbrechliche Süßigkeiten. Einzeln stecken sie in kleinen glatten Säckchen nebeneinander in einer Schachtel, nicht zu eng, damit sie nicht zerdrückt werden, nicht zu lose, sonst rutschen sie beim Transport herum und werden erst recht zerdrückt. Die Schachtel mit den Schmetterlingen habe ich in der Tasche neben meinem Laptop. Bei den ersten Flügen mit lebendem Gepäck fürchtete ich fast panisch die Kontrolle, das Durchleuchten vor den Gates. Hatte oft Albträume. Ein in meinem Koffer kramender Zöllner nimmt die Schachtel mit den Faltern heraus, öffnet die Säckchen, eins nach dem anderen, zur Überprüfung: Eins nach dem anderen fliegen die Tiere davon. Ehe wir alle richtig schauen können, ist jegliches Beweismaterial automatisch vernichtet. In den hohen Flughafenhallen findet man nie mehr auch nur einen einzigen Falter, sie sind sofort weit, weit oben, bei den Lampen, Oberlichten, Fenstern. Meine Zucht ist futsch. Ein Albtraum, nur ein Traum. Ich reise mit fünfzig bis hundert Exemplaren; allen zum jeweiligen Zeitpunkt flugfähigen Adulten. Nur meine Nagelfeile will man jedes Mal betrachten, jedes Mal legt ein Beamter, eine Beamtin sie quer über ihre Handfläche, jedes Mal befinden sie, dass sie kurz genug ist; ich zeige jedes Mal erklärend meinen rechten Daumennagel her, der besonders lang ist, weil man damit ideal Schmetterlingsflügel auseinanderspreizen kann. Das erwähne ich nicht extra, ernte trotzdem meist ein anerkennendes Nicken. Man hält mich für einen harmlosen Deppen.

Das letzte Mal, meine letzte Reise bisher, ging nach Deutschland, zu Christof, einem Kollegen. Er besitzt ein Gerät, das misst, wie Fühler von Insekten auf Duftstoffe reagieren, ein Gerät, wie es auf der ganzen Welt nur wenige gibt; Christof macht Experimente am lebenden Objekt. Ich will wissen, inwiefern *Calyptra lachryphagus* über Duftstoffe kommuniziert. Er hilft mir dabei.

Unterwegs machte ich zwei Tage Zwischenstopp in Mumbai; ließ die Falter im Kühlschrank meines Hotelzimmers, niedrige Temperaturen schonen sie, weil sie sich da kaum bewegen, ließ mich von einem Fahrer in die umliegende Wildnis chauffieren, naturnahe Gebiete, diverse Standorte. Christof hatte mich gebeten, einige indische Arten für ihn zu sammeln, die er zur Fertigstellung einer größeren systematischen Arbeit benötigte. Bei Gelegenheit, schrieb er, nur wenn es leicht geht. Es war leicht gegangen; ich fand fast alles, was auf seiner Liste stand.

Beim Weiterflug nach Frankfurt musste ich mein Handgepäck öffnen, ein Zöllner kramte in meinen Skripten und Büchern, zog eine Tupperwaredose aus meiner Umhängetasche; wie in meinen Albträumen. Es war die Dose mit den in der Umgebung von Mumbai gesammelten Schmetterlingen; nicht die lebenden Schmetterlinge, die ich in einer Pappschachtel in derselben Tasche transportierte. Ich hatte Glück, und ich hatte kein Glück, gleichzeitig. Der

Zöllner bat mich, die Tupperwaredose zu öffnen, sah erstaunt die zusammengefalteten Falter darin, ihre bunten Flügel, einzeln verpackt. Sie bewegten sich nicht mehr, glücklicherweise, sonst wäre es ihm gewiss verdächtig gewesen.

Aha, sagte er, Sie mögen Insekten?

Ich bin Biologe, sagte ich, Wissenschaftler.

Er nickte, schloss die Dose eigenhändig und winkte mich durch.

ICH SASS NEBEN CHRISTOF, fünfzig Minuten lang starrten wir auf zwei zuckende Linien, die eine gehörte zur Antenne, die andere zu den Stoffen, die der Gaschromatograf auftrennte, wir konnten nicht aufhören zu schauen. Ich, der keine Geduld mehr aufbringt fürs Fernsehen, beobachtete mit höchster Konzentration den Verlauf einer über einen Bildschirm hastenden digitalen Linie, sie war wahrlich in Eile. Kaum glaubten wir, gesehen zu haben, wie zwei Peaks aufeinandertrafen, wie der Peak der Antenne mit dem einer chemischen Verbindung koinzidierte, waren die Linien längst weitergezogen.

Wir können uns das nachher in Ruhe ausdrucken und auf die Lightbox legen, sagte der unerschütterliche Christof, ein geduldiger Mensch. Er stand neben mir, gebeugt, tagelang stand er so. Tage seines Lebens war er mit mir und meinen Faltern beschäftigt. Für ihn sei es kein Opfer, sagte er, noch bevor ich ihm die Schachtel »Merci« überreichte. In zehnfacher Vergrößerung war die Antenne ein perfekt gerundeter nach oben hin dicker werdender Stock, in perfekt gleiche Segmente geteilt, das unterste dieser Segmente musste ich in der Mitte durchschneiden. Da sieht man die Nervenbahnen, sagte Christof. Neben mir stehend, sah er sogar, was ich durch das Mikroskop sah.

Ich sah ein Stück fein ziseliertes Holz mit gedrechselter runder Keule am Ende. Durch das Objektiv des Binokulars verwandelte sich der Fühler, die Änderung der Dimension bedeutete nicht schlicht eine andere Größe, sondern tatsächlich: Veränderung. Das Ding, das sich unter meinen Augen kaum merklich hin und her windet, hat nichts mit den am Kopf eines Insekts angewachsenen Fäden gemein.

Jetzt schneidest du noch die Kappe der Antenne weg, um sie zu öffnen, damit die Ringerlösung eindringen kann, hörte ich Christofs Stimme dicht an meinem Ohr, und schnitt unten noch ein kleines Stück weg, weil die Schere das Ende oft zerdrückte, die Nervenbahnen quetschte. Das gibt eine unruhige Linie, erschwert die Messung; man kann kaum feststellen, was wirklich Reaktion auf den Duftstoff ist und was einfach ein Zucken der Mechanorezeptoren, sagte Christof.

Er machte mir vor, wie man es machen muss. Hielt den Schmetterling an den Flügeln, der ließ die Beine hängen, war kein Er, war eine Sie. Christof hielt sie unter das Binokular, packte eine Mikroschere, schnitt einen der beiden Fühler ab; den anderen ließ er dran.

Sie bewegen sich heftig, sagte er, sogar abgeschnitten, ganz heftig.

An der Spitze eines kaum mehr als nadeldicken Glasstifts trug er den abgeschnittenen Fühler zum Gaschromatografen. Vorsichtig steckte er den Stift mit der Antenne des Schmetterlings daran auf eine besondere Vorrichtung am Chromatografen. Vor einem Röhrchen, aus dem gleich in allersanftester Miniaturwindmanier die Duftmoleküle strömen würden, spannte sich der Fühler zwischen zwei hauchdünnen Drähten, wie eine Schnur. Christof drehte an drei verschiedenen Schrauben, links und rechts, insgesamt sechs Schrauben, blickte konzentriert durch ein Binokular, zehnfache Vergrößerung. Er kontrollierte, wie der Fühler lag, ob er nicht zu gespannt, nicht zu entspannt war. Ja, er lebte noch.

Sehr gut, sagte Christof, wirkte zufrieden. Jetzt du. Wenn du magst, kannst du das Ganze vors Röhrchen schieben, es muss noch ein paar Zehntelmillimeter höher hinauf.

Ich tat mein Bestes, war immer stolz auf meine ruhigen Hände (wenn ich nicht zu viel Kaffee trinke), am Bildschirm zitterten zwei Linien, meist außerhalb des Bildes, manchmal gelang es Christof, eine davon einzufangen, er klickte und klickte, eine Linie war rot, die andere schwarz, bei jedem Klick tauschten sie ihre Farben; die gerade geklickte war die rote.

Das ist die Antennenspur, leider zu unruhig, schau, sie müsste in diesem Bereich hier sein, sonst können wir keine Peaks messen. Er deutete mit dem Zeigefinger auf das den Bildschirmhintergrund überziehende, fast unsichtbare Raster. Ich fürchte, wir müssen den Fühler tauschen. Dieser funktioniert nicht.

Jetzt du, sagte Christof wieder. Wenn du magst, kannst du gleich einmal versuchen, die Antenne zu präparieren.

Er drückte mir eine Mikroschere in die Hand, holte den Becher mit dem Falterweibchen aus dem Kühlschrank. Da saß sie; erwartungsvoll, könnte man diesen Zustand nennen. Schmetterlinge sehen immer erwartungsvoll aus, deshalb wirken sie so sympathisch; als würden sie nur Gutes erwarten.

Ich weiß, mit ihrem einfachen Nervensystem können sie auf nichts warten. Nur wer ein Hirn hat, kann warten. Bin überzeugt, sie empfinden keinen Schmerz, nur Taumel, wenn ich ihnen ihre Fühler abschneide. Sie finden sich in ihrer Welt, sei sie nur ein Becher, kaum mehr zurecht, nehmen es mit Gleichmut, haben keinen anderen. Ich breche ihnen das Genick, drücke hinter dem Kopf kurz und fest zusammen, bis sie sich nicht mehr bewegen. Geatmet haben sie nie wirklich; nicht wie wir atmen. Die Luft dringt einfach in sie ein, nistet sich in ihnen ein mittels Eigenbewegung der Moleküle, ihre Atmungsorgane sind Röhrchen, ein feines verästeltes System. Je wärmer die Luft ist, desto größer ihre Molekülbewegung, desto heftiger atmet das Insekt: wird beatmet. Wie gesagt, ein wunderbarer Gleichmut. Ein wenig können sie ihre Atemöffnungen kontrollieren und ventilieren, aber nur ein wenig. Ist es kalt, halten sie den Atem an. So könnte man es nennen.

Manchmal, wenn ich ihnen versehentlich Beine oder Fühler abgebrochen habe, friere ich sie ein; der absolute Wintereinbruch. Ich leugne nicht, dass ich das ungern tue. Sage mir: In meiner Obhut leben sie bedeutend länger als wild im Wald. So ist das.

Am Ende der fünf Tage, die wir miteinander verbrachten, Christof und ich, hatten wir fünf Papierstreifen, jeder mehrere Meter lang. Wir legten die Streifen abwechselnd neben- und übereinander; ich zeichnete mit Bleistift ein, welche Peaks wahrscheinlich eine echte Reaktion der Schmetterlingsantenne waren, nicht ziellose Zuckungen eines abgeschnittenen Fühlers.

ICH MUSS MRS. J. BANERJEE BITTEN, einmal extra zu kommen, ein drittes Mal diese Woche. Noch tut sie, was ich ihr sage; obwohl ihre Klagen zugenommen haben. War sie zuerst angenehm überrascht, mich so oft zu Hause vorzufinden, wenn sie kam, ist es ihr mittlerweile selbstverständlich geworden; und wenn ich einmal ausgehe, um sie arbeiten zu lassen (wie gesagt, Räume gewöhnen sich an Reinigungspersonal, richten sich darauf ein, das heißt, wenn Mrs. Banerjee zu abgelenkt ist, legt sich Staub über alle Dinge in einer dicken Schicht, die ich nie gekannt habe, bevor die Zimmer begannen, sich unter ihren erfahrenen Händen zu räkeln), falls ich also weggehe, während sie mit dem Staubtuch hantiert, fragt sie mich, mittlerweile relativ ungehalten, ob ich wenigstens zurückkomme, *bevor* sie fertig ist. Immerhin scheint ihr das Weinen nicht zu missfallen. Sie kommt an allen Tagen, die wir vereinbaren; und die Quantität, die sie produziert, ist unschlagbar. Die Qualität ihrer Tränen ist auf Dauer nicht ideal, merke ich an der Reaktion der Falter; leider. Sie trinken, aber nicht so gierig wie bei den Bestattungen. Ich sehe auch, wie Mrs. Banerjee zunehmend verfällt. Sie wird magerer. Sie entwickelt einen Ausschlag um die Lider.

Ich denke wieder an Christof. Christof ist ein sensibler Mann, im Lauf der gemeinsam verbrachten Labortage habe ich einiges erfahren: Intimes. Wenn ich ihm klarmache, wie sehr unser gemeinsames Projekt davon profitiert, wird er freiwillig weinen. Er kann das, denke ich. Ich möchte wieder neben Christof sitzen. Wir haben einander viel versprochen, als ich bei ihm in Deutschland war; versprochen, miteinander zu publizieren, versprochen, ich würde wiederkommen, um die Analysen abzuschließen.

Monatelang schon schreibe ich ihm immer neue Ausreden, warum ich die Insel nicht verlassen kann. Dass Deutschland und deine Insel gleichzeitig untergehen, ist unwahrscheinlich, sagte Christof, als er mir einen Memorystick mit Files gab, auf denen unsere meterlangen Analysen gespeichert waren; obwohl ich keine Software hatte, sie anzuschauen. Damit sie nicht verlorengehen, sagte Christof und lachte, eine der seltenen Gelegenheiten, bei der ich ihn lachen sah.

Christofs Hobby sind Totengräber, Käfer, die ihre Brut mit Aas füttern, er untersucht, welche Arten sich in welchem Verwesungsstadium eines toten Ferkels von diesem Ferkel ernähren, von welchen Gerüchen, die das verwesende Fleisch absondert (das sind in jedem Stadium andere), die Käfer angelockt werden. Auch, welche Käfer sofort da sind. Wichtige Fragen in der Forensik, sagte Christof. Früher war er Programmierer bei Siemens.

Ich müsste ihn einladen, wie wir damals besprochen haben. Er müsste hierherkommen. Oder ich müsste nochmals nach Deutschland, mit allen lebenden Faltern. Ich spüre, wie mein Körper bejaht, ja, Deutschland, und ja: auch nach Hause, zu den Eltern. Doch meinem Körper fehlt jegliches wissenschaftliche Verständnis. Mein Körper und mein Vater: meine zwei großen Schwachstellen.

Noch nie habe ich Heinrich um direktes Sponsoring meiner Angelegenheiten gebeten. Wenn ich Christof einlade, müsste ich damit anfangen, ich müsste ihm den Flug bezahlen. Bisher habe ich Heinrich noch nie um etwas gebeten, ja, er hat mir das Haus beschafft und schießt mir immer wieder etwas zu; bezahlt Mrs. Banerjee. Aber gebeten habe ich ihn bisher noch um nichts.

An dem Moskitonetz vor meinem Schlafzimmerfenster tummeln sich jede Nacht Hunderte Insektenarten, viele Falter, keine *Calyptra lachryphagus*. Ich schlafe immer mit offenem Fenster, auf Kühlung hoffend. Auch wenn die Temperaturen auf Mangalemi dauernd mehr oder weniger gleich bleiben, erträglich, nicht zu heiß, 26 bis 29 Grad, sprechen die Einheimischen von einer »warmen Saison«, die in die Regenzeit fällt; wegen der hohen Feuchtigkeit empfindet man die Luft als wärmer. Wenn man es nie erlebt hat, kann man sich kaum vorstellen, wie das ist.

Träume, ich habe intensive Träume dieser Tage, aber keine, die ich brauche. Ich müsste mich konzentrieren, auf meine Experimente, nur auf sie. Der Beginn jedes neuen Experiments, jedes *Versuchs*, wie ich ihn nenne, erregt enorme Hoffnung. Auch ich bin nicht frei von Gedanken an die *Nature*- oder die *Science*-Publikation; diese Gedanken sind eine Krankheit, ein Virus, den wir uns selbst eingepflanzt haben, wir Naturwissenschaftler.

Vor kurzem am frühen Abend, es war noch hell, aber nicht mehr allzu heiß, hatte ich eine Idee; nur eine Zwischenlösung, aber immerhin. Es gibt einen Landstreicher, Inselstreicher, um genau zu sein, eine Person ohne festen Wohnsitz, an heißen Tagen lungert er in den Hauseingängen entlang der Hauptstraße herum, eine Straße, die ich oft entlanggehe, um Einkäufe zu erledigen und zum Hafen zu gelangen. Er lungert dort unsichtbar; man vergisst seine Existenz, die Wahrscheinlichkeit seines Vorhandenseins, dass er plötzlich flüstern wird: Bitte, bitte. Ich erschrecke jedes Mal.

Bitte, *bitte*, geben Sie mir ein bisschen was.

Ihn zum Weinen zu bringen ist leicht. Ich reiße, zupfe

eigentlich nur, an seinem grauen Bart, nehme ihm das wenige Kleingeld ab, das er in der Faust umklammert hält, eine ganz weiche Faust, leicht zu öffnen. Sein anfängliches Wimmern ist unangenehm, nicht nur für ihn. Aber als es gestern so weit war, als er endlich tropfte, wirkte auch er erleichtert. Ich habe fotografiert, wie die Falter in seinem Bart sitzen. Es war schön; der alte Mann und die farbigen Falter, sie belebten sein graues Gesicht, trieben ihm das Blut in die Wangen. Ich bezahlte ihn gut, gab ihm einen Fünfziger, in Dollar. So will man es hier, Dollar ist die bevorzugte Währung, noch immer. So ist das.

Der Inselstreicher hat Mrs. Banerjee eine Sitzung erspart. Seine Tränen scheinen qualitativ bestens geeignet für die Falter; am folgenden Tag legten sie doppelt so viele Eier, als wenn sie da war.

MANCHMAL BEOBACHTE ICH MICH SELBER und empfinde mich als boshaft; in einem Interview beispielsweise habe ich grundlos schlecht über einen ehemaligen Kollegen gesprochen. *Er* hat in einem Interview grundlos schlecht über einen ehemaligen Kollegen gesprochen, denke ich, wenn ich mich evaluiere – Ergebnis meiner akademischen Erziehung: Objektivität. Auch sich selber gegenüber. Objektivität gelingt nur, wenn man das Ich vergisst, sage ich apodiktisch und kokettiere mit dem Ich in der dritten Person Singular. Vor allem vertraue ich der Grammatik und ihrer Wirkung und frage ihn, was ihn dazu brachte, hier auf der Insel (einen halben Weltendurchmesser entfernt von dem Kollegen, der sein Lehrer war oder sein hätte müssen, dem Stundenplan nach) von diesem Kollegen als »vernachlässigbarem Wissenschaftler« zu sprechen. Hämisch, mit leichter Schadenfreude, weil das Interview ja mit mir geführt wurde und ich also in dem Moment wichtiger war als der Kollege, der nicht interviewt wurde. Obwohl der Kollege im Zentrum der Welt lebte, in Europa. Und ich hier, am unbekannten Rand. Ich war, vor ein paar Jahren, ein bisschen berühmt.

Eine Weile besuchten mich häufig Journalisten. Nicht so sehr wegen mir oder meinen Tieren, sondern weil sie endlich einmal nach Mangalemi wollten; auf Kosten ihrer Zeitung oder des Finanzamts, weil sie die Reise von der Steuer absetzen konnten. Im Gegensatz zu (anderen) Künstlern und Politikern, Spionen, Schauspielern führen Wissenschaftler selten das Leben von Weltklasse-Figuren, sie tun ihr Bestes, um gewöhnliche Zeitgenossen zu sein. Niemand kennt sie, auch wenn sie einen Nobelpreis haben; nur ihr engstes Umfeld, fünfzig oder hundert Kollegen. So ist das.

Er ist nicht sonderlich begabt für Interviews, würde ich sagen, wenn ich mich beobachte, wie ich dasitze, einem Fremden gegenüber, der mich nach meiner inneren Motivation fragt, im Garten des Hauses, in dem sich Schmetterlinge in allen Entwicklungsstadien tummeln – ein Wort, das ich, sobald ich es ausgesprochen habe und das Mikrofon des Journalisten es registriert hat, zurück in mich aufsaugen möchte. Es stimmt nicht, Schmetterlinge tummeln sich nicht. Ich rette mich in ein Zitat, Ernst Mayr, 1940, dies und das. Ich bin voller Zitate. Zitiere: Er dachte unversehens Schlechtes über seinen ehemaligen Kollegen, der eigentlich sein universitärer Lehrer gewesen sein sollte, und verspürte das ununterdrückbare Bedürfnis, dem dahergelaufenen Journalisten umgehend ein Nein über diesen

Menschen ins Aufnahmegerät zu diktieren. Und warum? Er war an dem Tag eben seiner selbst überdrüssig.

Er hatte sich gleich am Morgen an einem Bucheinband geschnitten. Gibt es Lächerlicheres, als sich an einem Buch zu verletzen? Ich hatte lange geblutet und dadurch Zeit verloren, weil man mit blutverschmierten Fingern keine Schmetterlinge angreifen kann; ich erinnerte mich außerdem einen Moment lang genau an den Moment, in dem ich den Kalender des laufenden Jahres, 2013, gekauft hatte, ich erinnerte mich so genau, dass ich die Tatsache, dass von dem im Kalender enthaltenen Jahr schon die Hälfte vergangen war, umso abstoßender fand; ich ekelte mich regelrecht vor der Zeit und wie sie mich geißelte. Ohne sie hätte ich ein wunderbar beschauliches Leben gehabt. Ich wollte die Zeit abschaffen, wenn es sich nur irgendwie mit meinen Forschungen vereinbaren ließe. Evolutionsbiologe sein bedeutet vielleicht, die Zeit abschaffen.

Menschen interessieren mich nicht, hatte er zur Interviewerin gesagt und ihren Schrecken genossen. Sie erschrak, dass jemand, ein Co-Mensch, so etwas sagte. Co-Mensch, hatte er sich damals gern scherzend genannt, *ein Co-Mensch wie Sie*, als wäre das Menschsein eine Firma, in der man angestellt war, ob man wollte oder nicht, von Geburt an, inmitten der Kollegenschaft, in den Pausen saß man unweigerlich zusammen; und dann entdeckte man völlig andere Verwandtschaften mit Nicht-Co-Wesen.

Man weiß doch schon alles über den Menschen, hatte er zur Interviewerin gesagt und den Schrecken in ihren Augen genossen. Sie hatte gesagt, aber das menschliche Gehirn! Ganze Industrien sind damit beschäftigt, hatte er entgegnet, scharf entgegnet – wäre sie klug gewesen, die

Interviewerin, hätte sie ihm entgegengeworfen, dass dasselbe doch mittlerweile für jeden Zweig der Naturwissenschaft gelte, ganze Industrien waren dabei, Pheromone aus Blüten zu extrahieren, ganze Industrien studierten das Nervensystem der Hummeln, jedes noch so kleine abwegige Lebewesen scheint besetzt von den Industrien, hätte sie ebenso scharf entgegnen müssen. Er hätte dann natürlich unverzüglich gesagt, aber mein Gebiet, diese Schmetterlinge, gehören mir ganz allein; ich würde ja darauf warten, dass jemand anderer sie übernimmt, aber niemand nimmt sie, und so gehören sie, ohne dass ich es will, weiterhin mir allein, und ich habe weiterhin die ganze Verantwortung für ihre Erforschung. Aber sie tat nichts dergleichen, sie glaubte ihm jedes Wort aufs Wort.

Als hättest du und nur du die Weisheit mit Löffeln gefressen, hört er Shambhavi sagen, Shambhavi Gottipadi, Studentin aus England, Leeds, Großeltern stammen aus Delhi, die auf Mangalemi einen Tauchkurs macht, eine meiner Via-Heinrich-Bekanntschaften. Auch sie, eine Zufallstrefferin, zitiert er.

Ich schüttle mich, angeekelt von den Zitaten, die unaufhörlich durch mich strömen. Ja, kann man denn nicht einmal allein sein? Das ist es, was er seinen Tieren zutraut, ein unendliches Talent zum Alleinsein. Vielleicht sucht er danach. Will es von ihnen lernen. Kann sein.

Wäre die Interviewerin halbwegs klug gewesen, hätte sie ihn überführen und abführen können wie ein Hündchen, sogar ohne Leine hätte er ihr folgen müssen, hätte sie nur ein, zwei richtige Sätze gesagt, hätte er zugeben müssen, dass es barer Unsinn war, wenn er behauptete, sich für Menschen nicht zu interessieren. Ihm als Mensch war es ja schlicht ganz und gar unmöglich, sich nicht für sich selbst zu interessieren. So hätte sie ihn überführen können, der schlampigen Argumentation schuldig befinden; und weil es nichts Schlimmeres gibt, für einen Wissenschaftler, hätte er ihr aus der Hand fressen müssen, ihr sogar ein gewisses Talent attestieren müssen, ein Talent für Logik; doch wie die meisten – und zwar nicht nur Interviewer – ergriff sie ihre Chance keineswegs, nicht einmal ein Zipfelchen davon, sondern ließ sich in dem Glauben, der aufgrund einer Kette von zufälligen Kleinigkeiten ein paar Wochen lang berühmte Wissenschaftler Caspari interessiere sich schlicht gar nicht für Menschen.

DU MUSST MEHR UNTER DIE LEUTE GEHEN, rät mir Heinrich immer wieder, du bist zu besessen von deinen schweigenden Tieren, für so ein Schweigen sind wir nicht gemacht, wir Menschen. Da haben wir ihn schon wieder, den Observator in mir, er zitiert und zitiert. Ist zitiersüchtig. Hat er überhaupt jemals einen Gedanken gehabt, der kein Zitat war? Wo ich einfach dachte, ohne daran zu denken, dass er jetzt dies oder das denkt?

Wir verabreden uns nie, Heinrich und ich, Port Blaise ist klein genug, dass wir uns einfach so begegnen; manchmal mehrmals am Tag. Die letzten acht Tage habe ich ihn allerdings nicht gesehen; seit ich mich dazu entschlossen habe, ihn zu fragen, ob er mir Christofs Flug finanziert, ist er weg. Seit ich die Absicht habe, ihn direkt zu bitten, mein offizieller Sponsor zu werden, ist der Zufall nicht mehr auf meiner Seite.

Ich gehe meiner Wege, dieselben wie sonst.

Normalerweise verstreichen maximal 48 Stunden, und

irgendwo biegt Heinrich um die Ecke, sitzt in einem Café, steht hinter oder vor mir an der Kassa eines Supermarkts, greift mir über die Schulter nach dem Kipferl, das ich gerade kaufe. Nein, ich suche ihn nicht. Natürlich könnte ich, natürlich weiß ich, wo er wohnt. Aber so funktioniert es zwischen uns nicht; der Zufall regiert.

Nach fünf Tagen bin ich besorgt. Suche ihn trotzdem nicht; rein zufällig fahre ich immer wieder mit dem Wagen durch die Straße, in der er wohnt, komme zufällig an den Ecken vorbei, um die ich ihn so oft biegen habe sehen, während der letzten fast zehn Jahre. Kein Heinrich. Ich frage Mr. Pants, den Mann meines Vertrauens, hast du Heinrich gesehen? Mr. Pants kratzt sich am Hinterkopf, eigentlich kann ich mich gar nicht erinnern, wann ich ihn zuletzt gesehen habe, muss mehr als vierzehn Tage her sein, weit kann er aber nicht sein, die Insel verliert niemanden, es sei denn … Er hebt den Blick, schaut mir tief in die Augen, lässt seine Zähne blitzen, was die einzige Möglichkeit ist, brauche ich dir nicht zu sagen, Teacake, wie wär's mit einem Bier? Ich schüttle den Kopf, danke Mr. Pants, zu früh am Nachmittag, habe noch zu tun, Feinarbeit, für die braucht man ruhige Hände.

Manchen macht der Alkohol ruhige Hände, kontert Mr. Pants sofort, kennst du den Schneider an der Hauptstraße, ein winziges Geschäft, ihm gelingt das Einfädeln der Nadel nur, wenn er ein Glas Schnaps trinkt, seine Ration für einen Arbeitstag ist ein Liter, hast du das gewusst? Mr. Pants lebt auf, sein drahtiger Oberkörper schwankt hin und her, wenn er spricht, ist er ein Pendel, Klatsch und Tratsch sein Lebenselexier. Kaum nähert sich jemand der Kassa, neben der er in kundenlosen Stunden sitzt, das linke

Ohr an ein kleines rosa Radio gedrückt, auf dem rechten ist er taub, springt er eilfertig auf, setzt das Radiogerät liebevoll auf ein Regal, auf dem sonst nichts steht, und redet, er überlässt sich dem Reden, treibt voll Hingabe auf einem Wortstrom.

Ich kenne den Schneider.

Ein Keks vielleicht? Ein Keks geht immer. Er hält mir eine Dose hin, ich greife hinein, der süße Geschmack erleichtert mich ein bisschen.

Was soll schon sein mit Heinrich, Mr. Pants hat ja recht. Einer, der seit zwanzig Jahren hier lebt, fällt nicht einfach so von der Scholle.

Wir kennen einander das letzte Jahrzehnt über, ein bisschen kürzer, Heinrich und ich. Ausgerechnet deswegen ist mir die Frage nach dem Geld für Christofs Flug (er ist mittlerweile zurück nach Dänemark, schrieb er, sein Stipendium war abgelaufen, seine PhD noch nicht, er arbeitet vom Sofa seiner Eltern aus), Kopenhagen – Port Blaise, die Erde quer, unangenehm. Ich scheue vor der Bitte zurück.

Heinrich hat mir immer nur Gutes getan. Aus sich selbst heraus, ohne dass ich etwas gesagt hätte. Meine Frage wird also eine grundsätzliche Veränderung in unserer Beziehung bedeuten. Du übertreibst, würde Heinrich sagen, säße er mir jetzt gegenüber, es handelt sich schlicht um eine Frage, auf die ich auch mit Nein antworten könnte. Könntest du eben nicht, würde ich dann erwidern, genau das könntest du eben nicht. Und deshalb bist du jetzt fort. Kann sein.

ICH RIECHE DIE TRÄNEN DER LEUTE, ein nasser unverwechselbarer Geruch. Nichts riecht wie Tränen. Ich rieche sie im Gedränge auf dem Wochenmarkt: Kindertränen, weil das Bürschchen grob an einem Arm vom Obst weggezogen wird, nach dem es greifen wollte; im Hafen: Erschöpfungstränen einer alten Frau auf einer Bank, ihr Mann wird und wird nicht gesund, sie hat ihr Leben lang geschuftet, schuftet weiter, während sie eigentlich nur mehr auf dieser Bank sitzen bleiben will; Abschiedstränen, wenn jemand in ein Schiff steigt; in den Gassen: Tränen des Streits zwischen Paaren hinter dünnen wehenden Vorhängen. Auf Mangalemi ist das Weinen niemandem peinlich, nur Ausländer genieren sich für ihre Tränen. Auch Shambhavi, die Studentin, die Indisch spricht, wie so viele hier (großmütterlicherseits, wie sie sagt), ist in diesem Sinn Ausländerin. Nicht einmal als sie sich einen Seeigel in die Sohle getreten hat, die Stacheln abbrachen und die Ambulanz geschlossen war, weil der diensthabende Arzt am anderen Ende der Insel jemanden versorgte, hat sie geweint. In dieser Hinsicht ist sie ganz Kind der Region, in der sie geboren wurde – Britische Inseln, Europa. Ständig rieche ich Tränen, die verlorengehen, verdunsten, während meine Falter ihre Rüssel vergeblich danach ein- und ausrollen.

Ich mache einen weiteren Versuch, meine eigene Tränenproduktion anzukurbeln, kaufe am Markt mehrere Kilo Zwiebel, setze mich mit Schneidbrett und Messer in den Teil des Hauses, in dem die Schmetterlinge leben, schneide die Zwiebeln in rechteckige Stückchen. So klein wie möglich geschnitten scheinen die Zwiebeln sich zu vermehren, ein Berg Zwiebelstückchen häuft sich vor mir auf, von dem ich nicht gedacht hätte, dass er in dem Sieben-Kilo-Sack steckt, den ich gerade gekauft habe. Ich schneide und weine, Tränen rinnen mir über die Wangen, ich fange sie am Rand eines Trinkglases auf; schneide und weine. Als die Zwiebeln vom Schneidbrett quillen, die gesamte Tischplatte mit Zwiebelstückchen bedeckt ist, habe ich zwei Milliliter geweint. Ich pipettiere meine Tränen auf zwei Schälchen und hole zehn Falter, nach kurzem Geflatter lassen sie sich am Rand des Tränentropfens nieder, rollen ihre Rüssel aus. Ein Anblick, der mich jedes Mal rührt, freut, ein unbeschreibliches Gefühl breitet sich in mir aus, wenn ich sehe, wie zu einer zarten Schnecke gerollte Zungen sich strecken, zu saugen beginnen. Wenige Sekunden später sind die Schälchen wie unangetastet, die Tiere sitzen in der dem Fenster zugewandten Ecke des Plafonds. Sie finden meine Tränen ekelhaft.

Was haben die Tränen meiner Haushälterin, Frau J. Banerjee, des Landstreichers, das meine nicht haben? Ich fege die Hälfte der geschnittenen Zwiebeln mit einer Handbewegung vom Tisch; noch tagelang wird dieses Zimmer stinken, der Geruch ist kaum wegzukriegen. Ich weiß das aus Erfahrung, mein Schwager ist ein Zwiebelfetischist, überall muss er Zwiebel haben, in jeder Speise, die Küche meiner Schwester ist ein einziges Zwiebellager, man riecht es bereits, wenn man sich im Vorraum die Schuhe auszieht; deshalb vermeide ich es, Zwiebeln im Kühlschrank aufzubewahren, alles nimmt dann in kürzester Zeit ihren Geruch und Geschmack an. Beim Gedanken daran beginnen meine Augen wieder zu tränen, nutzlose Tränen.

Ich sehne mich nach einem Treffen mit Heinrich, einer

zufälligen Begegnung in einem der von uns gerne frequentierten Cafés. Jeder Moment mit Heinrich entspannt mich. Seit ich ihn nicht mehr gesehen habe, bin ich angespannt; im Nacken. Heinrich regelmäßig zu sehen, merke ich, ist mir notwendig geworden, eine Voraussetzung für optimale Gesundheit. Nur mit Heinrich vergesse ich für Momente meine wissenschaftliche Arbeit. Ohne ihn bin ich ein Besessener, der weiß, dass er besessen ist, und doch nichts daran ändern kann.

Wissenschaftlersein ist kein Beruf, von dem man sich an den Wochenenden erholt, nicht einfach eine intellektuell fordernde Beschäftigung, mit der man, so man in einem wohlhabenden Land geboren ist, auf selbstgewählte und daher halbwegs angenehme Art seinen Lebensunterhalt verdient. Wissenschaftlersein ist ein Lebensstil. Daneben ist nichts anderes möglich. So sehe ich das. Ich weiß, das Heer von Akademikern, die an Universitäten und Forschungsinstituten, zwischen neun Uhr morgens und siebzehn Uhr nachmittags für feste Verträge und lebenslang regelmäßige Lohnerhöhungen kämpfen, und parallel dazu danach streben, internationalen Insidern den eigenen Namen als denjenigen einzubläuen, der zitiert gehört, dieses Heer aus ehrenwerten Kollegen würde mir widersprechen; dezidiert widersprechen. Sie sind brave Schafzüchter, die ihre Schäfchen des Wissens ins Trockene bringen wollen. Wenn ich sie ehrenwert nenne, so ist das nicht als Ironie zu verstehen. Ehrenwert sind sie durch und durch, einer ruhigen Beschäftigung nachgehend, die niemandem, wirklich niemandem schadet und nebenbei den Kindern des Mittelstands und manch glücklichem Zufallsimmigranten eröffnet, wie vielfältig sich die Welt demjenigen enthüllt, der sie genau betrachtet. Sobald sie ihr Doktorat abgeschlossen haben, gründen sie meist eine Familie, die ihnen zur unangestrengten, weil nicht extra zu planenden Freizeitunterhaltung dient.

Ich verstehe sie gut und immer besser, seit ich merke, wie sehr mir Heinrich fehlt. Diese Leute tragen die Wissensgesellschaft auf ihren kaum zuckenden Schultern. Ich weiß, nicht jeder teilt meine Meinung, nicht einmal Heinrich. Das Besondere an meinem Umgang mit ihm ist, dass es mich bei ihm nicht stört; dass mich an ihm einfach nichts stört, außer momentan seine Abwesenheit.

Shambhavi, als wolle sie mich plagen, erzählt mir ihre eigene Version von Heinrich; sie, an der mir wenig liegt, läuft mir fortwährend vor die Füße. Weil das Wetter unbeständig ist, der übers Meer ziehende starke Wind die Ozeangräben, in denen sie sich sonst herumtreibt, unsicher macht, bleibt sie an Land. Diese junge Frau, der ich offenbar ganz ungefährlich vorkomme, denn sie sitzt mir äußerst leicht bekleidet gegenüber, erzählt mir von ihren Abenden mit Heinrich. Zu Nächten ist es noch nicht gekommen, kurz vor Mitternacht kündigt er regelmäßig seinen Aufbruch an. Und egal, was sie tut oder sagt, er geht, geht viel zu schnell, erst wenn er draußen ist, auf der Straße, verlangsamt er. Dann sieht sie ihm an, sagt sie, dass es auch ihm schwerfällt, nicht länger zu bleiben. Sie wohnt in einem kleinen Apartment; hübsch, traditionell und modern zugleich eingerichtet, mietet es von einem Ehepaar, das die Insel eigentlich schon lange verlassen hat, sich das Apartment als Pied-à-terre behält. Ich weiß das, weil sie mich zum Tee eingeladen hat, vor drei oder vier Tagen, spontan, als ich ihr begegnete, während ich zufällig dort herumspazierte, wo ich Heinrich zu treffen hoffte. Heinrich ist offenbar schon oft bei ihr gewesen. Sie erzählt es völlig cool, als spräche sie von einer anderen Person, nicht von sich selber, erzählt es mir, denke ich, weil sie dem Bedürfnis, jemandem von Heinrich zu erzählen, nicht widerstehen kann; indem sie von ihrer Faszination für ihn erzählt, wird ihre Beziehung wirklicher. Es ist keine Beziehung, sagt sie, besteht darauf. Dass ich mit Heinrich befreundet bin, ist mein größtes Plus, aus ihrer Sicht. Zwar bestreitet sie auch das, in ihr schwelen ständige Funken des Widerspruchs, die sich an eigentlich allem, was ich von mir gebe, entzünden könnten; an was sie sich dann tatsächlich entzünden, ist mir immer noch nicht vorhersehbar geworden. Ich bin solche Gespräche nicht gewohnt, Gerede über Aussagen, deren Richtigkeit man weder beweisen noch widerlegen kann, weil jegliches Experiment fehlt, nichts getestet worden ist, Themen, die der Wind an Land weht.

Die Art, wie Shambhavi spricht, entspricht mir gar nicht: eine unglückliche Fügung. Ob es an der Sprache liegt? Mit Shambhavi spreche ich Englisch, wie mit den meisten hier auf der Insel, nur sie spricht ein perfektes, ein wunderschönes Oxford-Englisch, während viele radebrechen. Trotzdem höre ich vielen Stotterern lieber zu als ihr. Die Sprache ist es also nicht. Heinrich, egal welche Sprache er spräche, würde ich immer begeistert zuhören, er wäre immer eine Ohrenfreude. Ihre Stimme ist es auch nicht. Objektiv gesehen hat sie eine klangvolle, keineswegs quietschende, irgendwie im Gegensatz zu ihrem Aussehen stehende Stimme; würde man sie im Radio hören, ohne sie vor sich zu sehen, in ihrem dünnen Kleid, könnte man so eine Stimme als beruhigend erfahren. Ob sie sich nicht erkälten würde, frage ich, denn es ist dunkel geworden und noch windiger.

Sie erkälte sich nie, antwortet sie. Wie gesagt, ihr Hang zum Widerspruch.

Ihr größtes Plus aus meiner Sicht ist, dass Heinrich sie offenbar mag. Und dass sie überzeugt ist, ihm sei nichts passiert, er habe einfach rasend schnell abreisen müssen, sodass es ihm unmöglich gewesen ist, uns beide darüber zu informieren. Sie nimmt es ihm nicht einmal übel. Dass sie mich anlügt, ist ausgeschlossen, das würde ich merken, außerdem unwahrscheinlich, nachdem sie mir mit entwaffnender Offenheit detailreich erzählt hat, was sie vor Mitternacht mit Heinrich erlebt.

So zitiere ich weiter, zitiere, in meiner Heinrichlosigkeit, Shambhavi. Man lernt zu zitieren im Laufe der wissenschaftlichen Ausbildung, man lernt aber nicht, nicht zu zitieren, sich einen Moment lang nur auf das Eigene zu besinnen. Je länger man arbeitet, liest, desto weniger behält man Übersicht darüber, was das Eigene ist, was das andere, das Angeeignete.

ICH STEHE IM BAD, sehe an meinen Beinen hinunter. Zitatentaumel, gleich in der Früh, schon in den Sekunden des Erwachens: Zitate. Ich stehe da im Bademantel, Schlafrock, wie ich meine Großmutter sagen höre (Zitat 1). So beginne ich den Tag, meine Beine betrachtend. Dann einige kurze Gymnastikübungen; ich mag meine Beine, bin mit ihnen zufrieden, das ist nicht wenig, denn ich hätte wenig an ihnen ändern können, kann sie trainieren oder rasieren, könnte eine Operation bestellen. Doch was lässt sich an Beinen grundsätzlich verbessern? Zwei fleischige Stängel, die uns tragen, auf der Erde herum, und aufgrund der schieren Ähnlichkeit der Form (Zitat 2) einige Sympathie für Gewächse auferlegen, die meinen Raupen als Futter dienen: den Pflanzen. Länglicher Unterbau vom Boden weg nach oben, dort dann ein Köpfchen, unterwegs Anhängsel, Äste oder Arme. So sind wir irgendwie auch baumförmig. Erfreulicherweise, sonst stünde wohl kaum noch ein Baum, hätten wir sie alle umgeschnitten. Der Form sei Dank gibt es wenigstens Sympathie, das eindeutigste Argument von allen (Zitat 4–5). Dann: weitere Zitate.

Ich ziehe mich an.

Auf meiner linken Fußsohle ist ein schwarzer Punkt deutlich sichtbar, sofern man so weit kommt, unter meine Fußsohlen zu schauen. Demjenigen, das sich unter meinen Fußsohlen befindet, kann nichts passieren; der schwarze Punkt unter meiner linken Fußsohle, leicht unmittig zwischen meinen Fußballen gelegen, wäre somit der sicherste Ort der Welt, aus meiner Perspektive – denn mit Perspektiven kenne ich mich aus. Der schwarze Punkt, den bisher nur ich gesehen habe, niemand sonst, nicht einmal meine Mutter, weil ich, als ich ihn bekam, bereits zu erwachsen war, um meiner Mutter meine Fußsohlen zu zeigen, ist ein Tattoo, das mir ein Meeresbewohner verpasst hat; der Punkt ist die abgebrochene Spitze eines Seeigels, den ich mir in den ersten Wochen auf der Insel, als ich das Meer noch unvorsichtig betrat, als ich es überhaupt noch betrat, eingetreten habe. Meine zweite Gemeinsamkeit mit Shambhavi, wie jeder Inselerstling traten wir beide frischfröhlich in die Stacheln. (Die erste Gemeinsamkeit ist unser gemeinsamer Freund, Heinrich.) Ein bisschen Seeigel hat sich in mir eingeschlossen, manchmal denke ich an das

Seeigelgewebe, das sich in Spuren in mir verteilt hat und in punktförmiger Konzentration in meiner Sohle lagert. Würden die Seeigel aussterben, könnte man aus diesem Punkt noch die DNA extrahieren (Zitat 6).

Schluss mit den Zitaten.

Warum ist mir mein Aussehen so wichtig, auch die Details, wenn mich doch niemand sieht? Nicht nackt. Trotzdem betrachte ich jede Unregelmäßigkeit in meiner Haut sorgenvoll, sei sie noch so geringfügig. Ich bin gegen Veränderungen an meinem Körper, wie jeder Mensch, jedes Lebewesen. Wie wir sein müssen, um uns vor Verletzungen zu schützen.

Oder täusche ich mich? Wir vergleichen die Körper der anderen Lebewesen stets mit dem unseren, dem menschlichen. Ist das nicht ein grundlegendes Problem, irren wir uns deshalb nicht a priori in allen Schlussfolgerungen? Ist das ein Indiz dafür, dass wir naturgemäß an die Verwandtschaft aller Lebewesen miteinander glauben? An eine untrennbare Verbundenheit zwischen uns und den Schmetterlingen also?

Ein Kopf ist ein Kopf, aber wie dieser Kopf die Welt wahrnimmt, muss (so sagt uns unser Kopf) unendlich anders sein, wenn der Kopf (1) einem Mann gehört, (2) einem Falter oder (3) einer Raupe. Für eine Raupe ist die Welt etwas, das man fressen kann und muss. Die Welt als Nahrung. Oder ist das gerade das Gemeinsame?

Schmetterlinge setzen sich innerhalb ihres Lebens völlig neu zusammen, bevor sie aus der Puppe schlüpfen. Der Inhalt der Puppen ist flüssig. Aus einer Suppe, die erlebt, wer versehentlich eine Puppe zertritt (kam ab und zu vor, als regelmäßig Journalisten meine Zuchträume betraten), entsteht alles, was den Falter ausmacht: Flügel, Kopf, Brust, Flugmuskulatur, sechs Beinchen. Fühler. Hinterleib. Sexualorgane.

Wie das wirklich vor sich geht, kann kein Wissenschaftler wirklich erklären. Das sind die Fragen, die mir bleiben; als Ansporn, als unerforschtes, aber sichtbares Gebiet.

Du hattest immer viele Fragen, *avevi tante domande*, schreibt mir mein Vater aus seiner Studierstube, wie er das Zimmer, in dem ich den letzten Teil meiner Kindheit verbrachte, nennt, wenn man Kindheit als den Zeitraum definiert, in dem man von den Eltern abhängig ist.

Ma adesso sei indipendento?, höre ich meinen Vater lachen, wenn ich seine Zeilen lese, weil er sich freut, über die Fortschritte, die er im Italienischen macht, schnelle Fortschritte, ungewöhnlich für einen Mann seines Alters, habe sein Lehrer gesagt, ein junger Mann aus Padova, der sich kleidet wie Charles Dickens. Ich korrigiere den kleinen Fehler meines Vaters nicht. Gegen Tagesende lande ich wieder bei Zitaten, auch dort keine Antwort auf Fragen-über-Fragen.

EIGENTLICH HÄTTEN DIESE WOCHEN die besten meines Lebens sein müssen, noch nie hatte ich mehr adulte Falter in meinen Zuchträumen. *Calyptra lachryphagus* hat sich völlig erholt. Von Aussterben kann momentan keine Rede mehr sein. Noch nie, seit es Aufzeichnungen darüber gibt, war die Population so groß wie jetzt. In den Zimmern meines Hauses lebt momentan die gesamte Weltpopulation dieser vor einem Jahrzehnt noch für ausgestorben erklärten Art: 1285 Individuen, ein Drittel davon Weibchen, eine Sorge: diese Ungleichheit des Geschlechterverhältnisses. Solange sie genug trinken, werden sie sich vermehren. Sie alle sind Nachkommen des einen Weibchens, das ich in den letzten Monaten meiner Doktorarbeit, nach fast vier Jahren auf der Insel, fing und zur Eiablage brachte; als ich endlich kapiert hatte, dass Bäringer mich belog oder einfach nicht wusste, was er sagte, wenn er mir diese dummen Sträucher als Futterpflanzen empfahl, mit denen ich mich jahrelang herumgeplagt hatte, und ich endlich auf die Idee kam, die Raupen an Bäumen aufzuziehen. Räupchen sind sie anfangs, wie gesagt, kaum mehr als winzige längliche Striche auf den Blättern der *Albizia lebbeck*, Frauenzungenbaum, Regenbaum oder einfach Lebbeckbaum sagen die Touristen auf der Insel dazu. Je nachdem, welche Sprache sie sprechen, in jeder taucht der Baum mit ein wenig anderen Konnotationen auf. Frauenzunge sage man dazu, weil die Samen in den reifen Schoten wie das Tuscheln von Frauen klängen, wenn sie sich bewegen, so habe ich es in einem semi-wissenschaftlichen Artikel erklärt gefunden.

Die Einheimischen, so mein Eindruck, kümmern sich nicht viel um Namen.

Mir fällt natürlich wieder ein Zitat ein: Bereits Carl Linnaeus (1758) kannte die Pflanze und beschrieb sie als *Mimosa lebbeck*, später wurde sie in die Gattung *Albizia* versetzt, weil man dachte, Linné habe eigentlich einen anderen Baum vor sich gehabt, als er *M. lebbeck* definierte. Wie dem auch sei, meine Tiere gedeihen bestens auf Frauenzungenblättern, mittlerweile stehen zwei dieser Bäume bei mir im Garten, vor sechs Jahren angepflanzt. Den Buddhisten gelten sie als heilig; das hat den Nebeneffekt, dass die Buddhisten der Insel, sie sind eine Minderheit und folglich umso enger miteinander verbunden, mir eine besondere Sympathie entgegenbringen, weil sie mich für einen der ihren halten, der inkognito lebt; sie wiederum nennen die *Albizia* häufig Schlafbaum.

Was die Baumspezies betrifft, sind meine Tiere nicht sonderlich heikel, nur an Sträuchern wollen sie eben nicht fressen; beziehungsweise sie fressen, gehen aber nach wenigen Tagen ein.

Ab und zu habe ich die Raupen auch auf *Celtis cinnamomea* und der an sich selten vorkommenden *Horsfieldia irya* gezogen; auch auf diesen Pflanzen habe ich gute Ergebnisse erzielt. Doch die *Albizia* halten sich im Garten am besten und sind daher im Zuchtalltag am geeignetsten. Im Garten ist der Baum eine helle Freude, die Blüten duften angenehm, frisch und leicht, unaufdringlich; der Stamm ist glatt, ich berühre ihn gerne (wenn der Gärtner nicht herschaut), die Blätter sind groß und praktisch zu ernten. Innerhalb ihres Lebens können solche Bäume bis zu dreißig Meter hoch werden; das würde ich zu gerne erleben. Mir schwebt für die Zukunft eine ebenso hohe Voliere vor, in der meine Schmetterlinge sich fortpflanzen können. Ab und zu betritt jemand die Voliere: um sich ordentlich auszuheulen.

Nach wie vor vermute ich, Bäringer hat mir absichtlich etwas – sagen wir: das, was er wirklich für richtig hielt – nur tangential Streifendes empfohlen, zumindest nicht alles gesagt, was er aufgrund seiner Erfahrung wissen musste. Doch wirklich wichtig ist der Trigger, der sie zur Eiablage bringt; etwas, das Bäringer sicher nicht weiß. (Außer er liest meine letzte, eher marginal publizierte Publikation, was ich nicht glaube.)

Die Zeiten, in denen ich mich falsch beraten habe lassen, sind vorbei. Ich müsste also durchaus glücklich sein, hörte ich nicht das Kratzen der Schmetterlingsfüßchen an den Plastikwänden ihrer Behältnisse. Sie suchen, suchen Tränen, die ich genauso suche, als wäre ich einer von ihnen. Ob sie in erster Linie Tränen von Frauen mögen? Ob die anders sind als die von Männern?

Ich weiß kaum etwas über die Zusammensetzung von Tränen, außer dass sie Salz enthalten. Ein potenziell ständig überflutendes Meer, das jeder von uns in sich trägt. Der Mond, der es zur Flut bringt, ist (merkwürdigerweise) immer ein anderer Mensch. Auf Umwegen können Naturkatastrophen, Meteoriteneinschläge uns (theoretisch) zum Weinen bringen. Aber nur, wenn ein Mensch es uns berichtet, wenn Menschliches damit verbunden ist. Das Ableben eines Nahestehenden, der eigene Hunger und Durst, den erlebend man sich selbst zu vermissen beginnt, sich an sich selbst klammert, als könne die Welt nicht ohne einen weiterbestehen, als wäre das die einzig echte Katastrophe, das eigene Verschwinden von der Welt. Und das ist es ja.

Ich muss mich kundig machen, woraus Tränen eigentlich bestehen. Das weißt du nicht, als Biologe?, würde meine Schwester mit Unterton fragen, spräche ich mit ihr darüber. Sie glaubt immer, ich »als Biologe« müsse alles wissen, was mit Naturgegebenem zu tun hat. Wenn ich etwas nicht weiß, hält sie es für ein Indiz dafür, dass ich mich halbwegs durch mein Studium geschwindelt habe. Weil du alle mit deinem Spezialistenwissen bezirzt, wie sie sagt.

Kaum ein Morgen vergeht, in dem nicht irgendetwas in meinem E-Mail-Posteingang auftaucht, das ich psychisch verstörend nennen würde. Abgesehen von den Briefen meiner Schwester, meines Vaters und (äußerst selten) anderer Verwandter, die (ab und zu) auch ein angenehmes Gefühl der Vertrautheit erregen, sind da stets Nachrichten, die einen Wissenschaftler plagen. Das Insistieren des Finanzamts, das Einkommen fürs folgende Jahr abzuschätzen, zum Beispiel. Und in letzter Zeit in unregelmäßigen Abständen Forderungen von der indischen Justiz. Um Stellungnahme, um Einhaltung von Vorladungsterminen wird ersucht. Diese Nachrichten lösche ich sofort, ohne sie zu lesen.

Nach ungefähr einer Stunde, wenn ich finde, ich habe mich jetzt genug mit den Alltäglichkeiten der Erdadministration beschäftigt, stehe ich von meinem Schreibtisch auf, gehe in den Garten, sehe nach den Frauenzungenbäumen (*Albizia lebbeck*), kontrolliere die Blühintensität der Nektarpflanzen in der Voliere.

Zurück an meinem Arbeitstisch, tue ich so, als wäre ich nicht ich. Als sei nichts von dem, das ich gerade gelesen und beantwortet habe, geschehen, ich problemlos glücklich, »happy«, wie Mr. Pants es ausdrücken würde.

Be happy, Teacake, and you will be happy, wird er nicht müde zu wiederholen, wenn er findet, ich hätte Ringe unter den Augen, die mir nicht stünden und die ich, als ich einst auf der Insel gelandet war, nicht gehabt hätte. Auch nicht, wenn ich mehrere Nächte auf der Suche von »these fluttery beings« schlaflos verbracht hatte.

Mr. Pants wird mir bis zu einem gewissen Grad immer fremd bleiben, doch ist er jemand, dem ich wegen seiner unschuldigen Ehrlichkeit vertraue.

Ich tue, als wäre ich nicht ich und versetze mich in den Zustand der Unschuld und absoluten Sorglosigkeit, den ich

Mr. Pants zutraue. Nur so kann ich arbeiten. Das Hantieren mit den Schmetterlingen in ihren diversen Entwicklungsstadien hilft. Ich zähle die neu geformten Puppen des Tages, dann feile ich weiter an meinen wissenschaftlichen Schriften. Manchmal hilft ein kleines Nickerchen, nur fünfzehn Minuten den Kopf auf die verschränkten Arme legen, wegdriften; das klärt. Am Abend habe ich die indische Justiz meist vergessen.

Ich rufe Mrs. J. Banerjee an. Ob sie ein, zwei Stündchen kommen kann, ich habe etwas verschüttet. Die Zwiebeln von gestern liegen noch da, verstreut über das halbe Zimmer.

Sie fragt zögernd, ob es möglich sei, dass sie vorher noch bei ihrer Mutter vorbeigehe. Ich habe nicht damit gerechnet, heute noch zu Ihnen zu kommen, Sir. Sie nennt mich immer Sir, obwohl sie ein Jahrzehnt älter ist als ich, sie ist die Einzige, die niemals Teacake zu mir sagt, ihre Stimme klingt irgendwie verzagt.

Geht es Ihrer Mutter nicht gut? Kann ich Ihnen irgendwie helfen?

Nein, ich hatte nur angenommen, heute freizuhaben. Sie gestattet sich einen Moment der Strenge.

Ich bin abhängig von Jane Banerjees bedingungsloser Loyalität. Ihre Treue, die ich mir über die letzten Jahre hinweg (unabsichtlich) aufgebaut habe, indem ich sie – ihrem Empfinden nach – gut behandle, ist die Basis für das Rohmaterial meiner Arbeit geworden. Sie dient mir als Hauptfutterlieferant. Ich will gar nicht daran denken, wie abhängig ich auf einmal von ihr geworden bin. Nach wie vor stirbt keiner. Der Landstreicher ist nach dem einen Mal unauffindbar geworden. Meine Tränen, auf welche Art auch immer ich sie mir hervorpresse, sind wertlos. Alle Gedanken des Zweifelns und Zauderns, ob man einer Haushälterin denn so viel emotionalen Stress zumuten dürfe, muss ich daher vehement verdrängen. Ich bezahle sie gut.

Während ich mit ihr spreche, stelle ich mir Mrs. Banerjee als Blüte vor; eine Nektarproduzentin, ohne die meine Tiere nicht lange genug überleben würden, um sich fortzupflanzen.

Also, wenn Sie nicht können, kommen Sie eben morgen, wie geplant. Und entschuldigen Sie bitte meine spontane Anfrage. Ich tue, als wäre es ganz ihre Entscheidung, sie soll das Gefühl haben, mir einen großen Gefallen zu tun, wenn sie heute extra kommt; weil sie mir ja einen unbeschreiblichen Gefallen tut. Wegen einer Lächerlichkeit, wie sie denkt, einer Pingeligkeit meinerseits, der ich so schwer in Unordnung leben kann. Glücklicherweise habe ich sie auch in den vergangenen Jahren schon manchmal wegen Nichtigkeiten unversehens zu mir geholt, sodass es jetzt nicht allzu verdächtig wirkt. Einmal wegen einer Ameiseninvasion, die mich hysterisch machte, wohingegen Jane nur mit einem Schulterzucken reagierte, Ameisen sind eigentlich unsere Freunde, sagte sie damals, ohne einen Muskel in ihrem Gesicht zu verziehen, sie sind uns so ähnlich. Ich gestehe, der Satz brachte sie mir ein ordentliches Stück näher. Sie hat Talent zur Entomologie. Falls sie sich trotz allem Talent und aller Verlässlichkeit entscheidet, heute nicht zu kommen, habe ich ein (vorerst) unlösbares Problem.

Doch ich kenne Jane ein wenig.

Natürlich komme ich, Sir, das steht außer Frage, nur würde ich bitte erst um sechs Uhr bei Ihnen sein.

Wann Sie wollen, Jane, wann es günstig für Sie ist.

Jane bringt mir Kuchen, den ihre Mutter gebacken hat, Bananen-Mango-Kuchen, ihre Spezialität. Ich kenne die Mutter, beide sind attraktive energisch auftretende Frauen, immer in farbenprächtigen Kleidern oder Saris; besonders die Mutter achtet auf ihr Äußeres. Mrs. Banerjee senior erfreut sich bester Gesundheit, der Vater macht den beiden aber Sorgen.

Nachdem ich die verstreuten Zwiebeln hergezeigt habe, begibt sich Jane eilig in die Küche, schneidet Kuchen, teilt mir einen Teller zu.

Greetings from my mother. Ich mag ihren Akzent. Mit ihrer Mutter spricht sie einen Dialekt, den nur mehr wenige tausend Menschen beherrschen. Grammatikalisch ist ihr Englisch hervorragend, immer wieder überrascht sie mich mit seltenen Wendungen und ungewöhnlichen, aber korrekten, Formulierungen, die mich staunen lassen, denn sie kann kaum schreiben. Wir sitzen da, kuchenessend, trinken Tee. Ich schaue verstohlen auf ihre hennaverzierten Füße, zartbraune Muster ranken sich um ihre Knöchel über den Rist hinunter Richtung Zehen, kurz davor enden sie, wie in die Haut gewebt. Mrs. Banerjee trägt solche Tattoos selten, ich habe sie im Lauf der vergangenen neun Jahre erst fünf oder sechs Mal auftauchen sehen, dann aber jedes Mal mehrere Monate lang.

Gefallen Ihnen meine Füße, Sir?

Ich nicke und lächle.

Die Situation entwickelt sich genau, wie ich es mir vorgestellt habe. Manche Fragen säen Zweifel. Zweifel sind ein guter Humus für Tränen. Langsam beginnt die Saat des Zweifels zu keimen. Über die Mutter – von deren blendender Gesundheit Jane zwar überzeugt ist, aber meine Auflistung möglicher schwerer Krankheiten, denen Frauen ab einem gewissen Alter regelmäßig erliegen, erzielt ihre Wirkung – gelangen wir zum Vater, der tatsächlich seit langem an diesem und jenem laboriert. Undeutliche Symptome, die mir ermöglichen, ihr ausführliche Therapievorschläge zu unterbreiten und sie wie nebenbei vor den Krankenhäusern Mangalemis zu warnen; an Schauergeschichten mangelt es diesbezüglich nie auf der Insel. Ich sehe Janes Unterlippe zittern, sehe, wie sie ihren Teller mit dem letzten Bissen zurück auf den Tisch stellt, nicht mehr anrührt. Sie wird keine andere Wahl haben, als ihren Vater in ein lokales Krankenhaus zu geben. Wenn ich Mitleid in mir hinaufkriechen spüre, in den Kehlkopf, sodass ich kein Wort mehr herausbringe, rufe ich mir in Erinnerung, wie oft Mrs. Banerjee mich nervt: ihr ständiges Summen und Singen, während sie arbeitet; schwarze Haarsträhnen auf den Schmetterlingspuppen. Immer wieder bitte ich sie, die Zuchträume nur unter ausdrücklicher Aufforderung zu betreten, sie geht trotzdem immer wieder hinein, auch wenn ich nicht dabei bin; sie kann es nicht lassen.

Wie alt ist Ihre Mutter, Jane?

72.

Ihre Stimme klingt schon kläglich, ich kenne diesen Ton, es wird nicht mehr lange dauern.

In Europa wäre das nicht alt. Hier aber ist das ein beachtliches Alter.

Meine Mutter ist kerngesund.

Ja, sicher, Jane, das weiß ich doch. Ich spreche nur von der Zukunft. So sind wir Europäer, wir denken an die Zukunft, ständig, wir vergessen, in der Gegenwart zu leben.

Ich bilde da regelrecht eine Ausnahme. Wäre ich ein echter Europäer, säße ich jetzt mit meiner Mutter in dieser Küche, nicht mit Ihnen, Jane. Ich muss sagen, ich würde meiner Mutter nicht einmal erlauben, mich hier zu besuchen, obwohl sie jünger ist als Ihre. Allein der Gedanke, es würde sie hier etwas überkommen, etwas noch so Unerhebliches. Sobald man hier ein Krankenhaus betritt, verschlechtert sich der Gesundheitszustand.

Sie waren doch noch nie im Krankenhaus, Sir?

Jane macht einen Versuch, sich aus dem Sumpf meines Geredes zu ziehen; ich gebe ihr keine Chance.

Gewiss war ich schon dort, ich habe den alten Nachbarn besucht, der kurz darauf starb. Erinnern Sie sich an ihn, Jane? Er wurde mit einer Blinddarmentzündung eingeliefert. Mehr nicht. Nur eine Blinddarmentzündung.

In allen Krankenhäusern kann man sich mit etwas anstecken, an das man nie gedacht hätte – Janes letzter Versuch, sich aus der Situation zu retten.

Aber in denen auf Mangalemi erliegt man dem, mit dem man sich ansteckt. Sie sollten für Ihre Mutter rechtzeitig Schmerzmittel horten, Morphium, Schlaftabletten, was immer Ihnen unter die Finger kommt, Jane, im Krankenhaus wird man Ihnen das, wenn's drauf ankommt, nicht geben, da wird es gerade aus sein, wie bei dem alten Nachbarn zufällig die Antibiotika ausgegangen waren.

Es ist so weit. Sie steckt den letzten Bissen des Kuchens in den Mund, schlingt ihn ohne zu kauen hinunter, zerdrückt ihn mit der Zunge, so interpretiere ich ihre Mundgymnastik, das Zittern der Unterlippe schlägt aus wie ein übersteuerter Frequenzregler (auch ich, der sie ja dazu anstiftet, kann nicht sagen, wann es wirklich so weit sein wird), und endlich, das erlösende Nass aus ihren Augen, erlösend für uns beide.

Ich rede beruhigend auf sie ein, male in begütigendem Ton weiterhin aus, was ihre Mutter erdulden müsste, so sie erkrankte, erfinde Detail um Detail, wie wir ihr das Ertragen der Schmerzen erleichtern könnten. Mrs. J. Banerjee schluchzt. Ihre Schultern zucken zum Erbarmen, das Beben setzt sich im Sessel fort, dessen Lehne schräg steht und den Tisch berührt, auch der Tisch beginnt zu beben. Mrs. Banerjee wiegt sich hin und her, der Tisch klappert, es ist nur ein Klapptisch. Ihr Heulen wird lauter. Fast ohne sie zu berühren berühre ich ihren auf dem Tisch zitternden Oberarm, stelle mir dabei vor, meine Hand wäre ein Schmetterlingsrüssel, vergleichbare Zartheit will ich bewirken.

Ich komme sofort wieder, Jane. So beruhigen Sie sich doch. Kommen Sie zur Ruhe.

Ich laufe in den oberen Stock, zu den Faltern. Beim Öffnen der Tür des Klimaraums fliegen sie auf, flattern umher, über meinem Arm liegt ein feuchtes Tuch, das lockt sie an. Sie sind durstig. Nach der Falteruhr ist es gerade Mitternacht, ich habe ihren Tagesverlauf dahingehend verschoben, dass sie in meinen Wachstunden aktiv sind. Sie sind nachtaktiv. Ich tendiere dazu, lange zu schlafen, wenn ich um zehn aufstehe, ist es für die Falter gerade erst sechs Uhr abends, kurz nach Sonnenuntergang. Das gibt mir genug Zeit, eventuelle Experimente auszuführen, ohne mich deshalb am Morgen hetzen zu müssen. Die Tür zum klimatisierten Bereich der Falter ist aus Glas, sodass ich sehe, was sie machen, wenn ich nicht im Raum bin. Sie machen eigentlich nichts, sitzen da. Sobald sich ungefähr vierzig Falter auf meinem Arm befinden, stecke ich den Arm in einen der tragbaren Käfige, die an der Seite des Raums stehen, streife sie ab und mache den Käfig vorsichtig zu, während ich darauf achte, dass keins der Tiere entwischt. Mit dem Käfig voller Schmetterlinge komme ich zu Mrs. Banerjee in die Küche, die immer noch aus Leibeskräften heult. Sie hat glücklicherweise kein Taschentuch, es ist auf Mangalemi nicht üblich, Taschentücher zu benützen; sie sind auch schwer zu finden, in den herkömmlichen Gemischtwarenläden gibt es keine, man muss schon in einen größeren Supermarkt fahren, glücklicherweise, wie gesagt.

Jane, schauen Sie, was ich Ihnen mitgebracht habe. Die sehen Sie doch so gern? Wenn ich es nicht kann, schaffen die es vielleicht, Sie zu trösten?

Ich öffne die Käfigtür, die Falter kommen zögernd, dann schneller heraus; einer nach dem anderen lassen sie sich auf Mrs. J. Banerjees Gesicht nieder, rollen ihre Rüssel aus, fangen direkt zu saugen an. Man kann mit freiem Auge beobachten, wie die Rüsselchen über die Gesichtshaut meiner Putzfrau streichen, Träne um Träne anstechen, aufsaugen; sie sitzen auf ihren Brauen, tasten ihre Wimpern ab, sitzen auf ihrer Nasenwurzel, an den Lidrändern, auf ihren Schläfen, wippen dabei leicht mit den Flügeln, besonders die Männchen, nach dieser Nahrungszufuhr werden sie vermutlich paarungsbereit sein.

Mrs. Banerjee lässt ein vorsichtiges Lächeln zu, weint aber gleichzeitig weiter. Jetzt ist es Zeit für mich, nachzulegen, schließlich ist erst kaum die Hälfte meiner Falterpopulation versorgt, der Tränenstrom darf noch nicht versiegen.

In weiterhin tröstendem Tonfall spreche ich eine andere delikate Stelle in ihrem Lebenslauf an.

Seien Sie froh, Jane, dass Sie keine Kinder haben. So können Sie sich ganz auf die Pflege Ihrer Eltern konzentrieren. Und Sie haben auch nicht die Sorge, was passieren würde, wenn diese Kinder eines Tages krank würden, Kinder werden ja ständig krank, wie das Amen im Gebet – diesen Ausdruck benütze ich tatsächlich, *as surely as an amen at the end of a prayer*, sage ich zu ihr –, da haben Sie richtig Glück, besonders wenn man bedenkt, dass es hier auf der Insel so gut wie keine kinderlosen Paare gibt. Die meisten haben zu viele Kinder, und viele von denen erkranken, schwer sogar! Das darf Ihnen ein Trost sein.

Während ich rede, sammle ich vorsichtig die Falter von ihrem Gesicht und stecke einen nach dem anderen wieder in den Käfig. Mrs. Banerjee selbst hat mir für solche Manöver ein sehr praktisches Hilfsmittel genäht, einen Schlauch aus Netzstoff, der sich an einer Öffnung in der Käfigwand befestigen lässt, sodass man Falter herausnehmen und hineinsetzen kann, ohne dass die darin befindlichen Tiere eine Chance hätten zu entwischen.

Es war eine ihrer kreativen Ideen. Sie schlug es mir vor, nachdem sie mich dabei beobachtet hatte, wie ich ein Tier eine halbe Stunde lang durchs Haus jagte, vom ersten Stock bis ins Erdgeschoß, bis er sich, es war nämlich ein Männchen, in der Küche irgendwie im Dunstabzug verfing, wo ich ihn nicht mehr herausbekam.

Jane jault kurz auf, als ich den letzten Falter von ihrem Gesicht nehme; die Tränen strömen.

Jetzt beruhigen Sie sich doch bitte, wiederhole ich noch einmal.

Sie bohren in meinen tiefsten Wunden, Sir, schluchzt sie, sich mit den Fingern die kostbare Flüssigkeit übers Gesicht reibend.

Aber was sagen Sie da, liebste Jane, ich meine es doch nur gut mit Ihnen, ich meine es doch ehrlich, es ist ein großes Glück, dass Sie keine Kinder haben, ganz ehrlich. Wissenschaftlich gesehen! Das Allervernünftigste!

Das Anrufen der Vernunft bringt üblicherweise einen stetig fließenden Strom zuwege.

Bin gleich wieder bei Ihnen, bitte, nur einen Moment, rufe ich ihr zu, während ich schon die Stiege hinaufrenne, zwei und zwei Stufen auf einmal nehmend. Drei Minuten später bin ich mit der nächsten Ladung Schmetterlinge wieder bei ihr in der Küche. Meine Abwesenheit hat erfreulicherweise zu keinem Abflauen der Flut geführt, im Gegenteil, sie heult und heult, scheint momentan untröstlich.

Na, kommen Sie, schauen Sie, hier bringe ich Ihnen noch mehr geflügelte Freunde. Ich lasse eine weitere Partie Falter auf ihr Gesicht los. Wieder laben sie sich gierig an dem Nass, das Jane kontinuierlich produziert.

Meine Schmetterlinge lieben Sie, sehen Sie. Spüren Sie das?

Jane nickt, unglücklich.

Was soll ich mit der Liebe von Insekten anfangen, Sir.

Manchmal möchte ich ihr sagen, sie solle das Leben nicht so ernst nehmen, das Leben ist ein Witz, möchte ich ihr sagen, ein guter, aber man darf es nicht zu ernst nehmen, man darf es sicher nicht so leben, als wäre es das einzige, das man hat. Man muss es leben wie einen Witz, möchte ich ihr sagen. Getröstet hätte sie das nicht. Also sage ich nichts, sammle nur nach zehn Minuten die Tiere von ihrem Gesicht, die oben verbliebenen durstigen restlichen sieben Stück bringe ich ihr nicht mehr. Sie soll nicht noch Verdacht schöpfen.

Als ich die Tiere wieder oben verstaut habe, gebe ich ihr ein Taschentuch. Ich koche ihr eine Tasse Tee. Nachdem sie den ersten Schluck genommen hat, entschuldigt sie sich für ihr Benehmen.

Aber nein, Jane, ich verstehe Sie ja, keine Ursache für Entschuldigungen, mir können Sie alles anvertrauen.

Nachdem wir uns feierlich die Hände gereicht haben, wie um einen Pakt zu besiegeln, macht sie sich daran, die Unordnung, die ich mit den Zwiebeln angerichtet habe, aufzuräumen.

Ich setze mich an den Arbeitstisch, ein neues E-Mail von meinem Vater.

EIN ORT WIRD VON DEN MENSCHEN GEMACHT, die dort sind, schreibt mein Vater, überall gibt es einen See, einen Fluss, einen Strand, wichtig ist, mit wem man dort ist. Das ist seine Art, mir mitzuteilen, dass sich eine Frau, mit der ich studiert habe, umgebracht hat; diesmal verzichtet er auf das Italienische. Sie ertränkte sich in dem See, an dem ihr Haus stand, ist mit einem Surfbrett hinaus, hat etwas Schweres mitgenommen. Ich lese, wie mein Vater den Tod dieser Frau beschreibt, die mir seit Studienzeiten wichtig geblieben ist, auch wenn wir kaum Kontakt miteinander hatten; warte auf Tränen. Nichts. Ich erfülle, wie immer, meine eigene Erwartung, dass sich das Erwartete bei mir nicht einstellt: keine sichtbare Trauer. In mir der seltsame Gedanke, dass ich, gelänge es mir, einige Tränen zu produzieren, Mrs. J. Banerjee anrufen müsste, ihr die Gelegenheit geben, mich ihrerseits zu trösten. Sie bekäme eine Chance zur Revanche, könnte in mir nach meiner Beziehung zu der ertrunkenen Frau stöbern, was genau mich mit ihr verbunden hat, was genau ich mit ihr erlebt habe, mit ihren Fragen in mir herumstochern, alle Trauerfasern in mir zu einem unauflösbaren Gewebe verbinden. Aber nein, ich weine nicht. Ich lese konzentriert den kurzen elektronischen Brief meines Vaters noch einmal, rufe mir ins Gedächtnis, von wem die Rede ist. Sehe sie vor mir, wie sie den Fluss entlanggeht, mit ihrer unverwechselbaren Art zu gehen, von der Ferne schon würde ich sie erkennen. Ich habe sie bei jedem meiner raren Besuche zu Hause getroffen. Du Schwanenfrau, habe ich sie oft genannt, weil sie im Wasser war, wenn es nur ging. Schwimmen war ihre Leidenschaft. Wir waren oft miteinander im See. Alle Sorgen lösen sich beim Schwimmen auf, war ihr Credo; sie war Botanikerin, welche Pflanzen genau ihre Spezialität waren, fällt mir aber schon nicht mehr ein. Ich versuche, mich in Situationen zu versetzen, die ich mit ihr erlebt habe, hole Stimmungen zurück, die sie in mir zuwege gebracht hat, erinnere mich an einen Moment, zu Hause in Wien, als sie zu Besuch gewesen ist, sie hat das Handtuch auf der Toilette anders hingehängt, als ich es tue, nicht am dafür vorgesehenen Henkel, einfach am Stoff auf den Haken. Ich habe das erst am nächsten Tag bemerkt.

Ich sitze in meinem gepolsterten drehbaren Arbeitssessel, taste gedanklich die Drüsen ab, die mit meinen Augen verbunden sind (oder sein sollten), denke an Feuchtigkeit, die aus meinen Tränensäcken nach oben quillt; meine Augen bleiben trocken.

Caro babbo, schreibe ich, *grazie per questa notizia tris-*

tissima. Che me la scrivi tu, mi fa impressione. Spero che tu stia bene. Ti saluto, il tuo figliolo.

Auch dieser Brief quetscht keine Träne aus mir. Ob das ein klinischer Defekt ist, etwas Krankhaftes? Ich beginne zu suchen, nur psychologische Ursachen erscheinen auf meinem Bildschirm. Dazwischen schon die Antwort meines Vaters.

Figlio mio, quando vieni a trovarci? Ciao. Il tuo babbo.

Ich antworte vorläufig nicht mehr, so nämlich vergeht sonst ein Nachmittag, Pingpong zwischen Vater und Sohn, unter den Ozeanen durch, in Sekundenbruchteilen über dicke Kabel, ein digitales Tischtennisspiel von einem Teil der Erde zum anderen, als stünden wir immer noch in dem Keller, in dem vor dreißig Jahren meine Modelleisenbahn stand und der Tischtennistisch, eine grüne Platte, die mein Vater ausmaß, zurechtschnitt und bemalte.

Sie hat sich also umgebracht. Ihr ist gelungen, was meinem Vater nicht gelang, als er so alt war wie ich jetzt. Ich frage mich, was mein Vater sich denkt, wenn er so eine Nachricht bekommt. Bevor er sie mir weitergibt. Dass sie konsequenter war als er damals? Talentierter, sich selbst in ein Nichts zu verwandeln? War er erleichtert, im Nachhinein neuerlich, dass er zu ungeschickt war, sich umzubringen? Ich will das Letztere glauben, bin sein Sohn, trotz allem. Sie hat eine Tochter. Hinterlassen, sagt man in solchen Fällen.

Ich brauche einen Tränenspezialisten, nein, keinen Arzt, der meine Unfähigkeit zu weinen untersucht. Jemanden, der sich wissenschaftlich mit der Zusammensetzung von Tränen befasst, brauche ich. Woraus besteht Tränenflüssigkeit, menschliche wie tierische? Ich suche, sitze doch am Computer, finde innerhalb weniger Sekunden etwas, das mir erklärt, warum meine Zwiebeltränen den Faltern nicht schmecken: ein Artikel aus dem Jahr 1981 von William H. Frey, Biochemiker. Er zeigt, dass emotionale Tränen eine andere chemische Zusammensetzung haben als durch Irritationen wie Staub, scharfe Gerüche oder ins Auge geflogene Mücken ausgelöste Tränen. Der Mann, Frey, und ich, wir haben eine Gemeinsamkeit, wir bringen Menschen zum Weinen: aus wissenschaftlichem Interesse. Ob er ebenfalls eine Haushälterin hat, die ihm von ihrer Mutter gebackenen Kuchen bringt? Die Proteinkonzentration in durch Gefühlsaufwallung ausgelösten Tränen sei um 24 Prozent höher als in durch mechanische Irritation ausgelösten Tränen, schrieb William H. Frey. Ich suche ein bisschen weiter, aber es ist spät, und eigentlich sollte ich einfach schreiben, den Artikel der Arbeit an den Pheromonen abschließen, so käme ich auch Christof wieder näher, und noch eigentlicher will ich meiner Studienkollegin gedenken; aber ich suche. Frey scheint ein echter Tränenfanatiker zu sein, er behauptet, Tränen, echte Tränen, entsorgten Schadstoffe aus dem Körper, Stresshormone; auch Mangan, ein Metall, fand er in den Tränen. Mangan ist Bestandteil vieler Enzyme, die für das biologische Funktionieren von Organismen eine Rolle spielen, zum Beispiel wirkt es in der Photosynthese bei der Oxidation von Wasser zu Sauerstoff.

Diese Dinge überfordern mich fachlich, ich kann nicht beurteilen, inwiefern Frey übertreibt. Auch ein natürliches Schmerzmittel, Leu-Enkephalin, ein vom Körper selbst produziertes Opioid, fand er in Tränen und zog daraus den Schluss, Weinen erleichtere deshalb. Er ging sogar so weit, wenn ich die Literatur richtig verstehe, zu behaupten, Weinen sei gesund, solange es durch Gefühlsimpulse verursacht wird. Mein Impuls daraufhin ist, ins Freie hinauszugehen. Zu rennen. Jede Todesnachricht drängt mich dazu, mich zu bewegen. Bevor ich das Haus verlasse, schaue ich trotzdem noch kurz nach, ob auch Tiere emotional gesteuert weinen. Dass du das nicht weißt, als Biologe, würde mir meine Schwester jetzt vorhalten. Wie ich das nicht wissen kann? Ich mache mir am heutigen Abend keine Vorhaltungen mehr, sondern finde im Internet die amerikanische Elefantenforscherin Cynthia Moss, die an kenianischen Elefanten Freudentränen beobachtet hat. Nie zuvor von ihr gehört.

Ich gehe hinaus. Hinausgehen ist hier auf der Insel ganz anders, als es in Wien war, dort bedeutete es Vorbereitungen, Jacken, Schuhwechsel, eventuell: Regenschirm. Hier bedeutet es wie-ich-bin-die-Tür-ins-Schloss-fallen-lassen, zusperren, von unten das bläuliche Schemenlicht meines Laptops zu sehen, in einem der Fenster im ersten Stock, ich habe vergessen, ihn zuzuklappen. Ich stehe auf der dunklen Straße, Beleuchtung gibt es in Port Blaise nicht in allen Vierteln, ein Glück für die Nachtfalter, Glück, keine ökopolitische Maßnahme der mangalemischen Regierung. Über mir saust eine Sternschnuppe durch den Himmel. Jetzt würde ich normalerweise irgendwo in einem Café Heinrich treffen. Ich halte Ausschau nach weiteren Sternschnuppen, will den Wunsch äußern, Heinrich zu treffen, beim zweiten Glas Was-auch-immer wäre ich über die Todesnachricht hinweg, egal, ob wir darüber gesprochen hätten oder nicht, seine Gegenwart hebt das Gewicht derartiger Ereignisse auf.

Heinrich hat auf mich den Effekt einer Waage, hat Shambhavi unlängst gesagt, er legt auf beide Schalen so viel, bis sie im Gleichgewicht sind. So geht das nicht, so kannst du nicht mit ihm umgehen, waren meine Gedanken dazu, die ich ihr verschwieg. Und nun will ich ihn hier haben, um meine Balance wiederherzustellen.

Ich starre in den Himmel, mein Nacken schmerzt wie neuerdings üblich, keine weiteren Meteoriten zu sehen. Eigentlich ist das, was wir als gutes Omen betrachten, einfach Mist, der durch den interplanetaren Raum fliegt, Metallkörner oder winzige Steine – Sternenspucke, die mit siebzig Sekundenkilometern in die Erdatmosphäre eindringt und in achtzig, neunzig Kilometern über unseren Köpfen aufgrund ihrer Schnelligkeit durch Reibung an den Luftteilchen verdampft. Sternenzeug reibt sich an Luft, die dabei aus den Luftmolekülen herausbugsierten Elektronen sind die Leuchtspuren, die ich eben gesehen habe. So etwas zu denken hat in mir eine heinrichähnliche Wirkung: Es beruhigt mich enorm.

Ich gehe Richtung Hafen, wo ich immer hingehe, schlendere an den Cafés entlang, unserem Café, dem, in dem ich mit Heinrich oft sitze; saß. Wir bevorzugen beide das *New India* gegenüber dem *Bayview*, Letzteres gefiel den Buben meiner Schwester, als sie mich besuchten, wegen der japanischen Bunker aus dem Zweiten Weltkrieg auf dem Gelände, ein Kellner zeigte sie ihnen. Sie krochen hinein, kicherten und brüllten laut die Namen der Fußballer, von denen sie in dem Moment die meisten Aufkleber gesammelt hatten, Lionel Messi und Arjen Robben, dann schauten sie mit blitzenden Augen durch die schmalen Schlitze zu uns heraus. Meeeeesssi, schrie der Jüngere der beiden nochmals aus vollem Hals, duckte sich und hing im nächsten Moment am Hals seiner Mutter; sie waren viereinhalb und sieben.

Meine Bekannten waren vernarrt in sie. Bei einem Begräbnis, das zu versäumen ich mir nicht leisten konnte – ich war damals noch in der langwierigen Experimentalphase, wie und ob die Falter auf Tränennahrung reagierten –, wurden die beiden, mir zuliebe, zum Ministrieren eingeladen. Der Ältere durfte ehrenhalber das Kreuz tragen. Ein polnischer Priester las die Totenmesse. Sobald er mit dem Kreuz losstartete – es war in einem kleinen Dorf, in dem es von der Kirche über alle Hauptstraßen bis hinauf zum Friedhofshügel getragen wird, nicht in Port Blaise, dort bestattet man anonymer und kürzer –, war er nicht mehr zu halten. Er ging und ging, ohne sich umzudrehen. Der Trauerzug blieb zurück, hielt sich auf, gruppierte sich aus dem Häufchen Weinender langsam zu einer andächtigen Schlange, folgte dem Buben nicht. Der bemerkte es nicht, lief einfach allein eine Runde durchs Dorf. Gleichzeitig zog die kopflose Trauergemeinde in ihrem eigenen Tempo auf einer anderen Route dahin. Aus der Ferne sah man das Kreuz auf seinem Weg und die Menschen auf einem anderen. Jemand hat ein Video davon gemacht.

Nirgendwo gefällt es mir, nicht nur der stärker werdende Wind treibt mich weiter und weiter. Kurz setze ich mich auf die Hafenmauer. Keiner ist in dieser Dunkelheit im Wasser. Das war die Zeit, zu der sie auf den See hinaus ist, ein Surfbrett mitgenommen hat. Etwas Schweres. Die Formulierungen meines Vaters, als hätte er mir aufgetragen, sie auswendig zu lernen.

Ich springe in den Sand, an dieser Stelle habe ich oft

Schildkröten gesehen, die offiziellen Nistplätze sind anderswo; offiziell in dem Sinn, dass es Karten davon gibt. Ich reiße die Augen auf, halte mein Gesicht in den Wind, wenigstens dem Wetter muss es gelingen, mir irgendeine Feuchtigkeit auf die Schläfen zu treiben.

Die Nacht hat eine merkwürdige Helligkeit, zu viele Sterne zu klar sichtbar, auch der Mond, und dabei Wolkenformationen, die aus sich leuchten, wie mit Neonfarbstoff gefüllt, ein Markerstift rinnt über dem Himmel aus. Solche Nächte sind schlecht, wenn man Nachtfalter studieren will, in solchen Nächten fliegt nichts zur Lampe. Etwas fliegt gegen meine Stirn. Unwillkürlich halte ich mir die Augen zu, will nicht mehr Teil der Natur sein: Es war nur eine Fledermaus. Zu viel Natur, trotzdem.

Ich springe mit gestreckten Armen auf die Mauer, schwinge das rechte Bein hinauf, als kletterte ich aus einem Swimmingpool.

Um diese Uhrzeit ist Mangalemi in absoluter Stille versunken, alle Schlafenden haben offenbar zu atmen aufgehört. Nur das Meer bricht sich an den Mauern, wieder, wieder; doch keiner, der mehr als einen Urlaub lang hier ist, hört das noch.

Permanent vacation, sagt seine Schwester, das sei doch mein Leben, wie viele Leute ist sie der Ansicht, die Arbeit eines Wissenschaftlers sei ein Dauerurlaub. Das stimmt auch, in gewisser Hinsicht, wir sind ewige Kinder, machen nur, was wir wollen, wenigstens wenn wir es richtig machen, wenn es uns gelingt, uns von den Bedrängungen der Eltern zu lösen. Für den Wissenschaftler wird das für ihn und seine Forschung vorhandene Geld oft zum Über-Ich, zu einer Art Ersatzeltern im Erwachsenenalter, alles, was ihm nicht gelingt, wird dem Mangel daran angelastet, also: den Bedrängungen des Geldes. Wir sind wieder echte Kinder, echte neugierige Wissenschaftler. Ein Forscher kennt keinen Urlaub, darum geht es. Das ist das Schwere und Leichte daran. Seit ich auf der Insel bin, spricht meine Schwester zeitweise Englisch mit mir, mein Vater Italienisch; die ganze Familie ist wahnsinnig geworden, oder sie waren schon immer so.

Mit dem Empfinden, von dieser Lautlosigkeit beobachtet zu werden, blicke ich ausgiebig in die Finsternis hinaus, bis ich keinen einzigen Gedanken mehr habe, drehe mich dann um; die Stadt liegt da wie immer, augenlos. Ich gehe langsam über einen Parkplatz, jeder einzelne Platz besetzt, ein Spalier von Autos, die Wärme und Wagengeruch ausstrahlen, sie scheinen zu atmen, knistern jedenfalls. Ich traue ihnen zu, dass sie sich einfach selbständig machen, wie früher der *Knight Rider*.

Ich habe ihn nicht hängen sehen; trotzdem sehe ich genau vor mir, wie er hängt. Wer hat ihn gefunden? Wir haben damals ferngeschaut, meine Schwester und ich. Als Parallelaktion haben die Kinder dieses Vaters die Abenteuer von Knight Rider verfolgt, mit offenem Mund, wie es Fünf- und Neunjährige tun, wenn etwas sie fasziniert; Knight Rider mit seinem autonomen Auto, das auch noch reden konnte. Mir gelingt es bis heute nicht, den Mund zuzumachen, meine Eltern haben versäumt, mir beizubringen, wie man mit geschlossenem Mund lebt, sie haben mir als Kind nie gesagt, mach den Mund zu, also habe ich ihn offen gelassen, und jetzt geht er nicht mehr zu. Manchmal versuche ich, ihn zu schließen, für eine Fotografie; diese Fotos werden alle nichts. Mir fällt das Foto ein, das meine

Schwester von mir gemacht hat, im GB Pant Hospital, das sie so gelungen fand und wer weiß wem weiterschickte. Auch dort: offener Mund.

Über den Vater reden wir nie, sie und ich, er liegt nicht in der Luft. Ich weiß nicht, was sie damals gedacht hat, was sie heute über damals denkt. Kann sein, dass sie noch zu klein gewesen ist.

Damals, damals, damals. Das klingt nach einer Zeit, die so weit weg ist, dass sie mit mir gar nichts zu tun haben kann: wie aus einem Märchen. Das Haus, in dem sie ihn auf dem Dachboden vom Seil geschnitten hatten, war ein Reihenhaus, dahinter ein schmaler Streifen verwilderter Garten, er hatte noch nicht geschafft, ihn herzurichten, hatte es vorgehabt. Das Haus stand als Rohbau da, weiter ist er niemals gekommen. Ich glaube, er hat schon dort gewohnt. Die Küche war fertig eingerichtet und auch benützt. Wir sind mit irgendeinem Auto, einem Taxi wahrscheinlich, hingefahren. Meine Mutter sehe ich im Mantel, ein dunkler Mantel, eventuell blau? Sie hat eigentlich nie blaue Mäntel getragen. Schemenhaft sehe ich, wie sie zu uns ins Wohnzimmer kommt, sagt, eure Großmutter hat angerufen. Meine Mutter drehte den Fernseher nicht ab, Knight Rider fuhr unbeirrt weiter. Wir zwei Kinder haben im ersten Moment kaum zu ihr hingeschaut, so gefesselt waren wir von der Serie. Knight Rider rief K.I.T.T. zu sich, war braungebrannt, schüttelte seine dunklen Locken, K.I.T.T. hieß das Auto, *Knight Industries Two Thousand*, es sprach mit einer tiefen Roboterstimme, aber doch irgendwie menschlich und sehr anziehend. Inzwischen sprechen alle Autos, man wählt, ob mit Frauen-, Männer- oder Kinderstimme; besäße ich so ein stimmhaftes Auto, würde ich mir eine echte Roboterstimme aussuchen, eine, die klingt wie K.I.T.T. damals, eine autonome Stimme, in die man sich vollends versenken, der man vollends vertrauen kann, weil sie eindeutig technisch ist, ein programmierbarer Freund, der einem akustische Gesellschaft leistet, während er mühelos zu jeder Adresse fährt.

Das Haus sehe ich deutlich vor mir. Der Verputz fehlte, und die Stiege stand im Gras vor der Vordertür, durch die man nicht eintreten konnte, weil hinter ihr Gerümpel gestapelt war, das der Vater im Laufe des Bauens angesammelt hatte. Drinnen im Haus sehe ich schlechter. Ab dem Augenblick, da ich das Seil von den Balken unterm Dach hängen sah, kommen mir die restlichen Blickwinkel abhanden, die zur Komplettierung der Geschichte notwendig wären.

Lasst die Kinder in der Küche, sagte jemand. Und ich bilde mir ein, man hätte von der Küche aus auch das Seil gesehen. Zeitungen und Zeitschriften lagen auf dem Boden, auf dem Tisch ein paar Kuverts, Briefe, die gleich jemand aufmachte und vorlas.

Ein Brief an die Kinder, sagte jemand. Die Mutter war es nicht. Geschrumpft schaut sie aus, als ich sie wieder entdecke, winzig klein.

Verscherbeln, sagte die Großmutter. Sie meinte das Haus.

MANCHMAL, WENN ER MICH ANSCHAUT, schickt er mir als Antwort ein schwermütiges Wetterleuchten aus seinen Augen zurück. Mr. Pants hat eine gut verborgene kindliche Seite, die er zu Hause aufbewahrt: seine Modelleisenbahn. Das ist kein Spielzeug, sagt er, das sind Sammlerstücke. Er besitzt sie nicht zum Schauen, sondern zum Fahren.

Alles ohne Dekor, keine Miniaturbäume, keine Bauernhöfchen im europäischen Stil neben den Geleisen. Ich will nur Schiene, sagt er, möglichst viel Schiene, die Züge müssen ausgiebig fahren.

Mr. Pants hat britische, indische, italienische, schweizerische, südafrikanische, französische, sogar österreichische Waggons, auch einen tschechischen Schlafwagen und einen polnischen Speisewagen nennt er sein Eigen. Ein TGV Lyria, ein europäischer Hochgeschwindigkeitszug, ist sein größter Stolz. Und das sei erst die Spitze des Eisberges, den sein Modellbahnschatz darstelle, er sei ganz sicher der Einzige auf der Insel, der eine Modelleisenbahn derartiger Ausmaße besitze, betont er, am Schluss seines, wie immer, ausschweifenden Vortrags über sein Hobby.

Wie er an diese Waggons kommt, überrascht mich. Das GB Pant Hospital hat, trotz seiner im Verhältnis zur Einwohnerzahl der Insel gigantischen Ausmaße, nur eine einzige Spielwarenhandlung, die Modelleisenbahnen verkauft, nur die gängigsten Modelle in Gesamtstarterpaketen, Dinge, die zehnjährige Buben eine halbe Woche lang in den Bann ziehen, bis sie sie ihren Vätern überlassen, die sie wiederum nach einigen weiteren Monaten, in denen sie ihnen an manchen Abenden, wenn das Sportprogramm im Fernsehen vernachlässigbar ist, Schnelligkeit einhauchen, irgendwo verstauen, vergessen. Mr. Pants' Leidenschaft für die winzigen Züge ist von ganz anderer Kategorie. Er, dem ich kaum zugetraut hätte, dass er ein digitales Telefon richtig bedienen kann, bestellt seine Züge im Internet bei einem über die ganze Welt verzweigten Netzwerk von Liebhabern kleiner Eisenbahnen, Maßstab 1:100 oder 1:75, andere Maßstäbe nimmt er nicht. Seine zweite einträgliche

Quelle sind Taucher, die gleichzeitig Modelleisenbahner beziehungsweise mit solchen befreundet sind. Diese Männer dürfen bei Mr. Pants gratis tanken, *as much as you can.*

Du kennst doch dieses Prinzip bei Restaurants, Teacake, nicht wahr? *Eat as much as you can.* Bei mir heißt es, *tank as much as you can.* Zum Glück ist die Insel nicht sonderlich groß. Mr. Pants zeigt seine einwandfreien Zähne. Mit diesem Slogan wirbt er auf den Webseiten der Tauchbetriebe Mangalemis, klickt man bis zur Seite seiner Tankstelle, findet man rasch sein Angebot: Er tauscht seltene Eisenbahnwaggons gegen einen Tank-Voucher, der einem für die Dauer des Urlaubs gratis Tank-Refills bei Mr. Pants garantiert.

Isn't it an excellent idea? Hast du je von so etwas gehört, Teacake? Du siehst, auch ich bin ein kreativer Geist. Mr. Pants dreht an seinem Radio und stellt einen anderen Sender ein, klassische Musik, Vivaldi. Nicht gerade passend für einen heißen Frühabend auf Mangalemi, denke ich mir, sage aber nichts.

So etwas habe ich wirklich noch nie gehört, Mr. Pants, pflichte ich ihm bei, nicht ohne einen gewissen Ärger, oder sollte ich sagen, Eifersucht zu verspüren, dass er mir in all den Jahren auf der Insel noch nie diesen Gratis-Refill zuteilwerden hat lassen, ja mir bis jetzt einen essenziellen Teil seines Lebens verschwiegen hat, vermutlich die heimliche Quelle seiner irrsinnigen Vitalität.

Es ist nicht ganz legal, fürchte ich – Mr. Pants bremst sich ein: Außer den Chefs der Tauchervereinigungen, mit denen ich ein striktes Schweigegebot abgesprochen habe, weiß niemand davon; die anderen Tankstellenbesitzer der Insel würden mich hassen dafür, hassen mich sowieso, weil ich der erfolgreichste von allen bin. Nur deshalb kann ich mir diese *unlimited refills* leisten, *you know*, seine Zähne blitzen.

Wie viele Waggons er auf diese Weise erstanden hat, weiß Mr. Pants nicht mehr. Die gesamte Fläche seiner Wohnung habe einen doppelten Boden, dort seien die Schienen seiner Eisenbahn verlegt, sie ließe sich, wo man wolle, durch einen Mechanismus leicht aufklappen, um den Zügen bei der rasenden – so sagt er – Fahrt zuzusehen, nicht überall gleichzeitig, versteht sich, denn irgendwo müsse er ja stehen, jedenfalls habe er immer genügend Tunnel, Mr. Pants lacht leise.

Tunnel haben mich fasziniert, seit ich denken kann, eben weil wir hier gar keine haben, ich noch nie in einem Tunnel gewesen bin, Mr. Pants lacht lauter. Er hat Mangalemi noch nie verlassen.

Ich hatte auch eine Eisenbahn, als kleiner Bub, Mr. Pants.

Das ist etwas ganz anderes, Teacake, *sorry to correct you*, etwas ganz anderes.

Wir teilen uns das Mittagessen – ein Ritual der Mitte der Woche, das uns geblieben ist, aus der Zeit, in der ich als Doktorand auf der Insel ankam –, jeder von uns bringt, was er normalerweise essen würde, wir tauschen, kombinieren. Mr. Pants offeriert mehr als ich: warme Speisen, diverse Sorten Gemüse, sogar Hühnerbrust ab und zu, obwohl er als Hindu Vegetarier ist; ich bringe Salate, nur wenn Mrs. Banerjee da war und etwas von ihrer Mutter mitgebracht hat, Kuchen, esse mit Hingabe die scharf gewürzte Hühnerbrust. Ab und zu kaufe ich in einer Bäckerei etwas, das ich *my present from Vienna* nenne. Woher die apfelcrèmegefüllten Croissants kommen, weiß Mr. Pants ebenfalls, er beglückwünscht mich aber immer wieder naiv zu meinen Backkünsten.

Wir sitzen an einem weißen Klapptischchen, das er aus einer vollgeräumten Abstellkammer hinter dem Regal, auf dem sein rosa Radio steht, holt; extra für unser Mittagessen. Sonst sehe ich das Tischchen nie in Gebrauch.

Bitte, Teacake, setz dich.

Er fährt mit einem feuchten Tuch über die bei aller wiederholten Bemühung nie ganz weiß werdende Fläche. Sobald er sich umdreht, kratze ich mit den Fingernägeln entlang des Plastikrandes, der die Tischplatte umgibt, sobald er sich wieder umdreht, um das Essen zu präsentieren, die Servietten auflegt, von denen man zehn pro Mahlzeit benötigt, ein Hauch von Papier, lege ich meine Hände ordentlich nebeneinander.

Er ist noch immer nicht zurück.

Ich meine Heinrich. Natürlich, wen sonst.

Lass ihn doch. Nach all den Jahren. Er musste halt einmal weg. Was soll's?

Ich glaube Mr. Pants nicht mehr alles, seit ich von seiner Modelleisenbahn weiß.

Mr. Pants nimmt sein rosa Radio vom Regal, sucht nach einem Sender, findet einen, der Ocean Classic heißt, wir hören Edvard Grieg, er stellt das Gerät zurück. Wir haben unsere Rituale.

Heute hätte ich auf Mozart gehofft, sage ich.

Mr. Pants lacht sein unwiderstehliches Lachen. *He will come for sure. And the other guy too, your friend.* Der kommt schon wieder, wie Mozart immer wieder im Radio kommt.

Aber es sind jetzt 21 Tage.

Na und, was sind schon 21 Tage?

Ich habe einmal hundert Tage auf eine Lokomotive gewartet, die mir ein irischer Bankier versprochen hatte, nachdem er geschlagene zwei Wochen gratis bei mir getankt hatte, sein verfluchtes Mietauto soff wie ein einbeiniger Kapitän. Auf Handschlag hatten wir verabredet, er würde mir das Modell einer europäischen Dampflok verschaffen, es stünde in Vergessenheit geraten auf dem Dachboden seiner Großtante, in Dublin, mit Blick aufs Meer, wie wir hier. So sagte der Mann. Er ließ sich sogar von seinem Sohn eine Aufnahme der Lok schicken, aufs mobile Telefon (Mr. Pants lacht glucksend), zeigte mir das Bild und sagte, die ist aus der Schweiz, 1918, sie fuhr über Bergpässe und durch Tunnel. Ich ließ ihn tanken, seinen saufenden dicken Wagen anfüllen, zu Hause hatte der Kerl nur ein Fahrrad, hatte er mir stolz verkündet – und er verschwand! Ich begann Irland zu verfluchen, weil ich weiß, die sind katholisch und glauben an so was, Teufel usw., und weil er der einzige Ire war, den ich kannte. Also nichts, hundert Tage lang. Der Mann war auf seinem Fahrrad ins Meer geradelt oder wohin auch immer. Dann kam das Päckchen mit der Lokomotive, genau die vom Foto, und einem Entschuldigungsschreiben: Er lebe in Scheidung, und seine Bank sei pleite, daher habe es etwas gedauert, *yours sincerely*.

Mich beruhigt die Geschichte nicht.

Nach dem Essen verabschiede ich mich schnell, will nach Hause. Genug getrödelt die letzten zwei Tage, die letzten Tage überhaupt, wie eine Schrittmaschine setze ich einen Fuß vor den anderen, tak tak tak, regelmäßig; ob man die schnellste Schrittfrequenz berechnen könnte, die gleichzeitig am wenigsten ermüdet, personifiziert: Kondition, Größe, Alter, Ernährungszustand, Gewicht, Dicke der Waden?

Auf meine eigenen Waden schauend stoße ich mit mehreren Leuten zusammen, in Port Blaise gehört das zum Alltag, tagsüber sind die Straßen voll, niemand entschuldigt sich, höchstens ein Tourist; auch ich habe gelernt, das *sorry, sorry* für mich zu behalten.

Ein Verlangen nach frischem Obst überkommt mich. Jemand, der mit mir zusammengestoßen ist, hat ein Tablett frische Erdbeeren getragen. Eins der Wunder dieser Stadt, jeder Passant ein Balanceakt: Trotz Zusammenstößen fällt nichts auf den Boden. Am Ende der Gasse rechts eine mannshohe Pyramide aus Orangen, auch das Stapeln beherrschen die Insulaner bemerkenswert, manchmal, wenn ich kurz nach Sonnenaufgang vom Sammeln zurückkomme, sehe ich, wie sie es machen, mit welcher Sorgfalt; die Orangenpyramide markiert den Eingang zur Markthalle, und schon bin ich abgebogen.

Die Markthalle ist normalerweise mein freitagmorgendlicher zufälliger Treffpunkt mit Heinrich gewesen. Wir kaufen beide am Freitag für die ganze Woche ein. Vergangene Woche habe ich nichts genommen, weil ich enttäuscht war. In der Markthalle wenigstens hätte ich ihn erwartet, wenigstens beim dritten Mal hintereinander. Aber nein.

Ich schlichte Mangos in eine durchsichtige Plastikhülle, den geschwinden Händen des Verkäufers ausweichend, der mir andere Früchte dazulegen will; die Mangos sind weich, saftig, meine Zunge zieht sich zusammen, schmeckt das Fleisch, das ich aufschneiden werde, sobald ich zu Hause bin. Ich schlichte Bananen in eine zweite Plastikhülle, wieder die Hände des Verkäufers, wie Spatzen, die etwas klauen wollen, während man isst, nur er will mir etwas dazustecken, ein Kilo mehr. Ich kaufe auch Guaven – *Myrtaceae*, würde ich zu Heinrich sagen, wenn er neben mir stünde, und er würde seine Mundwinkel kaum merklich bewegen, als kaue er etwas, sein Lachen nur erkenntlich daran, wie er die Wimpern ein paar Mal hintereinander blinzeln lässt, und er würde sagen, wie die Gewürznelke, nicht, selbe Familie?, und mich anschauen, leicht von oben herab, weil er vierzehn Zentimeter größter ist als ich, um mein Lob in Empfang zu nehmen.

Hab ich was gelernt oder nicht?, würde er fragen.

Ich sehe ihn so deutlich vor mir, wie es deutlich ist, dass ich hier stehe und an ihn denke.

Fast hätte ich einen *hairstreak* eingepackt, ein zarter Bläuling mit einem Schwänzchen an den Hinterflügeln, an dessen Basis ein klar gezeichnetes grelloranges Auge mit tiefschwarzer Pupille blinkt – perfekte Zeichnung, das Tier muss frisch geschlüpft sein. Ich setze ihn, ein Männchen, behutsam zurück auf die aufgeschnittenen Guaven; das Spatzenrudel der Händlerhände weht ihn weg: *Ten-twenty, please, Sir.*

Und auf einmal spüre ich eine Hand auf meiner Schulter, irgendwer will meine Herzinfarktresistenz testen: Shambhavi.

Hello darling, sagt sie, obwohl ich ihr den Ausdruck oft und oft untersagt habe. *How are you today?*

Ich kaufe ein, Shambhavi, bin in Eile.

Schreibst du?

Manche Fragen muss man nicht beantworten.

Wollen wir nicht auf einen Kaffee gehen, die haben da einen guten Iced Frappuccino an dem kleinen Stand, dem neuen, an der Hauptstraße, kennst du den schon?

Ich bin nicht mehr 24, will ich sagen, sage nichts, nicke nur. Wenn ich Menschen wie ihr begegne, weiß ich, sie würde sich nie unter meiner Anleitung in Tränen auflösen. Sie würde mir widerstehen; und ich kann ihrer Vitalität nicht widerstehen. Wenn Shambhavi vor mir steht, bin ich machtlos, ich spüre meine Langweiligkeit, die durch ihr Interesse, wenn ich ihm nachgebe, für eine kleine Weile aufgehoben ist.

Shambhavi ist unwiderstehlich; hätte ich aber die Gewissheit, dass Heinrich in der Nähe ist, irgendwo da, in Fußnähe, hätte ich nein gesagt. So sage ich nichts.

Sie nimmt mich am Arm, eine Geste, die ich nicht leiden kann, und zieht mich mit sich mit, nicht ohne dem spatzenhändigen Händler noch ein blendendes Lächeln zu schenken. Er steckt es sich wie eine Zahnspange unter die Lippen – ich habe den Mann noch nie, in Jahren nicht, eine Miene verziehen sehen. Straff wie seine Früchte ist sein Gesicht, nur an den Fingern ein Spatzenrudel. Und jetzt das, Shambhavi-Effekt. Sie und Mr. Pants, die Meister der guten Laune.

Manchmal nennt er mich *Happy*, sagt sie auf ihre plappernde Art. Sie schiebt den Strohhalm in ihrem Glas hin und her, streicht sich mit demselben Finger eine Strähne Haar aus dem Mundwinkel, ist ständig in Bewegung. Ob sie weiß, dass Heinrich von ihr als einem Sack Flöhe gesprochen hat? Nur einmal, okay. Aber doch.

Hi Happy, sagt er angeblich zu ihr und hat sie noch nie mit ihrem Namen angesprochen.

Nichts von dem, was sie erzählt, klingt für mich nach dem Heinrich, den ich kenne; sie scheint eine andere Person zu treffen, wenn sie ihn trifft. Sie spricht und spricht, so offenherzig, als halte sie mich für einen kastrierten Beichtvater, und ich kann es ihr nicht übelnehmen, weil sie mich ab und zu »armer Stern« nennt und dann sogar »Engelchen«. Sie ist 24, das zu ihrer Verteidigung, vor allem mir gegenüber muss ich sie verteidigen. Was jetzt kommt, bleibt trotzdem unfassbar.

Er habe ihre Finger in den Mund genommen und daran gesogen, so sanft; sie habe noch nie so eine Empfindung gehabt, noch nie. Diese Geste habe ihr Leben verändert. Sie sei nun die seine.

Ich bestelle ein Glas eisgekühlte Milch, die es in dieser Bar auch gibt, das billigste Getränk, *so that the poor can order something too*, wie Shambhavi nicht unterlassen kann zu kommentieren. Als ob ein 44-jähriger Mann wie Heinrich die Finger dieser Göre lutschen würde. Sie muss das alles erfunden haben. Meine Milch kommt, die Eiswürfel klirren, während ich trinke.

Milch ist ein vollkommen westliches Getränk, das haben die aus dem Fernsehen, dem Internet, früher hat hier nie jemand Milch getrunken, in ganz Indien nicht – Shambhavi erklärt mir weiterhin die Welt.

Gesehen hat sie Heinrich allerdings auch nicht, die letzten 21 Tage. Sie lässt sich davon aber nicht beunruhigen. Mich beruhigt die Tatsache, dass er sich nicht nur von mir fernhält, sondern auch von ihr.

Weißt du, als Kind habe ich morgens meditiert wie andere duschen, ohne darüber nachzudenken, ich stand auf und meditierte eine halbe Stunde, meine Eltern machten das auch so, sie haben's mir beigebracht, mein Vater tut's bis heute. Das bewahrt einen vor Nervosität.

Du meditierst? Täglich?

Nein, nein. Nie. Aber ich weiß, wie man atmet. Wie man sich auf das Atmen konzentriert.

Jeder atmet, solang er lebt.

Ja, um nicht zu ersticken. Ich meine: richtig atmen. Tief. Ach, ich vermisse ihn. Sie seufzt, einen ihrer kleinen kichernden Seufzer, die sie sich bei Bollywood-Filmen abgeschaut haben muss.

Ich nehme einen Schluck von der Milch, Eis stößt gegen meine Zähne.

Du solltest wieder zu meditieren anfangen. Das hilft doch gegen alles, sicher auch gegen das Vermissen.

Nein, ich rauche jetzt. Möchtest du auch eine? Sie hält mir eine Packung dieser ungenießbaren dünnen indischen Zigaretten hin. Ich schüttle nur den Kopf, ich rauche nicht, habe nie geraucht.

Was die Sehnsucht betrifft, brauche ich keine Hilfe, Shambhavi will unbedingt alles zerreden, ich halte sie für ein ausgesprochen gutes Zeichen, schlimm wäre, wenn ich ihn nicht vermisste.

ZU HAUSE UNTERSAGE ICH MIR, E-Mails zu checken. Ich will keine Nachrichten aus Europa, nichts lesen von Vater. Ich untersage mir auch, nach Todesanzeigen der Studienkollegin zu googeln. Für meine gegenwärtigen Probleme sind solche Informationen irrelevant. Ich steige in den ersten Stock hinauf; schon bevor ich etwas sehe, höre ich das leichte Tappen der Flügel gegen die Wände. Ich öffne die Klimakammer, trage feuchte Tücher um die Unterarme gewickelt, wie immer, sie fliegen sofort auf mich zu, lassen sich nieder, rollen suchend die Rüssel aus, kitzeln ganz leicht, wo sie meine Haut berühren. Ich spucke auf meinen Handrücken, zwei Tiere landen, saugen.

So werdet ihr nie Eier legen. *No worries.* Ich überleg mir was.

Ich spreche oft mit den Schmetterlingen, es ist verrückt, sinnlos, aber ich tue es. Warum auch nicht. Leute sprechen mit Zentrifugen, mit anderen Maschinen, mit den Pipetten, unter denen sie ihre Favoriten haben, mit dem Sequenzierer, der vorsätzlich immer an derselben Stelle einen falschen Peak angibt, mit Computern, mit Baukränen, Rasenmähern und (ich habe es selbst beobachtet) mit Garderobenständern. Keine Schande, wir müssen einfach reden. Wie Hunde Schlapfen schütteln, als wären das tote Vögel oder erlegtes Kleinwild, obwohl sie ihr Leben lang nur Frolic und Chappi kriegen und, an Feiertagen, Knusperbissen, reden wir, egal, ob jemand Ohren hat für uns.

Die Klingel. Gerade als ich es fast geschafft habe, mich eine halbe Minute zu konzentrieren, klingelt es. Sofort denke ich an Heinrich, renne hinunter und spähe durchs Guckloch – ich habe es einstanzen lassen, in den Häusern auf Port Blaise ist das nicht Standard: der Gärtner, mein Graslieferant. Für heute ist aber keine Lieferung vereinbart, Gras habe ich genug. Zögernd öffne ich die Tür, ich will es mir nicht verderben mit ihm. Ich brauche ihn; wenn auch nicht heute.

Er begrüßt mich überschwänglich, wie immer. Und wie immer lautet sein erster Satz: *How are the butterflies, my friend?* Im zweiten Satz entschuldigt er sich dafür, unangemeldet bei mir aufzutauchen, aber er hat beim Mähen etwas gefunden. Er händigt mir einen Brief aus, an mich adressiert. Aus Indien, Mumbai. Wie er ins hohe Gras gelangt ist, weiß er auch nicht.

Ich wäre fast mit dem Mäher darüber gerattert, sagt er achselzuckend, daher die Flecken. Der Wind muss ihn von der Türmatte geweht haben, manchmal steckt der Briefträger die Post nicht ordentlich unter dem Türspalt durch. Ich dachte, ich bringe Ihnen den direkt vorbei, falls es etwas Wichtiges ist.

Er schaut mich fragend an. Er weiß, dass ich so gut wie nie Post bekomme, Papierpost, *snail mail*, seine Frau arbeitet auf dem Postamt. Die Post der Ausländer wird beäugt, auch nach all den Jahren noch.

Keine Ahnung, was das ist. Ich kenne niemanden in Mumbai. Werbung vielleicht?

Das sieht nicht aus wie Werbung. Sieht formell aus, Sir.

Wenn er mich Sir nennt, ist das so etwas wie ein Vorwurf; er will mich daran erinnern, dass er sich nicht für dumm verkaufen lässt, auch wenn er nur ein Gärtner ist, weil ich ihn nämlich genau deswegen brauche: als Gärtner. Mein freiwilliger Gärtner hat Momente, in denen er der Anerkennung bedarf. Ich nehme ihm den Brief ab. Mein momentanes Interesse liegt darin, dass er nicht merken soll, dass der Absender der Oberste Gerichtshof in Mumbai ist. Wer mit Gerichten zu tun hat, verliert sofort an Ansehen, auch auf Mangalemi.

Vielleicht haben Sie etwas gewonnen, Sir? Haben Sie in der Staatslotterie gespielt? Ein Los gekauft? Und das vergessen? Unlängst war das im Fernsehen, dass der High Court in Mumbai einen Versuch macht, eine Serie von Gewinnern der letzten Jahre aufzuspüren, die sich nie gemeldet haben, eine Aktion, um die Sympathie der Bürger zurückzugewinnen. Vielleicht sind Sie einer davon.

Ich liebe die Naivität der Bewohner von Mangalemi.

Das glaube ich nicht, mein Lieber, es wird irgendein Unsinn sein.

Ich versuche mich hinter meine Tür zurückzuziehen, ihn bestimmt und zugleich höflich zu verabschieden.

Wollen Sie denn nicht nachschauen, Sir?

Verzeih mir, mein Lieber, ich war gerade bei einer wichtigen Sache, etwas Wissenschaftliches, wenn ich länger unterbreche, kommen mir alle Gedanken abhanden.

Als ich ihm durch den Spion nachschaue, sehe ich, wie er den Kopf schüttelt. Auch nach zehn Jahren bleibt ihm der Ausländer ein Rätsel.

OBERFLÄCHEN SIND WICHTIG, auch wenn einen das Darunterliegende mehr interessiert; ich rasiere mir noch immer die Beine, weil ich früher einmal Rennen gefahren bin, mit dem Rad, früher, da war ich siebzehn. Wenn die Beine nicht frisch rasiert sind, sind sie rau und stoppelig; unbestellte Felder.

Ernte kannst du da doch keine erwarten, sagte Heinrich, vor Jahren, als ich ihm erklärte, warum ich mich weigere, außer Haus kurze Hosen zu tragen. Er empfindet das als Firlefanz.

Wann bist du zuletzt Rad gefahren, *long-distance*?

Als ich zu Hause war, in Wien.

(Das war damals eineinhalb Jahre her.)

Erst!, sagte ich zu Heinrich.

Schon!, sagte er.

Mein Rennrad, das Zweitrad, habe ich hier, oben in der Puppenstube, es lehnt an der Wand.

Ich probiere, das alles auszuschalten, meine vor mir seitlich am Tisch vorbei gestreckten Beine zu ignorieren, die weißliche Schicht, die sich am Schienbein bildet, weil ich lange keine Crème benutzt habe, abgestorbene Zellen, die davonstauben, wenn ich mit dem Handrücken darüber reibe, klicke das File an, in dem sich der *Draft* für meinen Artikel mit Christof befindet. Wenn ich ihn fertig habe, ist das ein triftiger Grund, ihm zu schreiben, ihm vorzuschlagen, doch herzukommen, damit wir das Paper zu Ende schreiben, besser, wenn man gemeinsam am selben geografischen Ort hinter dem Schreibtisch sitzt, ohne dicke unter dem Ozean durchgezogene Drahtkabel als Vermittler: direkt.

Irgendwie rechne ich noch immer damit, dass seine Reise bezahlt werden wird. Irgendwie rechne ich noch immer damit, dass Christof, wäre er hier, freiwillig für meine Falter weinen würde, dass er die Notwendigkeit begreifen und von selber vorschlagen würde, mir zur Seite zu stehen. Wir haben uns gut verstanden, als wir miteinander in seinem Labor waren, fast ohne Worte.

Die Zeit der Erklärungen ist vorbei, sagte er eines Tages zu mir, als wir gerade unseren Vormittagskaffee getrunken hatten. Ja, wirklich, betonte er noch einmal, sie ist vorbei. Keiner will mehr Erklärungen, man will Fakten.

Ihm könnte ich den Clou meines Zuchterfolges ohne Umschweife klarmachen, Christof ist bereit, Opfer zu bringen für die Wissenschaft. Wir sind uns da ähnlich. Nur müsste er hier sein, um zu verstehen, was er als Person in diesem Fall für die Erhaltung einer Art tun kann, aus der

Ferne würde er mir nicht glauben, jedenfalls eine technische Lösung suchen. Tränenflüssigkeit bestellen bei einem Optiker oder dergleichen. Nur hier, bei mir, wenn er *Calyptra lachryphagus* direkt vor sich sieht, würde er mir recht geben: Die Tiere brauchen frische Tränen. Und er würde sie mir zur Verfügung stellen, da bin ich mir sicher. Christof ist so einer, der das tut.

Ich sitze im Korbsessel, dem ersten Sessel, den ich mir in Mangalemi gekauft habe, die Beine hochgezogen, schön, Beine zu haben; da sind die Stoppeln, die unbestellten Felder. Wem sage ich das? Scrolle die Updates der Regionalzeitung durch, klicke auf die Liste der Todesanzeigen, die letzten Einträge sind Wochen her. Keiner stirbt mehr auf dieser Insel.

Nur in Europa wird gestorben.

Bis es hell wird, brauche ich eine Idee. Mrs. Banerjee kommt nicht mehr in Frage, sie muss wenigstens zwei, drei Mal bei mir gewesen sein, ohne dass etwas geschieht, ganz normal, aufräumen, Scherze, ein kleines Trinkgeld, bevor ich mich ihrer wieder bedienen kann; das Wort »melken« fallt mir ein, Tränenmelker. Ja, ich kann melken, Säugetiere, sogar Schafe.

Auf der Oberfläche der Haut rollt, was von tiefer kommt, an den Zitzen entlang, nur wer als Baby saugt, weint – unter den Tieren – so ist das, tropfenweise trinkbare Nässe: nahrhaft. Wimpern, Schläfen, Wangen, an diesen Stellen könnten sie sitzen, meine Tiere. Charles Darwin schrieb 1872, dass die indischen Elefanten im Londoner Zoo weinen, aus Kummer. So weit der Fortschritt meiner Recherche.

Leider ähnle ich Säugetier ausgerechnet darin den Insekten, in der Unfähigkeit zu flennen. Ich scrolle weiter auf meinem Telefon, lese Zeitung, das Trauerportal. Dort sterben sie tagaus, tagein, immer wieder neue Tote. Warum ist man auf dieser Insel so verdammt gesund?

People also cry when they are happy, you know, höre ich Mrs. Banerjee plötzlich sagen, auch sie spricht zu mir als Abwesende (und ich zitiere sie). Ja, das hat sie einmal gesagt, als sie anwesend war, meine Küchenphilosophin. Diese Herausforderung ist mir mehrere Nummern zu groß. Jemanden so sehr zum Lachen bringen, dass Tränen kommen?

Clown bin ich keiner.

Ich erwäge einen Streifzug durch die Gassen, zwischen den Sich-Entliebenden, den Streitbaren, Schlagkräftigen.

Abgelehnt: zu großes Risiko.

Irgendwann hat man die Möglichkeiten ausgespielt, die man hat im Leben; bei mir war das schon, fürchte ich, ist Vergangenheit. Mit dreißig hatte ich alles, was ich mir wünschte: ein herrliches Haus für meine Zucht auf einer Insel, umgeben von den schönsten Stränden, die existieren; einen guten Freund; wissenschaftliche Anerkennung; Hoffnung, mich noch mehr zu verbessern. Seit meinem dreißigsten Geburtstag weiß ich nicht mehr richtig, was ich noch wollen soll. An sich fürchte ich wenig. Schlaflose Nächte habe ich nie gefürchtet, keiner, der schlaflose Nächte fürchtet, wagt sich an eine Doktorarbeit; ich fürchte anderes: Mangel, unkontrollierbaren Mangel. Gehe wieder hinauf, in den ersten Stock, schaue nach den Faltern, in ihrem Klimaraum ist es finster, dunkler als im Freien, weil die Sterne fehlen. Sie sitzen da, ganz still, zusammengeklappt, die Flügel nur Striche. Obwohl sie aktiv sein sollten, bis sich das automatische Licht einschaltet, antizyklisch zum Sonnenrhythmus draußen. Ich gehe wieder hinunter, schaue auf die Uhr, zwei Uhr vierunddreißig, zu spät für ein Telefonat. Gleich nach dem Aufwachen werde ich morgen Mrs. Banerjee anrufen, nicht um sie zu mir zu bestellen, um sie um Rat zu fragen.

Hallo?

Anders hat sie sich noch nie gemeldet, nie mit ihrem Namen. Als sie meine Stimme erkennt, geht sie gleich in die Defensive.

Sir, heute geht's bei mir ganz schlecht. Haben Sie schon wieder etwas verschüttet?

Nein, ich will nur kurz etwas fragen, Jane. Was berührt die Leute hier auf Mangalemi? Was geht ihnen nahe?

Na, wie überall eben.

Und das wäre?

Sport. Welche Mannschaft gewinnt. Wer gestorben ist. Wer geboren ist.

Jane, Sie sprechen hier von Entitäten, die sich nicht vergleichen lassen.

Enti-was? Ich beantworte Ihre Frage. Was die Leute beschäftigt.

Ich meine, was trifft die Essenz? Das Innerste?

Was wollen Sie denn noch, Sir? Wer krank ist. Welche Noten die Kinder haben. Wenn jemand seinen Job verliert. Was wollen Sie eigentlich, Sir? Sagen Sie es mir einfach direkt. Dann kann ich Ihnen leichter helfen. Geht es wieder um Ihre Studie? Hören Sie, solche Studien nutzen niemandem etwas. Nur dass Sie es wissen. Weil Sie's sind, befasse ich mich damit. Wenn jemand von einer dieser Agenturen anruft, wenn mich einer von denen befragen will, lege ich immer sofort auf.

Meine Studie ist nicht *so* eine Studie, liebe Mrs. Banerjee. Ich forsche danach, was die Menschen im Innersten erregt, zum Lachen, zum Weinen.

Dieses Comedyprogramm, das kennen Sie doch, Sir?

Ist notiert. Und weiter?

Arbeitslosigkeit, Armut. Das Übliche. Passt das so? Ich würde dann gerne frühstücken, wissen Sie, Sir.

Danke, Jane. Danke.

Sport. Da ist die Idee, die ich brauche. Sport rührt die Leute; mehr als der Tod manchmal, weil sie denken, Einfluss zu haben, oder Einfluss zu haben auf jemanden, der Einfluss hat. Weil sie sentimental werden und keiner sie ermahnt, stark zu sein. Ist doch nur ein Spiel.

Die Sportart, die auf Mangalemi bewegt, ist, ganz banal, die Sportart, die überall bewegt, von Albanien bis Zaire: Fußball. Cricket ist Geschichte, ist, seit es keine Cricketfelder mehr gibt auf der Insel, dem Kontinent und dem auf ihm drauf sitzenden Indien vorbehalten.

Wir spielen Fußball, *like in Europe*, sagt Mr. Pants. Sagt Mrs. J. Banerjee. Sagt auch Heinrich. Und Shambhavi. Sie alle gehen regelmäßig zu den Spielen im Stadion, an der Peripherie, zwischen mehreren Shoppingmalls, nicht weit vom GB Pant Hospital. Da treten die Teams der Inseln gegeneinander an, die diversen Dörfer erproben ihre Stärke gegen Port Blaise und umgekehrt, auch die Collage-Teams der Schulen dürfen im Stadion spielen, weil sich der Andrang insgesamt doch in Grenzen hält. Shambhavi, das weiß ich, weil sie es hundert Mal gesagt hat, ist (ihr Hang zum Widerspruch) eine beherzte Supporterin der ein paar Meilen vor unserer Küste gelegenen Viperninsel. Wenn sie nicht gerade taucht, geht sie zu jedem Spiel. Mrs. Banerjee ist natürlich für Port Blaise, seit jeher gewesen, *a family thing*, sagt sie, ihre Eltern stammen aus dem Viertel, in dem das Stadion liegt, einst war dieser Vorort chic.

Mir sind Spiele gleichgültig, alle Spiele, als Kind schlug ich Einladungen zu Schulkollegen oft aus, weil unweigerlich irgendwann der Vorschlag kommen würde, etwas zu spielen, und schon als Kind hasste ich Spiele: Kartenspiele, Brettspiele, Versteckspiele, empfand sie als pure Zeitverschwendung. Nicht einmal als Kind hatte ich so viel Zeit übrig. Halma ertrug ich gerade noch, der Form wegen, der zwei ineinander geschobenen Dreiecke wegen, auf denen es gespielt wird, es hält einen auch nicht zu lange auf, ist schnell zu Ende.

Ich suche und finde mit wenigen Klicks die Website des Fußballvereins Port Blaise. Der Jugendclub spielt heute gegen die Junioren von Saint Thomas, ein Dorf, in dem ich bereits mehrere Begräbnisse erfolgreich besucht habe. Sie sind dort ziemlich christlich, es gibt sogar eine katholische Minderheit. Dort war es, wo Manuel, der Sohn meiner Schwester, das Kreuz trug. Man muss wissen, und so viel weiß sogar ich, auf Mangalemi sind die Jugendclubs das, was zählt; wer erwachsen ist, gehört im Handumdrehen zur Seniorenmannschaft, eine normale Mannschaft gibt es also eigentlich nicht. Das Normale dauert im mangalemischen Fußball nur wenige Tage, ein kurzer Übergang zu den Senioren. Wer es in der Jugend nicht schafft, weiß, die Karriere ist zu Ende, sobald ich 21 werde, ab dann gilt man in Mangalemi als volljährig. Diese Jugendlichen verdienen also in ihrer Kindheit, würde ich sagen, das Geld für ihr späteres Leben. Sie gehen, bis auf wenige Ausnahmen, mit 21 in Pension.

Die heutige Konstellation ist perfekt, das letzte Spiel der Saison. Man geht davon aus, dass Port Blaise gewinnt. Weil es immer gewonnen hat, in den letzten Jahren, die Hauptstadt ist der notorische Champion. Würde Saint Thomas gewinnen, ginge ein Schock durch die Stadt.

Es gäbe Tränen.

Wieder fehlt mir Heinrich, er würde den Coach der Port Blaise Blues kennen – was für eine Name für eine Mannschaft. Mir bleibt nichts anderes übrig, als noch einmal Mrs. J. Banerjees Nummer zu wählen, mich ausführlich zu entschuldigen und sie zu fragen, wer der Coach der Port Blaise Blues denn sei und wem der Club gehört. Sie weiß das, weil jeder auf der Insel solche Sachen weiß, außer mir: Ich notiere mir den Namen.

Ich kleide mich sorgfältig an. Weißes Hemd, mein einziges, ein leichter Seidenschal um den Hals, Jeans, die besseren, die, in die Mrs. J. Banerjee nach jedem Waschen ungebeten eine Bügelfalte hineinbügelt – sie hat entschieden, dass das meine besseren Jeans sind –, setze mich in den Wagen und fahre zuerst zu einem Bankautomaten, der europäische Karten nimmt, dann zum Stadion.

Wo finde ich den Coach der Port Blaise Blues?, frage ich einen der Jungs, die dort Wache schieben, gebe mich für einen ausländischen Journalisten aus, euer Spiel interessiert auch die Leute *overseas*, in Europa. Sie sind jung genug, um mich nicht zu kennen, haben mich noch nie auf einer Bestattung erlebt. Er zuckt die Achseln, wohlwollend. Das ist eine Eigenschaft der Bewohner von Port Blaise, wohlwollendes Achselzucken, damit fassen sie alles zusammen: Wie gern sie einem helfen würden und wie unfähig sie sind zu handeln.

Nach ausführlichem Achselzucken dreht sich der Junge um und winkt einem zweiten, größeren Jungen, der hinten an einem Gitter lehnt. Der reckt das Kinn, kurze ruckende Bewegungen, nimm meinen Hals, könnte das heißen, oder füttere mich doch mit irgendwas. Hey, schreit der erste Junge daraufhin, und der andere löst sich vom Gitter, schwerlich, als klebe er daran, und kommt mit ziehenden Bewegungen, statt Gelenken hat er Kaugummi, zu uns.

Er will zum Coach.

Der erste Junge entspannt sich merklich, sobald der zweite neben ihm steht; ich meine, ich wiege ungefähr halb so viel wie einer von denen. Neben Kaugummi bestehen sie nur aus Muskelmasse. Der zweite reckt wieder sein Kinn, unwillkürlich schaue ich in die Ferne, in den Himmel, ob da ein Muttervogel daherkommt, der ihm Kaugummi in die Kehle stopft.

Ein Punkt am Horizont, der wächst, die Konturen eines Mannes bekommt; ein kleiner, viereckiger Mann im Trainingsanzug. Die Streifen seitlich an den Hosenbeinen sind das Erste, was ich deutlich sehe.

Da, sagt der zweite Junge. Da kommt er.

Verstohlen schaue ich auf den Notizzettel mit dem Namen des Trainers der Port Blaise Blues, stecke ihn gleich wieder weg. Als der Coach in Hörweite ist, salutieren die beiden Jungs.

Ich verstehe, wie gesagt, nicht, was am Fußball dran ist; beziehungsweise: Ich verstehe es und will es nicht wahrhaben. Fußball wirkt auf mich wie ein Modell des Lebens. Die meiste Zeit geschieht nichts, rein gar nichts, der Lebende wartet, erwartet das Ereignis, in jeder Minute, läuft, läuft, in seiner Beinfreiheit ständig behindert von anderen, die eben nicht wollen, dass etwas geschieht, die wollen, dass man läuft. Nur läuft, solang man läuft, gibt es keinen Verlierer, das Leben geht weiter. Nur wenn ein Tor geschossen wird, steht es still – für den Bruchteil eines Gedankens, die sensorischen Zentren des Gehirns sind kurz total erregt oder total blockiert, ein Tor ist der Orgasmus des Matches.

Eigentlich ähneln Fußballspiele frappierend dem wissenschaftlichen Arbeiten. Kann sein, dass ich deshalb nichts daran finde.

Ich verbeuge mich vor dem Coach, stelle mich vor als Journalist aus Wien,

Er will mich nur loswerden.

Ob wir irgendwo allein reden können? Auch diese Frage beeindruckt ihn nicht.

Wozu? Es geht heute ums Gewinnen, sagt er, als spräche er zu einem Holzpfosten am Straßenrand. Nur ums Gewinnen.

Ich schlüpfe neben ihm durch die zwei Gittertüren, die geöffnet werden, damit er das Stadion betreten kann. Die Jungs hindern mich an nichts, sie sind erstaunlicherweise auf meiner Seite. Der Coach soll dem Europäer ein Interview geben.

Schließlich bin ich im Umkleideraum, durch einen Fensterschlitz sehen wir auf dem Feld die Mannschaft von Port Blaise, sie wärmen sich auf.

Wir sind allein, der Coach und ich.

Hören Sie, sage ich, wie viel ist Ihnen der heutige Sieg wert?

Was soll die Frage? Unwirsch schaut er mich an, er weiß jetzt: Ich bin kein Journalist.

Wäre 500 genug? Euro, meine ich. Sein Blick ändert sich, sammelt lang gehegte Distanz. Er schüttelt einfach den Kopf.

Sie meinen, Sie müssten mit den Spielern teilen? Also gut, ich erhöhe: 750, 50 für jeden Spieler, 200 für Sie.

Und die Reservisten?

Wie viele haben Sie?

Vier.

Gut dann: ein Tausender.

1100.

Die Distanz zwischen Europa und Mangalemi schrumpft auf null zusammen. Klatschend schlägt seine Hand in meine offene Hand.

Daraufhin streckt er sie aus, fordernd.

Nach dem Match, sage ich.

Okay, sagt er.

Und! Niemand erfährt davon. Klar, oder?

Erst jetzt erlaubt er sich ein kleines Lächeln.

Weißt du, was mein europäischer Lieblingsfußballer in solchen Situationen zu sagen pflegte? Bin ich nun so klug, oder bist du so dumm?

Da entwischt mir eine Frage, die ich gleich bereue.

Darf ich euch beim Training zuschauen?

Keine Frage, ich darf. Stundenlang.

EIN GEFÄNGNIS, *Cellular jail*, ist die Attraktion von Mangalemi, weitaus mehr Menschen kommen dafür als der Korallen wegen. Die Menschentrauben auf dem asphaltierten Platz davor setzen sich jetzt, vom Sonnenuntergang angestrahlt, vorwiegend aus Frauen zusammen, flennenden Frauen. Dazwischen, auf halber Höhe, flennende Kinder. Die Männer stehen separat. Nur vereinzelt verirrt sich ein Kind dorthin, um den Vater einzusammeln. Eigentlich zu ernten, weil er reif dafür ist. Das ist die zentrale Bushaltestelle, von hier aus fahren Busse in alle Stadtviertel, auch in die Umgebung; hier nehmen die Schlaglöcher ausnahmsweise nicht überhand, werden geflickt und plattgewalzt. Vor dem *Cellular jail* entsteht der Eindruck, Mangalemi sei ziemlich zugepflastert, und das Pflaster werde auch gepflegt; ein Eindruck, der täuscht. Die meisten Straßen, Wege, Parkplätze sind staubige Pisten, diese Buszentrale dafür ist der Augapfel der momentan regierenden Partei in Port Blaise. Wer in die andere Richtung will, in die, in der nicht alles liegt, sondern nur ein einziges Dorf, Saint Thomas, muss hinter dem Gefängnis warten und abfahren. Dort herrscht momentan eine andere Atmosphäre. Die Luft ist dick vor Freude, es nimmt jedem, der sich nicht freut, den Atem. Paare, eng umschlungen, empfangen Vorbeigänger mit parallelem Beinschlag. Scherze fliegen von Mund zu Mund, Kinder springen, als wäre der Asphalt ein Trampolin, manch Erwachsener springt mit ihnen. Hier herrschen die Gewinner, bis ihr Bus kommt. Auf der Verliererseite des Gefängnisses werden viele Busse kommen müssen.

Ich bin überrascht, wie leicht es ist, den Inselalltag komplett durcheinanderzubringen. Ein Match, das nicht ausgeht wie erwartet, und meine Falter sind satt, die Tränenproduktion des heutigen Nachmittags hätte für viele Tausende Individuen ausgereicht. Kaum stand fest, dass Saint Thomas wider Erwarten mit 5:1 siegen würde, öffneten sich bei achttausend Zuschauern die Schleusen. Das Stadion wurde zur Heulmaschine. Und vor dem Stadion ging es weiter. Die Flennerei war ansteckend, verbreitete sich via Funk und Fernsehen, virusähnlich.

Als ich meine abgefüllten Falter nach Hause brachte – sie begannen unterwegs bereits Eier zu legen –, sah ich junge Männer am Straßenrand, am Steuer ihrer Autos, heulend über Laptops oder Smartphones gebeugt: Sie hatten den Endstand des Spiels gelesen.

Ich hätte doppelt so viele Tiere füttern können, wie ich augenblicklich besaß.

Zirka zweitausend Fans aus Saint Thomas tanzen mit trockenen Augen durch die besiegte Hauptstadt; vor Freude weint kaum wer, egal was Mrs. J. Banerjee sagt. Der Enthusiasmus der Menschen von Mangalemi könnte meine Falter nicht ernähren.

Nach dem Spiel habe ich mit dem Coach gesprochen, ein eiskalter Businessman, jetzt in Anzug und Krawatte. Sie werden sich schon wieder beruhigen, sagt er, während um uns herum die Fans schluchzend zusammenbrechen. Ich bin ihnen nichts schuldig. Solange unsere Gehälter so viel niedriger sind als die europäischer Mannschaften – und jeder einzelne unserer Spieler kennt die Summen, die andere kriegen –, so lange kann man uns nichts vorwerfen. Ich sage nichts. Ich händige ihm den Umschlag aus.

In dem Stadion, während der letzten Minuten des Matches und in der Verlängerung, bot sich mir ein unvergessliches Bild. Als der Tormann von Port Blaise das fünfte Tor an sich vorbei ins Netz lässt, fliegen über der wogenden Tribüne meine Schmetterlinge, landen auf einem nassen Gesicht nach dem anderen. Auch wenn es über tausend Tiere sind, sie verlieren sich in der Menschenmenge. Ich bange immer wieder, die eine oder andere unwirsche Hand werde einen Rüssel aus den Augen wischen wollen und dabei, ohne es zu merken, den Schmetterling tödlich verletzen. Doch das passiert nicht.

Jedes einzelne Tier kam innerhalb einer halben Stunde zu mir zurück, ich verpackte sie transportsicher, stellte insgesamt nur vier Käfige in den Kofferraum, in jedem zirka zweihundert Schmetterlinge, und war weg.

Sobald die Falter wieder in ihren Klimaräumen waren, bin ich erneut in die Stadt gefahren. Könnte ich den Menschen ihre Empfindungen nur mit einem Wischer von der Haut streifen: konservieren, einfrieren!

An diesem frühen Abend heulen sie Kübel.

Ich stehe unbeachtet in der Menge, gehe durch die weinenden Fans der Port Blaise Blues wie durch Gestrüpp, rechts und links Arme wegstreifend. Auf der Gewinnerseite des Gefängnisses entdecke ich eine alte Frau, die Brombeeren verkauft, schwere schwarze Früchte in einem Bauchladen.

This is my best product, sie sagt es mit heiserer Stimme.

Bekannte sehe ich keine, auch Mr. Pants nicht; er verlässt die Tankstelle während der Öffnungszeiten nie. Ich frage einen Buben, ungefähr zehn Jahre alt, er hüpft unermüdlich, als hätte er Federn unter den Sohlen, stößt dabei quietschende Laute aus, die mich an den Ruf von Waldohreulen erinnern, ich frage ihn, was denn so Besonderes geschehen sei? Er stoppt, schaut mich an, fassungslos, ob meiner dummen Frage.

It's the first time in human history that Saint Thomas won against Port Blaise. In all human history!

Ich bin auch ein wenig fassungslos.

Der Anblick des *Cellular jail* bringt mich auf unangenehme Gedanken. Der jetzige Touristentempel wurde unter britischer Herrschaft als Haftanstalt für politische Gefangene gebaut und bestand ausschließlich aus Isolationszellen, deren Insassen brutal zu unvorstellbarer Maloche gezwungen, ausgepeitscht, exekutiert wurden. Als während des Zweiten Weltkriegs die Japaner die Leitung übernahmen, führte man neue Foltermethoden ein. Was zieht Besucher aus allen Teilen der Welt hier an?

Im Hof, in dem unsagbare Gräueltaten stattfanden, floriert ein perfekter englischer Garten mit in Figuren geschnittenen Sträuchern; man lässt sich mit den Kindern en famille ablichten. Das Gebäude ist ein nationales Monument, jede einzelne Zelle picobello renoviert, nichts bröckelt, nirgends blättert Farbe ab. Dieses alte Gefängnis ist in weitaus besserem Zustand als die meisten Wohnhäuser auf Mangalemi. Der wirkliche Ansturm allerdings beginnt nach Einbruch der Dunkelheit, dann winden sich Warteschlangen mitunter Hunderte Meter lang. Eine Licht- und Lärmshow betört die Massen, sogar Einheimische nehmen es in Kauf, bis zu zwei Stunden in der Schlange zu stehen; es gibt zwei Reihen, eine, die viel, viel kürzere, für Frauen, eine lange für Männer.

Ich denke an den Brief aus Mumbai, den Brief, den ich, versteht sich, nie erhalten habe, denke an zwei tschechische Wissenschaftler, die vor ein paar Jahren in ein indisches Gefängnis gerieten. Ihnen wurde vorgeworfen, sie hätten in einem Nationalpark in der Nähe von Darjeeling Insekten gesammelt: Käfer, Schmetterlinge, Raupen. Dem indischen Gesetz zufolge ist das ohne Genehmigung streng verboten. Die Wissenschaftler beriefen sich auf Unwissenheit, ihnen sei nicht bewusst gewesen, dass sie sich in einem Schutzgebiet aufhielten, ebenso wenig sei ihnen bewusst gewesen, dass dem illegalen Sammler von Insekten in Indien mehrere Jahre Haft drohen. Sie hätten sich von ihrer Faszination hinreißen lassen, nur an den wissenschaftlichen Wert ihrer Sammeltätigkeit gedacht, hieß es in einem von der tschechischen Botschaft veröffentlichten Interview. Die Sprecherin der indischen Behörden hatte unerbittlich reagiert, sie sei sich sicher, die beiden hätten für gewerbliche Zwecke gesammelt, die Insekten in ihrem Gepäck seien mehrere hundert Dollar wert. Ich weiß bis jetzt nicht, wem ich glauben soll. Den Männern (Kollegen!), die beteuerten, sie hätten keine Sekunde an Verkauf gedacht, ihre Fundstücke seien nur für wissenschaftliche Zwecke bestimmt gewesen und wären dem entomologischen Museum in Prag übergeben worden? Oder den Behörden, die anführten, der eine der Wissenschaftler habe mehrere hundert Individuen bei sich gehabt, oft drei oder vier von derselben Art, welches Museum brauche so viele Dubletten?

Die beiden wurden auf freiem Fuß angezeigt, der eine konnte irgendwie nach Tschechien entkommen, der andere wurde festgenommen. Er saß bis zur Verhandlung, bei der, notabene, alle zwei schuldiggesprochen wurden, in einem indischen Gefängnis. Auch er kam dann gegen Kaution frei, verbrachte jedoch Wochen, oder waren es Monate, in einer Haftanstalt. Davor graut mir.

Die mir in dem Brief angelasteten Vergehen sind weniger präzise ausgeführt, und es mangelt an Beweisen, eine gewisse Ähnlichkeit zwischen meinem Fall und dem der tschechischen Wissenschaftler besteht aber zweifelsfrei. Wer würde für mich Kaution bezahlen? Es geht um die

Mitbringsel für Christof, nicht mehr als ein Dutzend Falter, man hat sie mir am Zoll nicht abgenommen, nur bemerkt und fotografiert; der Zöllner war freundlich. Ich nahm an, die Angelegenheit sei damit vorbei. Hatte Christof gegenüber sogar noch gescherzt, dass ich zum Schmuggler taugte, und er hatte erwidert, ich solle in Zukunft lebendes Material, das von außerhalb Europas stammt, am besten per Post verschicken, in CD-Hüllen verpackt, als Geschenk deklariert. Wie hatte man die Fotografie gemacht, die dem letzten Brief als Beweismaterial beilag? Es waren meine Proben in meiner Tupperwaredose. Die Wahrheit ist, mich fröstelt vor dem *Cellular jail*, bei 33 Grad im Schatten. Mangalemi ist zwar auf dem Papier unabhängig, würde der indischen Justiz aber jeden ausliefern.

ALS KIND MOCHTE ICH DAS WORT »IRRENHAUS«, es klang wie ein begehrenswerter Ort, ich stellte mir einen wilden dunklen Garten vor, ein verwinkeltes Schlösschen mittendrin, mit zahlreichen Balkonen. Auf jedem einzelnen stand ein Irrer und schaute. Auch das Wort »irr« klang verheißungsvoll. Jemand, der sich mehr traute als alle anderen, der sich alles traute, ohne Rücksicht, was die anderen davon dachten. Mein Vater war also eine Art Held.

Er sei im Irrenhaus, hieß es, als wir nach Hause kamen, vom Haus, in dem das Seil war. Wir kamen nach Hause, und eine Vase fiel um, eine hohe Vase aus grünem Glas, die in der Diele am Boden stand. Alle Blumen darin waren welk. Auf dem Tisch lagen grüne Knöpfe, die aussahen wie Pupillen. Ob der Vater die je gesehen hat, ob sie schon lange daliegen? Ein Gedanke, an den ich mich intensiv erinnere, das Gruseln, das die Knopfaugen bei mir hervorriefen.

An dem Abend wurden wir früh ins Bett geschickt. Ich fragte, wo der Vater denn sei, wie es ihm ginge, und entlockte der Mutter irgendwie die Aussage, er sei in der Anstalt, für Irre. Da geht es ihm gut, sagte sie, da wird er versorgt.

Danach habe ich einen Brief erhalten, einen langen, zärtlichen. Nur ich bekam einen Brief, meine Schwester nicht, die Mutter nicht und die Großmutter auch nicht. Auch damals verheimlichte ich den Brief. Ich wollte ihn mit niemandem teilen. Hätte jemand anderer ihn gelesen, wäre mir vorgekommen, er würde dünner und dünner, abgegriffen, bis das Papier durchsichtig wäre und nichts mehr davon übrig. Ich fischte ihn aus dem Briefkasten, las ihn und versteckte ihn. So gut, dass ich ihn bis heute nicht mehr wiederfinde.

Während mein Vater in der Irrenanstalt war, bin ich oft in den Park gegangen. Die Eichkatzen unter den Bäumen flohen nicht vor mir, blickten nur hastig auf und um sich, beugten sich wieder zu ihren Samen oder was sie sonst aus dem Sand rafften und nagten weiter; sie machten einen schwer beschäftigten Eindruck. Ich bildete mir ein, dass ich ein besonderes Band zu ihnen hatte, ein Behüter ihrer Wildheit sei, und sie mich als einen der ihren erkannten und näher an sich heranließen als andere. Nie fütterte ich sie. Sie mussten wild bleiben, unabhängig. Wachsam, auf der Hut. Allzeit bereit, in die Wipfel zu huschen, sobald sich ihnen jemand näherte, der nicht ich war.

Ich ging normalerweise nur an Wochentagen in den Park.

Einmal kam ich an einem Sonntag und beobachtete ein Familienidyll: Die Eichkatze fraß der Mutter und ihrer grell gekleideten Tochter abwechselnd Walnüsse aus der Hand; der Mann, der neben den beiden im Kies kauerte, fotografierte. Meine Enttäuschung war so groß, dass ich lange nicht in den Park ging.

Wieder sitze ich an meinem Schreibtisch. Bin heute Baumbauer gewesen, habe meine Bäume mit einiger Kunstfertigkeit errechnen lassen, durch einen Server, der in einem Vorort von Seattle steht: Bäume aus Strichen, ausgespuckt von meinem neuen Drucker. Fünfzig Bäume auf Zetteln, die ich am Boden auflege, auf dem Tisch, an die Wand klebe. Ich vergleiche, klicke sie an. Zweifle an ihrer Richtigkeit. Niemand, den ich kenne, kann die Logarithmen, mit denen diese Server rechnen, nachvollziehen. Wir verlassen uns darauf, dass sie stimmen, weil jemand, von dem wir annehmen, er sei ein besserer Mathematiker als wir, ein Programm geschrieben hat, das DNA-Sequenzen in einen Baum verwandelt. Ich staple die fünfzig Bäume aufeinander, neben mich auf die Tischplatte. Sie sind eigentlich nur Ähnlichkeitsstriche.

Wie ich bin, lese ich im Internet, das ist manisch. Manische sind ungeduldig, machen alles auf einmal, sprunghaft; sehr überzeugend, wissen andere zu begeistern. Für alles! Ich will mehr Manische kennenlernen, sie faszinieren mich. Selbstverliebtheit und Selbstüberschätzung gehören auch zum Manischsein, lese ich. Ist Shambhavi manisch? Nein, sie ist nur in Heinrich verschossen. Nach der Manie erfolgt eine Periode des Absturzes, lese ich; mein Vater muss manisch sein. *Non dire stupidaggini*, höre ich ihn sagen, auf Italienisch.

Von gegenüber schaut ein Haus herein. Es beobachtet mich im Grunde ständig, behält mein Haus im Auge, starrt die ganze Zeit durch seine Hausaugen herüber, nur selten macht es sie zu; dann, wenn die Leute, die darin wohnen, die Jalousien herunterlassen oder die Vorhänge zuziehen. Jemand hat heute einen violetten Overall aus dem Fenster gehängt. Ab und zu fliegt der Schatten einer Schar junger Vögel übers Dach, Schwalben könnten es sein. Da landet ein Vogel genau vor meinem Fenster, setzt sich aufs Brett: eine Flusswasseramsel. Wie kommt die hierher? Ein Irrgast. Flusswasseramseln sind eng an schnell fließende, sauerstoffreiche Gewässer gebunden.

Mittags ist das Sitzen am schwierigsten. Da spüre ich den Wirbel an der linken Schulter, seit drei Jahren, seit ich dreißig bin, seit fast vier Jahren, den Rückenwirbel meiner Mutter, den ich geerbt habe. Ab fünf Uhr entspanne ich mich. Die Nachmittage werden gut, wenn der Tisch zu glänzen beginnt; das schräg einfallende Licht hilft mir, mich zu konzentrieren.

Ich verbiete mir zu zweifeln; der Zweifel stellt unablässig meine ganze Tätigkeit in Frage, nagt an den Resultaten. Es gibt keinen Grund, nicht fröhlich zu sein. Den allgemeinen Mangel an Fröhlichkeit erachte ich als das größte menschliche Defizit überhaupt.

JA, ICH MUSS MIR ANMASSEN, dass es das ist, wonach ich suche, als Wissenschaftler: Wahrheit, eine Wahrheit, die in Form von Tatsachen beobachtbar wird. Wir können nicht mehr in Worte fassen, was wir eigentlich erforschen, schreibe ich meiner Schwester. Sie schickt mir einen Smiley mit verbundenem Mund. Wir rechnen Dinge aus, die unvorstellbar sind. Bäume, an denen kein Blatt wächst, nur Striche. Meine Schwester schickt einen Smiley mit Sonnenbrille, gehst du heute an den Strand? Du weißt, dass ich nie an den Strand gehe. Meine Antwort enthält keine Smileys.

Irgendwann habe ich Ablehnungen von Manuskripten nicht schwergenommen, habe das getan, was ich jetzt jüngeren Koautoren rate, sofern ich nicht Erstautor bin: sofort weiterschicken, zur nächstbesten Fachzeitschrift. Habe mich nicht daran gestört, dass die Gutachter anonym sind, das gut gefunden, objektivitätssteigernd, war stolz auf unser System, empfand uns Naturwissenschaftler als Geheimbund, der nicht geheim war, nur wurde, weil kaum einer sich die Mühe machte, unsere rätselhaften Schriften zu sich zu nehmen. Das verband uns, verbindet uns noch, aber ich genieße das Geheimnis nicht mehr. Es ist mir zu unfassbar geworden.

»Wer sich über die Wirklichkeit nicht hinauswagt, der wird nie die Wahrheit erobern.« Ich lese es in der Zeitung, die mein Vater zu Hause austrägt, lese diese Zeitung im Internet, überfliege sie zumindest; sie zitiert nach Johann Christoph Friedrich von Schiller, seinen Briefen von 1793, die an keinen im Speziellen gerichtet sind, daher an alle.

Meine heutige Korrespondenz hat mit einer Ablehnung angefangen, ein Artikel, den ich bereits an vier verschiedene Zeitschriften geschickt habe. Auch bei der fünften wieder: abgelehnt, ohne dass er zur Begutachtung geschickt worden wäre. *This does not reflect the quality of your work. Your paper just does not fit the scope of our journal.* Vor zehn Jahren wurden meine ersten Arbeiten in diesen Journalen publiziert, ohne dass es mich besondere Mühe gekostet hätte. Neuerdings heißt es für mich immer wieder: abgelehnt.

Es tut weh, wenn ich nur mehr mit einem System kommuniziere, wenn ich mehr Zeit mit der Umformatierung des Artikels verbringe als mit dem Schreiben desselben, wenn, bevor die Arbeit überhaupt an einen Gutachter geschickt wurde, schon sechs verschiedene Redakteure mit mir korrespondieren. Niemand weiß, wer ich bin, und ich weiß nicht, wer sie sind. »Sie« haben »uns« wieder abgelehnt, schreibe ich meinen Koautoren. Sie schicken digitale Seufzer, transkribiert als Buchstaben, OOOHHAACHHZZZZssss%!, und Umarmungen, @@@. Das At-Zeichen hat früher Klammeraffe geheißen, ein Klammeraffe umarmt mich, während ich Korrespondenz mit einer Person bräuchte, einen Diskussionspartner, der mir widerspricht, auf dass ich meine Thesen dagegenhalten kann. Stattdessen erhalte ich eine automatisch generierte Antwort von einem Editorial Office aus Australien: Der Editor wird mit Ihnen Kontakt aufnehmen. Ich fluche, digital, auf den Wissenschaftsbetrieb. Meine Schwester ist der Ansicht, ich übertreibe. Sie antwortet einmal mit dem Bild einer Rose, einmal mit einer Karikatur von Sisyphus. Deine Karriere läuft doch wunderbar :-))))) Muss jetzt shoppen. Verabschiedet sich mit: Bleibe online, auch beim Einkaufen, schreib mir, wann du willst. Ihre Art, mich zu unterstützen.

Zwischendurch kommen vier E-Mails von der Zeitschrift; sie verkünden die technischen Schritte der Behandlung meiner Arbeit. Das vierte ist von einem *handling editor* aus Kanada: Ich müsse die Illustrationen einzeln hochladen, in druckfähiger Auflösung, sonst könne man das Manuskript nicht an die Gutachter schicken. Die nächsten eineinhalb Stunden verbringe ich damit, meine Grafiken umzuformatieren, hole dafür zwei Programme aus dem Netz, installiere sie. Starte die Maschine neu, starte nochmals. Klicke mich durch mehrere Fehlermeldungen. Endlich: ein E-Mail, das bestätigt, meine Illustrationen seien hochgeladen.

Ich lehne mich zurück im Sessel, drücke den Rücken an die Lehne, die genau den richtigen Gegendruck bietet, um den Wirbel meiner Mutter zu entspannen; seit ich diesen deutschen Arbeitsstuhl besitze, ein Import via eBay, eine kleine Firma in Bayern, die dabei war, sich aufzulösen, und daher zu Schleuderpreisen in alle Welt lieferte, sind meine Rückenschmerzen erträglicher. Als weitere fünf Minuten lang keine Fehlermeldung kommt, hoffe ich, das Manuskript werde endlich eine Chance kriegen, dem sachkundigen Blick von Kollegen zu widerstehen. Womöglich würde es sogar gelobt werden. Ich probiere darin eine unkonventionelle Idee aus. Sie liegt offen da, seit Darwins Zeiten, doch ich bin der Erste, der sie aufgreift.

Ich gehe hinauf zu den Schmetterlingen, kontrolliere die Eier, die seit gestern ständig mehr werden. Zu zählen versuche ich sie gar nicht, es sind Tausende. Sammle sie nur vorsichtig vom Netz, von den Wänden der Plastikbehälter, in denen ich die Weibchen zur Eiablage bringe, vom Papier, das mit einer Mischung aus Zuckerwasser, Aminosäuren und Salzen getränkt ist; damit bringe ich die Tiere an tränenlosen Tagen durch. Ich lege die Eier eins nach dem anderen oder mehrere zugleich, wie ich sie eben erwische, auf frisches, trockenes, saugfähiges Papier. Um Schimmelbildung zu vermeiden, muss ich sie wieder und wieder umlegen, in der Regel einmal pro Woche, regelmäßig kontrollieren, ob irgendwo kleine graugrüne Punkte zu sehen sind.

Dann gehe ich in die Küche, sehe dort auf der Uhr, dass zweieinhalb Stunden vergangen sind; gieße mir ein Glas

Fruchtsaft ein, Papaya, die Säfte auf Mangalemi schmecken unvorstellbar gut, gehe dann nochmals in mein Arbeitszimmer, motiviert, noch ein wenig an dem berüchtigten Artikel zu arbeiten, um ihn bald Christof zur Durchsicht zu schicken.

Ich klappe den Computer auf und sehe sofort die Zahl eins in Klammer in der linken oberen Ecke, 1 neue Nachricht im Posteingang. Ich weiß, ich sollte nicht schauen, sollte nur einmal pro Tag eine Stunde einplanen für E-Mail-Korrespondenz, und *that's it*, schaffe es aber nicht. Ich klicke. Der Name der Fachzeitschrift, bei der ich soeben eingereicht habe, im Absender. Der Betreff der Nachricht verheißt nichts Gutes: *Editor's decision on BIPH-D-13-00173*. Mit Herzklopfen, obwohl ich ahne, was in der Nachricht stehen wird, klicke ich noch einmal:

Dear Dr. Franz Caspari,

with regret, I must inform you that the Editor has decided that your manuscript cannot be accepted for publication in Biology and Philosophy.
Your paper is an enjoyably written and thoughtful essay, but as a mix of history of science, somewhat speculative social studies of science, and review of species concepts, it is not really suitable for Biology and Philosophy:
I would like to thank you very much for forwarding your manuscript to us for consideration and wish you every success in finding an alternative place of publication.

With kind regards,
Editorial Office

Gesandt hat die Nachricht jemand mit dem Namen Bhavani Sridhar, unterzeichnet ist sie nur mit Editorial Office. Ich habe keinen Schimmer, wo Bhavani Sridhar arbeitet, eventuell in Delhi, eventuell in Düsseldorf. Die Antwort wurde nur 29 Minuten, nachdem ich die Arbeit samt druckfähig formatierter Illustrationen verschickt hatte, abgesandt. Wer kann in 29 Minuten ein Manuskript von 33 Seiten lesen und beurteilen? Bhavani Sridhars anonymer Editor in Chief muss ein Genie sein.

Ich weiß nicht, wem gegenüber ich mein Manuskript verteidigen kann, wen ich aufgebracht fragen kann, was denen einfällt, mir stundenlanges Umformatieren der Abbildungen abzuverlangen, um die Arbeit innerhalb einer halben Stunde abzulehnen?

Diese Anonymität, die ich einmal für Objektivität hielt, nimmt den wissenschaftlichen Arbeiten jede Identität. Mehr als fünfzig Prozent der hochrangig publizierten Arbeiten werden innerhalb weniger Jahre von ihren eigenen Verfassern als unrichtig erklärt, und niemand fühlt sich dafür verantwortlich. *All in the game*, heißt es. Für mich gibt es kein Spiel. Wenn ich spielen wollte, wäre ich Hockeyspieler geworden. Ich hatte Chancen, als Kind; auch im Tischtennis hatte ich Chancen. Spiele sind mir aber, wie gesagt, völlig fremd.

DER BODEN DER KLIMAKAMMER ist übersät mit toten Faltern, mindestens 25, Shambhavi stößt einen Schrei aus, als wäre ihr Schmerz zugefügt worden. Sie, die, solange Heinrich da war, für sie da war, nicht das geringste Interesse an meiner Zucht gezeigt hat, nicht müde wurde, zu erklären, dass ihr an terrestrischen Lebewesen nichts, gar nichts läge, nur unter Wasser, und zwar Salzwasser, Ozeanwasser, sei ihr Gebiet – sie reagierte, als hätte etwas sie gebissen; wegen ein paar toter Insekten. Meine Insekten. Ich weiß, ich tue ihr Unrecht.

Was ist geschehen?, flüstert sie, zwischen den gespreizten Fingern ihrer vor ihr entsetztes Gesicht geschlagenen beiden Hände hindurch.

Es ist normal, Shambhavi, sage ich, nach der Eiablage sterben sie bald, in der Natur sogar noch früher als bei mir. Die Männchen sind sowieso längst tot, sie sterben nach der Befruchtung. Was du hier an Männchen siehst, sind alles erst kürzlich geschlüpfte Individuen, viele noch unverpaart, junge Jungs. Du studierst doch Biologie, Shambhavi?

Sie nickt, erschüttert.

Deswegen tut's mir so leid. So viele! Sie dreht sich schwungvoll um die eigene Achse.

Totentanz? Das kannst du auch?

Franz Wilhelm, ich finde so was *not funny*!

Sie suhlt sich in Trauer, ich hole Besen und Schaufel.

Du wirst sie doch nicht … zusammenkehren? Wegwerfen? Wie … Laub?

Was soll ich sonst tun?

Also, irgendwie … feierlicher? Ausstreuen? Begraben? Dem natürlichen Kreislauf zurückgeben?

Shambhavi, diese Tiere gäbe es nicht ohne mich. Keins davon hätte je existiert, hätte ich nicht dieses Laboratorium hier eingerichtet. Die sind gezüchtet, wie die Schweine oder Rinder, aus denen die Hamburger gemacht werden, die du isst.

Sie schaut mich an, als wäre ich ein Gespenst.

Man wartet vergeblich drauf, dass einem jemand hilft,

als Wissenschaftler; jeder schaut einen an wie ein Gespenst: die Professoren, Kollegen, die eigenen Eltern, Geschwister, Verwandte, zufällige Bekannte. Ein sympathisches Gespenst, das sie rettet, vor dem Unglück der Welt, da es für alles Erklärungen formuliert, die Lehre vom Leben: Biologie. Aber ein Gespenst.

Wissenschaftlern glaubt man, was sie an die Öffentlichkeit bringen, eigentlich bedingungslos, zumindest wenn es sich um naturwissenschaftliche Gespenster handelt. Wissenschaft kritisiert man nicht, über unsere Ergebnisse wird berichtet.

Universitäten sind eine wahnsinnig europäische Erfindung, sage ich zu Shambhavi, die, während ich doziere, vorsichtig einen Falter nach dem anderen auf Blätter weichen Saugpapiers legt, in Schichten übereinander anordnet, leicht versetzt, wie ein Fächer. Sie ist gedanklich bei ihren konkreten Plänen für die folgenden Stunden. Wir fahren mit einem Boot aufs Meer, entgegnet sie mir, wir streuen sie da aus, in Windrichtung, ich nehme eine Kamera mit, du wirst sehen, es wird ein Bild für Götter.

Wir sitzen an meinem Arbeitstisch, den ich speziell für diesen Raum habe anfertigen lassen, mit extra glatter Oberfläche, weißes Glas, daran bleiben die Schuppen der Schmetterlinge kaum kleben. Hier präpariere ich Individuen, die ich in meine Sammlung integriere. Shambhavi, unerfahren im Umgang mit Insekten, braucht lange, um die Falter aufzulegen, sie behandelt sie wie kostbare Kleinode.

Wir werfen sie übrigens in Kürze weg! Ein kleiner gemeiner Einwurf von mir, den sie ignoriert. Währenddessen entdecke ich in der Klimakammer neue Tote. Ich kehre sie zusammen, leere eine Schaufel Schmetterlingsleichen auf den Tisch.

O nein, noch mehr! Shambhavi ist verstört.

Du kannst alles filmen, *one more chance for a great picture*. Du solltest deine Kamera schon jetzt in Aktion bringen, für den Todeskampf, schau, da stirbt gerade einer. Ich zeige auf einen Falter, der verkehrt herum am Boden der Klimakammer liegt, die Flügel nach unten gekehrt, mit hüpfenden Bewegungen versucht, sich umzudrehen, kurz auf den Beinen landet, flatternd an die Wand fliegt, dort sitzt, mit zuckenden Flügeln, dann wieder fällt.

Sie will mich erstechen mit ihrem Blick, eine Nadel durch meinen Oberkörper bohren, als wäre ich ein zu präparierendes Insekt.

Heb ihn doch auf! Hilf ihm!

Dem ist nicht zu helfen. Was soll ich tun? Mund-zu-Mund-Beatmung?

Du bist viel grausamer, wenn ich bei dir bin, als allein, das weiß ich sicher. Apodiktische Behauptungen sind Shambhavis tägliches Brot.

Der Falter steht auf seinen Flügeln, die Fühler nach unten hängend, er flattert, als wäre er auf Zeitlupe eingestellt worden, langsam und langsamer.

Auf ihren wiederholten Befehl hin hebe ich das Tier auf. Ich halte es ihr hin, auf der flachen Hand, es zuckt einige Male, rührt sich nicht mehr. So stirbt ein Schmetterling, sage ich zu ihr.

Ich finde das furchtbar. Warum dauert das so lang?

Lang ist relativ, Schmetterlinge haben kein Herz, daher können sie auch keinen Infarkt bekommen.

Kein Herz?

Nein. Folglich haben sie auch keinen Kreislauf, sie atmen durch Diffusion, die Luft geht durch sie hindurch. Wenn es warm ist, bewegen sich die Luftmoleküle schneller, sie können besser atmen, daher sind sie nur aktiv, wenn es warm ist. Und daher sind sie so klein. In Europa. Nur in den Tropen können sie sich eine gewisse Größe erlauben, weil es dort ganzjährig warm ist. Deswegen gibt es auf Mangalemi verhältnismäßig viele groß gebaute Arten. Das musst du doch wissen? Du, als Biologin?

Zum ersten Mal, seit ich sie kenne, zögert sie.

Ja, müsste ich wissen, weiß ich auch, eigentlich, nur so hab ich's mir noch nie überlegt. So hab ich's noch nie formuliert: Schmetterlinge haben kein Herz. Klingt herzlos.

Sie sind herzlos. In jeder Hinsicht. So lieb sie auch ausschauen.

Die Weichheit in ihrem Gesicht verschwindet so plötzlich, wie sie gekommen ist, macht dem Widerspruch Platz.

Wie kannst du das wissen? Fast schreit sie mich an; wäre sie keine Engländerin, würde sie schreien.

Ich sage nichts.

Dann, nach einer Pause: Ich gehe hinunter, den Wagen aufräumen, damit wir gleich fahren können, wenn du fertig bist.

Sie ersticht mich nochmals mit einem Blick und wendet sich wieder den toten Tieren zu.

Als ich mit dem Oberkörper in der offenen Autotür stecke, mit dem Kopf unter dem Lenkrad die Matte richte, zirpt mein Telefon wie eine Grillenkolonie: meine Schwester, ich habe ihr einen aparten Klingelton gegeben.

Man wartet vergeblich, dass einen jemand rettet, sage ich zu ihr, während des Wartens bringe ich meinen Wagen in Ordnung, um eine britische Studentin zu chauffieren. Und du?

Rettet wovor, du bist doch nicht in Gefahr? Ja, ja, das Schwesterlein tut ihr Bestes, mich nicht allzu ernst zu nehmen; außer den Gemüsepflanzen in ihrem Garten nimmt sie sowieso wenig ernst. Im fernen Europa. Als ich studierte, wohnte ich am Europaplatz, das hätte ich Shambhavi erzählen sollen, fällt mir ein, während ich meiner Schwester zuhöre. Am Europaplatz, laut, dröhnend; der erste Europaplatz in Europa wurde in Wien angelegt, werde ich Shambhavi auf der Fahrt erzählen, am 21. Juni 1958, du weißt, was das für ein Tag ist? Ja, richtig, Sonnenwende. Die Hinwendung Wiens zu einem friedlichen Europa verkörpert der Platz, der aus mehreren Kreuzungen besteht, brausendem Verkehr, gerahmt von Fassadenkolossen.

Ob er wirklich der erste Europaplatz ist, kann ich nicht sagen; älter als die Europaplätze Berlins, Karlsruhes und Aachens ist er.

Man wartet darauf, sage ich zu meiner Schwester, dass einen jemand von der Einsamkeit befreit, in der man sich als Wissenschaftler befindet; doch das tut keiner. Als Student stellt man sich den Alltag der Lehrenden gesellig vor, sieht sie vertraulich miteinander in der Mensa sitzen, lauscht ihnen stundenlang, wie sie vor Publikum in Büchern blättern, entwischt angenehm erleichtert den Büros, in denen sie einem im Zwiegespräch Prüfungen abnehmen, wie Geschwülste, derer man sich entledigen muss, um in den hellen Wissenschaftshimmel aufzusteigen. Man kehrt benotet nach Hause zurück; eine Not mehr in der Tasche.

Ich höre, es geht dir gut, du bist in Gesellschaft, sehr gut.

Meine Schwester denkt, wenn man nicht allein ist, sei man schon in Gesellschaft. Ich verabschiede mich und sauge das Auto.

SPIEGELGLATT IST DAS MEER, und windstill ist es, das ist selten.

Sehr selten, sage ich zu Shambhavi, du hast Glück.

Du hast Glück, heute wäre ein guter Tag zum Tauchen, ich bin aber hier mit dir.

Besser gesagt, ich bin hier mit dir. Du hattest diese wahnsinnige Idee, Falter übers Meer auszustreuen, als wären sie Aschenreste.

Früher hat man geglaubt, Schmetterlinge seien die Seelen von Toten.

Woher weißt du das denn? Das weiß keiner.

Bitte – du sagst doch selber, dass ich Biologin bin.

Seit wir ins Auto gestiegen und, wie es unvermeidlich ist, nebeneinander gesessen sind, ganz eng, ihr Knie neben meinem, nur die Handbremse zwischen uns, hat sie einen flirtenden Unterton; auch einen flirtenden Blick, soweit ich das beurteilen kann.

Das ist Kulturgeschichte, antworte ich streng, mit Biologie hat das nichts zu tun.

Vielleicht streuen wir ja Menschheitsseelen mehrerer Jahrhunderte übers Meer? Wieder ein flirtender Blick.

Wenn du in so einer Stimmung bist, drehen wir in dieser Minute um, fahren zu mir nach Hause, werfen die Falter, alle 75, ordentlich aufgelegt, wie du sie hast, in die Tonne, morgen ist Leerung. Irgendwann landet aller Müll aller Inseln, auch dieser, im Meer; wir sparen uns die Kosten für das Mietboot, ich spare mir die Kosten. Oder wolltest du bezahlen? Als ich merke, dass sie weiter flirtet, ungenierter als vorher, lege ich nach: oder wir stopfen sie hier hinein. Ich deute auf einen der Kübel, die ab und zu an den die Strandpromenade säumenden Laternen hängen; diese Kübel haben nur einen Schlitz als Öffnung, das in stundenlanger Kleinarbeit fabrizierte Kunstwerk Shambhavis ließe sich nur mit Gewalt da hineinquetschen. Oder – ich lege ein weiteres Schauferl nach – wir werfen sie auf den großen Misthaufen des Gärtners, der freut sich, wenn ich ihn bei der Düngerproduktion unterstütze!

Ihre Unterlippe fängt zu zittern an. Sie also auch. Ich kenne diesen Ausdruck von Mrs. Banerjee: Vorzeichen für ein Gewitter mit Starkregen, strömend aus menschlichen Sehwerkzeugen.

Jetzt und hier nützen mir Tränen gar nichts, ich mache einen Rückzieher. Hey, ist ja nicht ernst gemeint.

Du hast aber so geklungen.

Ich möchte nur, dass du zugibst, dass es deine Idee war, dass wir ausschließlich und nur auf deinen Wunsch mit den Faltern aufs Meer hinausfahren. Okay? Ich mach so was nicht. Wenn das einer meiner Kollegen wüsste, wär ich der Witz der Saison, Gary Larson würde mich zeichnen.

Wer ist Gary Larson?

Den kennst du nicht?! Bist offenbar doch keine echte Biologin. Eher Kulturwissenschaftlerin, *quod erat demonstrandum.*

Sie stößt mich kokett in die Seite. Warum habe ich den Eindruck, dass sie nur darauf wartet, von mir umarmt zu werden? Ich spinne wahrscheinlich. Mit Heinrich kann und will ich nicht mithalten, ich würde mir ja selber Heinrich aussuchen von uns beiden, nicht mich.

Boat? Boat? Sir?

Was immer man auch will auf Mangalemi; es wird einem angeboten. Shambhavi, als Taucherin, kennt den Typ, der das Boot mit dem kleinen Außenbordmotor anpreist, als handelte es sich um seine Tochter.

She's so beautiful, really really beautiful, very soft motor. Very very soft.

Zum Preis von umgerechnet sechs Euro ist das Boot unseres, für diesen Nachmittag.

Have fun. Der Besitzer winkt uns glücklich nach, dreht sich, sobald wir einige hundert Meter weit draußen sind, um und rennt davon, als wäre man hinter ihm her.

Was ist mit dem los?

Der rennt zum nächsten Pub. Alkoholiker. Eigentlich müsste man das Geld seiner Frau geben – er hat fünf Kinder –, aber wenn er trinkt, schlägt er sie zumindest nicht, er wird sanftmütig, macht ihr ein neues Kind. Sie ist nicht dagegen, dass er trinkt, eher froh, wenn er es kann. Hat sie mir selber erzählt.

Shambhavi kennt den Bootsvermieter, wie es scheint, wirklich ganz gut.

Setz dich dorthin, sage ich, zeige auf den Sitz, der so weit wie möglich von mir weg ist. Wer weiß, auf welch seltsame Gedanken sie sonst noch kommt. Sie ist 24. Und befolgt – ausnahmsweise – direkt, was ich ihr sage.

WIR FAHREN EIN STÜCK HINAUS, ich bin seit langem nicht auf dem Wasser gewesen, seit mehr als drei Jahren nicht, wenn ich mich richtig erinnere. Die Windstille hält an, die Spiegelglattheit. Dazu leichter Regen, die einzelnen Tropfen fallen deutlich sichtbar in den Spiegel. Der wird zur Haut, Planetenhaut, auf der unser Boot eine Spur hinterlässt. Der einzige Nachteil des Hinausfahrens bei sogenanntem Schlechtwetter, ich nenne es: verhangen – in den Monaten, während derer in Europa Sommer herrscht, Juli und August, nicht selten –, sind die Wasserskifahrer. Sie schneiden uns, plumpsen in den Spiegel, krabbeln dann wie bleigetränkte Insekten auf ihre Bretter, um sich neuerlich als Superwasserläufer zu versuchen.

Du kennst doch diese Tiere, oder, Shambhavi? *Halobates mangalemus*, lebt endemisch auf der freien Meeresoberfläche um Mangalemi, ernährt sich von Zooplankton, saugt auch Fischeier und Fischlarven aus.

Trotz allem scheint in mir ein Bedürfnis zu schlummern, ihr ständig etwas beizubringen, irgendwo in mir steckt dieser Lehrer.

Sicher kenn ich sie, die kennt doch jedes Kind.

Da habe ich sie aus der Reserve gelockt. Sie ärgert sich.

War nur eine Frage.

Pass auf, welche Fragen du mir stellst!

Und wieder das Flirten …

Ich steuere von den Schleifen der Wasserskifahrer weg. Ein Stück weit draußen ist eine untiefe Stelle, mit Bojen ausgeflaggt, dort scheint mir ein guter Ort für unser Vorhaben. Die meisten Bootsfahrer meiden die Stelle, weil sie unangenehm zu befahren ist, man riskiert, auf Grund zu laufen. Bei unserem kleinen Boot habe ich da keine Sorge, wir liegen kaum dreißig Zentimeter unterhalb der Wasserlinie, allenfalls springe ich hinaus, schiebe an.

Wir fahren dorthin, Shambhavi. Mit ausholender Geste gebe ich die Richtung an. Einverstanden?

Klar.

Sie sitzt kerzengerade, wie ein Matrose, der einen Besen geschluckt hat.

Ohne ein Wort zu sagen beginnt sie, die Falter ins Wasser zu streuen. Sie hält den Papierfächer auf den Knien, hebt Schicht um Schicht auf. Der Fahrtwind haucht den bunten Flügeln noch einmal Leben ein. Ich verlangsame die Fahrt. Das Boot fährt im Kreis. Irgendwo in ihrer Tasche hat Shambhavi Blumenköpfe. Sie wirft gelbe und knallblaue Blüten ins Wasser; die gelben sind *Dendrobium*, das Blaue etwas, das man hier Schmetterlingserbse nennt. Die Farben sind gut gewählt. Sie reicht mir ihre Kamera. Nimm das auf, bitte. Als alle Blumen, die sie dabeihat, im Wasser liegen, stopft sie die leeren Papiere in ihre Tasche, streckt die Hand aus: Gib mir den Fotoapparat. Sie filmt die Pracht vor uns, Flügel, Blumen, Wellen. Durch den Wellenschlag versinken die Falter bald.

Können wir?

Sie nickt, zufrieden, scheint mir.

Ich beschleunige das Boot, und bald rasen wir übers Wasser dem Hafen zu. Als ich mich umdrehe, haben die Schaumkronen, die das Boot hinter sich herzieht, schon fast alle Reste unseres Schmetterlingsbegräbnisses verschluckt.

Woher hattest du auf einmal die Blumen?, frage ich sie unschuldig, irgendwie doch mitgenommen von dem eben erlebten Spektakel.

Aus deinem Garten, woher sonst. Ich war ja sonst nirgends.

MRS. BANERJEE MELDET SICH KRANK, am Dienstag vor dem Mittwoch, an dem sie wieder kommen müsste; seit acht Jahren kommt Mrs. Banerjee jeden zweiten Mittwoch, bisher war sie nie krank. Ihre gespeicherte Stimme klingt kerngesund. Ich rufe sie an, ihre Live-Stimme klingt ebenfalls gesund.

Sie werden jetzt denken, Sir, Jane simuliert, sie klingt wie immer, doch ich sage Ihnen, meine Stimme ist das Robusteste an mir, ich habe Fieber, hohes Fieber. Sie wirft ein wenig mit Fahrenheit und Celsius um sich, Verwirrungstaktik. Ganz klar ist: Sie wird nicht kommen.

Nächste Woche wieder, hoffe ich, Sir, Sie brauchen keine Vertretung zu organisieren, nächste Woche bin ich wieder fit. Bis dahin müssen Sie durchhalten, aber Sie machen ja nicht viel Schmutz, allein wie Sie sind. Oder haben Sie wieder Zwiebeln geschnitten für Ihre Experimente?

Sie nimmt sich einiges heraus, Jane, besonders im Fieber; ich kürze das Telefonat unwirsch ab, schütze Eile vor, wünsche gute Besserung. Das ist ein Befehl, sage ich, werden Sie gesund!

Aye, aye, Sir, sagt sie, die große Erleichterung in der Stimme ist nicht zu überhören.

Ich nehme mir eine Tasse Kaffee mit hinauf zu den Schmetterlingen, trinke Kaffee, in der Klimakammer stehend, sie umflattern mich, einer setzt sich auf meinen Knöchel, ein Weibchen auf meinen Oberarm; sie züngeln, rollen den Rüssel aus, streichen suchend über die Oberflächen. Die meisten sitzen am Glas, in der Nähe der Lampen, schlagen ab und zu mit den Flügeln, um sich aufzuwärmen, für sie ist es zwei Stunden nach Sonnenaufgang. Ich greife mir das Weibchen mit der Nummer 1332 – sie sind alle nummeriert, sobald sie nach dem Schlüpfen trocken sind, beschrifte ich sie, um sie auseinanderzuhalten – das Abdomen ist prall: Eier. Nummer 1332 ist fünf Tage alt, wurde vorgestern befruchtet, von Nummer 1114, einem relativ alten Männchen, vor drei Wochen geschlüpft, und wäre bereit zur Eiablage. Ich muss mir etwas einfallen lassen. Ich sprühe reines Wasser auf das weiße Saugpapier, sprühe hier und da auf die Falter, die dann auffliegen, in der Feuchtigkeit flattern, sich wieder setzen; fülle in den Zuckerwassertropfen an den Wänden Zuckerwasser nach. Einige Falter scharen sich immer um die tropfenden Stellen, stecken die Rüssel in Tropfen, trinken sie aus; bis der nächste Tropfen kommt. Das, was sie wirklich brauchen, kann ich ihnen leider nirgends nachfüllen. Die Schlupfraten der letzten Wochen sind höher, als ich es mir je träumen hätte lassen; seit der Meeresbestattung mit Shambhavi sind 150 Individuen geschlüpft, innerhalb von nur vier Tagen. Ich brauche noch eine Idee, eine gute Idee, und zwar dringend.

Die Schwierigkeit des Wissenschaftlers ist, dass er (oder sie, bei aller Naivität, die sie an den Tag legt, oder eigentlich: Weil sie auch naiv ist, traue ich Shambhavi durchaus eine wissenschaftliche Karriere zu) einen Großteil der Zeit nichts tut, und dieses Nichtstun zu seiner Arbeit gehört. Nichtstun im Sinn von nichts Sichtbares produzieren; keine Schiffsschraube, kein Fahrrad, keinen Laib Brot.

Ich gehe wieder in die Küche, trinke ein Glas Wasser, keine Idee will mir kommen; ich streife rastlos durchs Haus, gehe ganz hinauf zu den Puppen, lüfte, drücke die eine oder andere Puppe ein bisschen, behutsam. Wenn sie leben, drücken sie zurück. Eine tote Puppe werfe ich zum Dachfenster hinaus. Ich setze mich an den Computer, kontrolliere die Todesanzeigen: keine Toten, nicht einmal in den entlegenen Dörfern. Mangalemi verweigert weiterhin das Sterben. Ich zermartere mir das Hirn, scrolle in Zeitungen hin und her, auf und ab. Wo wird viel geweint?

Das Weinen ist außer Mode geraten, auf türkische Ärzteserien beschränkt, wird übersetzt und weltweit ausgestrahlt; die Angehörigen der Serienhelden weinen stellvertretend für die Menschen, die das erleben, was wir in den Nachrichten lesen oder sehen.

An einer Überschrift bleibe ich hängen: Mobbing in der Schule. Eine Wiener Studentin beschäftigt sich in ihrer Forschungsarbeit zum Studienabschluss damit, wie Kinder einander quälen. Das ist eine Idee. Ich werde mich Schulen anbieten, als Lektor, *touch the scientist* – das wird mein Motto! Ich bringe die Falter in die Schulen, präsentiere sie, ganz offiziell, eine endemische Art eurer Insel, zum Angreifen, aber vorsichtig!, demonstriere, genehmigt von den Lehrern, ihre besondere Ökologie, und wie nebenbei werden die Tiere satt. Irgendwer flennt immer in einer Klasse. Falls nicht, gebe ich die eine oder andere pikante Erzählung zum Besten, edukative Erzählungen, versteht sich, wie das klassische Beispiel vom Löwen, der das Zebra frisst.

Je kleiner die Kinder sind, desto besser wirken diese Anekdoten der Gewalttaten unter den Lebewesen, die sie bisher als kuschelige Plüschtiere kannten. Ich habe Erfahrung damit, habe schließlich Lehramt zu studieren begonnen, zwar abgebrochen, aber erst nach mehreren Praxiseinheiten in einem Realgymnasium. Wenn ich hiesige Schuldirektoren kontaktiere, kann ich, ohne zu lügen, auf meine didaktische Ausbildung verweisen.

Niemand wird mir einen Vorwurf machen, wenn die Kleinen weinen, ich trage schließlich zu ihrer Bildung bei, Bildung tut eben ein bisschen weh. So ist das.

Ich scrolle durch die Kontaktliste auf meinem Telefon nach einem Lehrer. Kenne ich einen Lehrer auf Mangalemi? Ein persönlicher Kontakt ist wichtig, besonders als Ausländer wird man oft verdächtigt, man wolle nur profitieren, auch wenn das vorgeschlagene Projekt auf den ersten Blick uneigennützig scheint. Die Mangalemaner sind nicht mehr so blauäugig wie vor einem Jahrzehnt, werden gefinkelter, misstrauischer; und das ist gut so. Sie haben ja recht.

Siehe: Franz Wilhelm Rosalie Caspari.

Obwohl: Schließlich bewahre ich ihre ureigenste endemische Art vor dem Aussterben. Wenn sie die übrige Umwelt zerstört haben, können sie auf *Calyptra lachryphagus* zurückgreifen, sie zur Touristenattraktion machen. Es ist zu ihrem eigenen Nutzen, wenn diese Art überlebt. Ich weiß, ich klinge zynisch. Ich will es nicht sein. Ich darf nur den Tatsachen nicht ausweichen, muss in voller Fahrt auf sie zusteuern. Es ist Zeit für einen außertourlichen Teebesuch bei Mr. Pants.

Was verschafft mir die Ehre? Mr. Pants hockt mit angezogenen Beinen hinter seiner Kassa, das rosa Radio am linken Ohr. Hey! Du kommst gerade recht! Er springt auf, schlurft auf seinen Flipflops eilig heran, grün mit der Flagge Brasiliens auf den Plastikriemen, die seine Zehen an die Sohle binden, drückt mir das Radio ans Ohr.

Hörst du?

Ich nicke, Mozart.

Mr. Pants zeigt seine Zähne, die volle blitzende Reihe.

Jawohl, Mozart. Wenn dir das kein Glück bringt!

Glück kann ich brauchen, Mr. Pants.

Zum Glück dazu serviere ich dir einen Tee, setz dich.

Behutsam nimmt mir Mr. Pants das Radio aus der Hand, dreht den Ton lauter, stellt es dorthin, wo es immer steht, wenn es sich nicht an seinem Ohr befindet, ins Regal. Ich höre Rauschen gespickt mit Mozart-Splittern, der Empfang oben im Regal ist schlechter als an Mr. Pants' linkem Ohr.

Ich habe den Verdacht, du hast in deinem Ohr eine extra Antenne eingebaut, sage ich zu ihm, eine Rauschunterdrückungsmozartunterstützungsantenne.

Warte, ich koche zuerst Wasser; dann regle ich den Sender. Unter kontinuierlichem Kopfnicken trabt Mr. Pants dahin und dorthin. In der Abstellkammer, in der auch unser weißer Klapptisch steht, befinden sich zwischen all dem Brimborium, das er dort aufbewahrt, ein Wasserhahn und eine Kochplatte. Er füllt Wasser in den Kocher, du weißt, Teacake, das Wasser kommt aus meinem eigenen Reservoir, nicht von der Leitung, also keine Sorge.

Ich habe keine Sorge, Mr. Pants, bei deinem Wasser doch nicht. Außerdem wird es gekocht, das habe ich dir doch schon erklärt, solange es gekocht wird, ist es sowieso in Ordnung.

Für dich, Teacake, koche ich das saubere Wasser noch einmal. Er nickt sich zufrieden mehrere Male zu, dreht dann, scheinbar unkoordiniert, an seinem kleinen Radio herum. Auf einmal höre ich ganz klar: Monteverdis Marienvesper.

Woher kommt das jetzt? Das Werk ist eins meiner Lieblingsstücke.

Ist das kein Mozart mehr? Sorry, Teacake, diese Wellen habe ich nicht in der Hand. So, hier, ganz frisch.

Er legt eine karierte Serviette auf meinen Schoß, stellt

einen Teller darauf, platziert auf dem Teller, sorgfältig, drei *teacakes*, sodass sie ein Dreieck bilden. Im nächsten Moment habe ich eine Tasse Tee in der Hand, bitter, stark, süß – wie immer.

So, erzähl. Mr. Pants schaut mich fragend an.

Ich suche einen Lehrer oder einen Schuldirektor, eine Verbindung zu Schulen, eine neue Geschäftsidee – neue Geschäftsideen findet Mr. Pants interessant. Ich bemerke, wie es in seinem Gesicht aufblitzt. Mal überlegen, Mr. Pants liebt es, Spannung zu erzeugen, ein Nebeneffekt der Telenovelas, die er sich nach Feierabend zu Hause anschaut – meine Schwäche, Teacake, jeder hat so seine Schwächen –, ich habe natürlich Kunden aller Sparten. Lehrer also, sagst du? Jemand, der etwas mit Schulen zu tun hat? Mit Schülern? Mr. Pants runzelt die Stirn, ein Runzeln, das ich kenne, es bedeutet Gutes, es bedeutet: Er hat die Lösung, will sie nur mit dem größtmöglichen Unterhaltungsgewinn für sich selbst verkaufen.

Das ist leicht, Teacake, willst du dir nicht etwas Schwierigeres aussuchen? Du weißt, du hast nur einen Wunsch pro Woche frei. Wenn ich dir jetzt einen Lehrer beschaffe, dann war's das für diese Woche, dann musst du warten bis nächsten Montag, sieben Uhr früh, erst dann wird das Wunschkonzert bei Mr. Pants wieder eröffnet. Ein blitzendes Lächeln, wie zu erwarten.

Für mich reicht das momentan, Mr. Pants, ein Lehrer. Mehr will ich gar nicht.

Ganz wie du willst, er schenkt Tee nach, den ich aus Ungeduld, der Bitterkeit ungeachtet, hinuntergestürzt habe, nimm doch ein Keks, er hält mir den Teller, der unangetastet auf meinen Knien balanciert, direkt unter die Nase. Ich tue ihm den Gefallen, greife nach dem im obersten Scheitelpunkt des Dreiecks liegenden *teacake*, stecke ihn ganz in den Mund, die Ecken stechen mir Kanten in die Wangen, ich kaue abwartend.

Ich kenne die Direktorin einer Schule, ganz gut kenne ich sie, eine Kundin. Genussvoll lüftet er das Geheimnis. Sie leitet eine Privatschule, gesponsert vom GB Pant Hospital, sie hoffen, in der Schule ihr zukünftiges Management heranzuziehen und gleichzeitig auch ihre momentanen Kunden, die Schule ist Brainwash-Institut und Ausbildungsstätte in einem, also, überall hängen Werbeplakate der Produkte, die das GB Pant Hospital anbietet, in den Pausen dürfen sich die Kinder Reklamefilme anschauen, wer die meisten Filme nacherzählen kann, kriegt Pluspunkte.

Das erfindest du jetzt!

Das erzählt mir die Direktorin. Sie wird doch wissen, wovon sie spricht. Ich wasche ihr immer alle Scheiben, nicht nur die Windschutzscheibe, auch die Heckscheibe und alle Seitenfenster, reinige die Scheibenwischer und messe den Reifendruck, sie möchte mindestens zwei Mal pro Monat den Reifendruck kontrollieren, das beruhigt sie. Ich tue das alles, inkludiert im Service, besonders für eine Dame. Aber sie gibt mir ein großzügiges Trinkgeld. Großzügig, Teacake, echt. Hab schon probiert abzulehnen, sie sagt nur, lassen Sie, für mich ist es so eine Freude, bei Ihnen zu tanken. Du siehst: Bei der hab ich einen Stein im Brett.

Wann kannst du sie fragen?

Sobald sie das nächste Mal kommt.

Mr. Pants, es ist dringend. Geht's nicht noch heute?

Heute? Sie war gestern erst da, hat vollgetankt, *full service* meinerseits, *full tip* ihrerseits. Ihr übliches Verhaltensmuster ist, nächste Woche wiederzukommen, nicht vor Donnerstag.

Kannst du sie nicht irgendwie kontaktieren?

Wie soll ich das anstellen? Glaubst du, ich sammle die Telefonnummern meiner Kunden?

Solltest du.

Gib mir Zeit bis morgen, ich versuch etwas.

Okay, großartig. Danke. Wann kann ich vorbeikommen?

Ich schick dir ein SMS. Daumen rauf oder runter.

Kumpelhaft schlägt er mir auf den Rücken; meine Rippen klappern, zumindest innerlich, ich weiß nicht, was diese merkwürdige Verhaltensweise unter Männern soll.

AUF MEINEN ERSTEN AUFTRITT IN DER SCHULE bereite ich mich vor wie auf eine Reise. Ich stecke 51 ein bis fünf Tage alte Falter in glatte Papiersäckchen, sortiere diese locker in zwei Schachteln, jedes Individuum auf den Flügeln mit einer Nummer versehen, bereite außerdem zwei Käfige vor, lege sie mit Saugpapier aus, stelle die Käfige auf die Rückbank meines Wagens, die Schachteln mit den Faltern in einer Tasche auf den Sitz neben mir, bereite eine Spritzflasche vor, deren Spitze ich mit Tixoband verschließe, unterwegs soll nichts ausrinnen, es handelt sich dabei um gefiltertes Wasser. Das Wasser, das hier aus den Leitungen kommt, verwende ich nicht direkt für meine Zucht, zu viele unbekannte Inhaltsstoffe, zu viele mögliche Infektionserreger, alle Wasserhähne bei mir sind mit Filtern versehen. Ich packe auch Eier, Puppen, leere Puppenhüllen ein, einen Kübel mit der Futterpflanze und Raupen, die sie gerade abnagen; nehme auch allerlei Firlefanz mit, Netze, Lampen, Chlorophorm-Gläser, Bestimmungsliteratur.

Vor dem Schulgebäude erwartet mich ein Knäuel Kinder. Ein Mädchen werde mich erwarten, hat die Direktorin angekündigt. Ein Mädchen löst sich aus dem wurlenden Haufen, dessen einzelne Bestandteile einander halb hauen, halb liebkosen. *You must be the scientist*, begrüßt sie mich, streckt mir ihre Hand hin, drückt überraschend fest zu, sie sei eine Diskuswerferin, fügt sie hinzu, meinen erstaunten Blick bemerkend; das Kind kann höchstens elf sein.

Soll ich helfen? Ihre dienstbeflissene Frage, als ich erkläre, ich müsse meine Sachen aus dem Auto holen.

Warum eigentlich nicht. Deine Freunde da, die können auch was tragen. Ich drücke dem Kinderknäuel, der sich in einzelne Fäden löst, das gesamte unbelebte Anschauungsmaterial in die mir willig hingestreckten Hände. Nur die Tiere, die noch keiner als solche erkennt, trage ich selber.

Wo sind die Schmetterlinge, du solltest doch mit Schmetterlingen kommen?, ruft ein Bub in kurzen Hosen und sehr schwarzen Füßen, er ist barfuß. Ich gebe ihm ein Netz zum Halten.

Die zaubere ich nachher aus dem Hut. Ich zwinkere ihm zu.

Fidel rennt er ins Schulhaus hinein, das Netz flattert wie eine Fahne hinter ihm her.

Als ich das Schulgebäude betrete, bekomme ich blaues Gel auf die Handflächen getropft: Sie müssen sich desinfizieren, jeder muss das. Ich bin nicht nur zum Vortrag in eine Klasse gerufen, ich bin die Attraktion des Tages. Sie besuchen die vier obersten Klassen, danach auch noch, ganz kurz, bitte, die Kleinen, die aus dem ersten Jahr, die sogenannte Biologielehrerin, der mich die Direktorin vorgestellt und überantwortet hat, heißt Francis. An dieser Schule scheinen ausschließlich Frauen zu unterrichten.

Sie machen, was Sie wollen, wir richten uns da ganz nach Ihnen. Dienstbeflissen wie die Schüler sind auch die Lehrer. Eine entzückende Schule, Holzsessel in verschiedenen Farben, jede Klasse ihre eigene. Alle kennen einander, Lehrer wie Schüler, eine große Gruppe von Freunden scheint hier miteinander umzugehen, für den Lunch wird ein Picknick vorbereitet. Karierte Tücher überall. Körbe voller Essen. Erst in zwei Stunden!, ermahnt Francis ein vorwitziges Kind mit hochgesteckten rabenschwarzen Haaren, dann kriegst du was. Auch in dieser Schule gibt es erhobene Zeigefinger.

Francis begleitet mich zu dem Raum, in dem mein Empfangskomitee bereits die Gerätschaften deponiert hat.

Wie viel Zeit brauchen Sie zur Vorbereitung? Als Vorlauf?

Also, was mich betrifft, kann ich direkt anfangen. Holen Sie ruhig die Kinder.

Es werden zwei Klassen sein, 6A und 6B.

Was auch immer das heißt, denke ich mir, und nicke. Klar, bringen Sie sie, 6A und 6B. Wie alt sind sie?

Elf, zwölf, dreizehn. Ungefähr.

Optimal, denke ich mir, optimal.

Wenn Sie pro Gruppe etwa vierzig Minuten einrechnen, dann bleiben noch zwanzig Minuten für die Kleinen, vor dem Picknick.

Wie Sie wollen, ich richte mich nach Ihren Bedürfnissen und denen der Schüler. Ganz Beflissenheit, beginne ich meine Sachen auszustellen, drapiere die Käfige auf einer Schulbank, lege die Säckchen mit den lebenden Tieren auf: Wenn es so weit ist, will ich sie schnell heraußen haben.

Guten Morgen, Kinder.

Guten Morgen, Mister. Sie antworten im Chor. Sie sind gut erzogen. Auch wenn die Privatschule von einem Warenhauskonzern gesponsert ist, die Eltern müssen bezahlen.

Nach einer fünfminütigen Einführung, in der ich die Grundbegriffe der Biologie von Insekten erkläre, die Unterschiede zu uns Säugetieren usw., komme ich auf die Insel zu sprechen, die geografische Lage, wo der Golf von Bengalen sich mit der Andamanensee vermischt, 155 Kilometer nördlich von Indonesien – wer hat das gemessen, Sir? Das Mädchen, das mich als Erste begrüßte, hat auch die erste Frage, sie reckt den Arm mit dem ausgestreckten Zeigefinger in die Höhe, dass doch die Kinder überall zu den gleichen Bewegungen erzogen werden. Seefahrer, sage ich, Seefahrer haben das gemessen, mit einem langen Seil, das sie an der Spitze Indonesiens festbanden und übers Wasser hinter sich herzogen. Wurde das Seil dann nicht zu kurz, Mister? Sie knüpften immer wieder ein neues Stück daran, sobald es drohte, zu kurz zu werden, sie hatten im Schiffsbauch unten ein Lager aus aufgerollten Seilen. So viel Seil in einem einzigen Schiff? Ja, so viel Seil.

Die Lehrerin mischt sich nicht ein. Sie sitzt in der hintersten Bank, hört meinen Ausführungen widerspruchslos zu, gestikuliert nur stumm und drohend den Zappelphilipps, deren Bewegungsdrang stärker ist als sie selbst. Ich komme zur Einzigartigkeit von *Calyptra lachryphagus*, ihrer genauen Ökologie, spreche vom Lebbeckbaum, den viele Kinder nicht kennen, obwohl sie täglich im Schatten dieser Bäume spielen, erzähle ihnen, dass er auch Frauenzungenbaum heißt und warum, lege einige – nicht ganz ernstzunehmende – Theorien dar, warum die Art nur auf dieser Insel vorkommt, nirgendwo anders. Teile dieser Theorien stammen von einem Freund und Kollegen, einem Griechen, mit dem ich, zwar in großen Abständen, aber wenn, dann umso inniger korrespondiere, der meint, die Menschen auf dieser Insel müssten einst tieftraurig gewesen sein, täglich tränenüberströmt, dass sich eine derart spezialisierte Schmetterlingsart entwickelt hatte. Mir gefiel die Theorie sehr, ich verwarf sie aber wieder, weil sie unmöglich stimmen konnte; die Falter waren bereits mehrere Millionen Jahre lang auf Mangalemi, als menschliche Siedler kamen. Interessant wäre, Berichte der sechs Soldaten zu lesen, die unter Maria Theresia auf die Insel verpflichtet worden waren, um die Kolonie in Besitz zu nehmen und die österreichische Fahne in den Boden zu rammen. Hatten sie damals tränensaugende Falter beobachtet? War *lachryphagus* damals häufiger gewesen? Meine eigene Theorie ist, dass es hier andere Säugetiere mit ansehnlichem Tränenfluss gab, Zwergelefanten zum Beispiel. Zwergelefanten lebten auf mehreren Inseln, vor der Besiedelung durch den Menschen, sogar in Europa, sogar auf der Insel Sardinien mitten im Mittelmeer lebten kleine Elefanten und große Hasen.

Das führe zu weit, unterbricht mich die Lehrerin. Europa, davon hätten die Kinder weder Idee noch Vorstellung. Ich lasse mich nicht aus dem Redefluss bringen, gebiete ihr Schweigen, mit einer der Gesten, die sie selber den Schülern ständig zumutet. Ungerührt erzähle ich, was mir durch den Kopf geht; die Leute vor mir sind zwar noch nicht ausgewachsen, aber keineswegs Idioten. Romantisch wäre die Vorstellung, diese Zwergelefanten hätten nur Freudentränen geweint, wie es die Elefanten der amerikanischen Elefantenforscherin Cynthia Moss zu tun scheinen …

Lassen Sie Amerika aus dem Spiel, ruft die Lehrerin. Ich werfe ihr einen verärgerten Blick zu, woraufhin sie den Raum verlässt. Die Schüler bemerken es nicht einmal, sie hören gebannt zu.

Wo sind die kleinen Elefanten jetzt? Der barfüßige Bub mit den kurzen Hosen meldet sich.

Gegessen, von den Menschen.

Und in Europa, gibt es sie dort noch, die Minielefanten?

Nein, auch gegessen. Sobald Menschen eine Insel entdeckten, aßen sie alles, was darauf lebte.

Auch die Hasen?, ruft jemand, der mir bisher noch nicht aufgefallen war, die großen Hasen, die auf der europäischen Insel lebten?

Die Hasen zuerst.

Ich merke, dass bald eine Chance besteht. In der ersten Reihe sehe ich bereits bebende Unterlippen. Ich beschließe, es direkt zu machen.

Ihr müsst mir helfen, sage ich, ihr müsst mir helfen, die Schmetterlinge zu füttern. Ich zeige ihnen ein Säckchen, lasse den darin befindlichen Falter heraus. Ein Raunen geht durch den Klassenraum.

Dürfen wir die angreifen?

Vorsichtig, einen dürft ihr vorsichtig angreifen. Ich nehme das folgende Säckchen, hole das Tier heraus, halte es bei den zusammengeklappten Flügeln, so, dass es sie nicht bewegen kann, gebe es einem Buben, direkt vor mir.

So, halte es einfach an den Flügeln, nicht zu fest, auch nicht zu locker, damit es nicht davonfliegt. Der Bub hat zitternde Finger, aber er greift richtig zu.

Sterben die nicht, wenn das Pulver von ihren Flügeln runtergeht? Der Bub sieht mich fragend an, am Schmetterling vorbei, den er sich ganz nahe vors Gesicht hält, er schnuppert daran.

Diese Frage höre ich jedes Mal, wenn Laien Schmetterlinge in die Hand nehmen. Wäre es so, dass man sie nicht berühren darf, würden sie keine zehn Minuten im Wald überleben. Manche Falter leben noch wochenlang, obwohl die Hälfte ihrer Flügel im Schnabel eines Vogels zurückgeblieben ist.

Solange man vorsichtig ist, ganz vorsichtig, darf man sie angreifen, sage ich zu dem Buben und zur ganzen Runde, die mich jetzt fixiert, als hätte ich magische Kräfte. Ihr müsst mir also helfen, wiederhole ich, packe inzwischen einen Falter nach dem anderen aus. Und die Fenster bleiben geschlossen, was auch geschieht, keiner öffnet ein Fenster, verstanden? Allgemeines andächtiges Nicken.

Ihr müsst weinen, sage ich, damit die Tiere satt werden. Wie ihr jetzt wisst, brauchen sie Tränen, sonst können sie nicht weiterbestehen, ihr müsst also an etwas ganz Trauriges denken und dann weinen, zum Beispiel könnt ihr daran denken, dass ihr keine Eltern habt, dass eure Eltern eines Tages nicht mehr auf euch warten, wenn ihr aus der Schule kommt, heult ruhig hemmungslos. Schämt euch nicht, es ist für einen guten Zweck. Zur Erhaltung einer Art, eurer Art, die aus Mangalemi stammt wie ihr. Später könnt ihr damit eventuell einmal Geld verdienen, spiele ich meinen letzten Trumpf aus.

Großes Gelächter.

Mister, man kann doch nicht auf Befehl weinen.

Ich wäre froh, wenn meine Eltern verschwunden wären, wenn ich nach Hause komme!

Wir müssen alle nach Mumbai auswandern oder nach Montreal, sagt mein Vater, hier kann man kein Geld verdienen, nur klauen. Im Klassenzimmer bricht ein Tumult aus, die Stimmung wird mit jeder Sekunde ausgelassener, einer übertrumpft den anderen mit absurden Behauptungen. Nachdem er sicher bis zur letzten Reihe gelangt ist, entwischt der von Hand zu Hand gehende Schmetterling unter Gekreische und Gelächter, fliegt gegen die Fensterscheibe und daran hinauf bis zu den Lüftungsöffnungen, in einer davon verkeilt er sich.

Ich muss andere Saiten aufziehen. Ruhe! Ich schreie es unerwartet laut. Der Schrei geht auf die Klasse nieder wie ein Gewitter, reglos erstarren die Kinder auf ihren Plätzen, mitten in der Bewegung, als hätte ich eine Stopptaste gedrückt.

Wenn ihr euch nicht benehmt, packe ich die Falter sofort wieder ein. Keiner macht einen Mucks.

Solange ihr euch benehmt, lasse ich sie fliegen.

Sie glauben mir. In Wirklichkeit sitzen die Tiere auf den Schulheften, auf den Möbeln, angezogen von der Buntheit der Farben, das eine oder andere sitzt auch auf dem T-Shirt oder der Bluse eines Kindes.

So wie den Elefantchen, die hier lebten, könnte es euch auch ergehen, wenn ihr euch nicht gut benehmt, jemand könnte kommen und euch auffressen, zuerst die Arme, dann die Beine, oder eventuell bei den Ohren beginnen, ich bin mir sicher, ihr habt sehr schmackhafte Ohren. Es könnte auch sein, dass dieser jemand zuerst eure Geschwister essen würde, dann erst euch, oder zuerst eure Eltern, es könnte sein, dass er vor euren Augen eure Eltern essen würde, paniert, wie die Fische, die ihr an den Buden im Hafen bekommt, in Stückchen geschnitten und paniert.

Die ersten Tropfen fallen. Ich bin jedes Mal wieder erstaunt darüber, wie fragil der kollektive Gemütszustand einer Menschengruppe ist, in einem Moment Euphorie, im nächsten Moment tiefe Trübsal. Sobald sie einmal zu weinen begonnen haben, formt sich die Verfassung der Kinder wie Butter nach meinen Worten. Ich füge noch die eine oder andere unsinnige Bemerkung hinzu: Dass Auslander kommen könnten und sie mitnehmen auf ein Schiff, weil sie ihnen so gut gefallen; dass ihre Eltern es kaum merken würden, sie gar nicht lange suchen, sondern sich schnurstracks neue Kinder machen würden; Babys, nackt und mit runden roten Wangen, die ohnehin jeder lieber mag als pubertierende Jugendliche, wie sie es seien. Ich bin selbst überrascht, wie sehr sie sich von meinem Gerede mitreißen lassen, dass niemand mich unterbricht mit lautem Widerspruch, der Mann sagt nur unwahres Zeugs; schließlich sind sie keine kleinen Kinder mehr, dem Aussehen nach jedenfalls ganz und gar nicht, sogar mein Empfangsmädchen trägt schon einen Büstenhalter, der zwar noch nicht viel hält, aber sie hat ihn an.

Die Buben weinen lauter, wenn ich sage, dass Autos auf der Insel bald verboten werden würden, weil die Distanzen ohnehin so klein seien, es sich nicht lohne, nur die Luft verschmutze. Die Mädchen weinen lauter, wenn ich sage, dass es ein Heiratsverbot geben wird und ein Verbot, noch mehr Kinder zu kriegen, weil Überfüllung drohe. Nur wer bereit sei auszuwandern, dürfe Kinder bekommen, sage ich. Aus allen Augen, die mich trotzdem unverwandt anschauen, ab und zu wischt eine Faust Feuchtigkeit aus dem Augenwinkel, rinnt, was die Falter brauchen.

Sie beginnen sich niederzulassen auf den Kindergesichtern, die jünger werden, je mehr sie flennen, schon ganz kindlich aussehen, um Jahre zurückversetzt; das elfjährige Mädchen, das mich in der Horde vor dem Eingang empfangen hat, ist wieder acht.

Aufs Neue gebe ich Absurdes zum Besten, die Falter wollen euch trösten. Und die Kinder nehmen alles hin, auch wenn es dem widerspricht, was ich ihnen vorher erklärt habe, schluchzen noch ein wenig weiter; das eine oder andere Lächeln rutscht aber schon auf den einen oder anderen feuchten Mund. Sie fangen miteinander zu schnattern an; wer mehr Falter um seine Augen habe, zählen, konkurrieren.

Ein paar Minuten muss ich sie noch lähmen, um den Faltern genug Gelegenheit zum Saugen zu geben, eine Bemerkung muss ich noch machen. Es könnte aber auch sein, sage ich, dass wir uns um derlei Kleinigkeiten nicht mehr sorgen müssen, weil in Kürze, jeden Moment eigentlich, eine Nuklearbombe auf Mangalemi fallen könnte, man macht Tests unweit von hier, weil die Gegend eben relativ unbewohnt ist, vor allem aus Ozean besteht, auch wenn es uns voll erscheint. Die Überfülltheit von Port Blaise ist für andere eine notwendige Üblichkeit, und so machen mehrere Nationen ihre Nukleartests hier. Verfehlen sie ihr Ziel, ist es aus mit uns. Zumindest erleiden wir hochgradige

Verbrennungen und erbliche Schädigungen der DNA, füge ich hinzu, um des Tränenumsatzes sicher zu sein. Ob die Kinder wissen, was DNA ist, weiß ich nicht; was ich sage, wirkt immerhin. Eine Glocke läutet, und das Läuten der Glocke scheint die Klassen 6A und 6B unversehens aus meinem Bann zu reißen. Im Nu versiegen die Tränen, Gekreische beginnt, man schlägt und streichelt einander wie vor der Stunde. Gerade kann ich noch verhindern, dass jemand die Tür aufreißt, bevor ich alle Tiere wieder eingefangen habe.

Geduld, einen Moment Geduld, brülle ich.

Brüllen wirkt neuerlich Wunder. Sie setzen sich nochmal.

Ich bitte sie, mir beim Fangen zu helfen, drücke dem Buben, der das Netz hereingetragen hat, einen meiner zwei Kescher in die Hand, er verbeugt sich dankbar, reicht das Ding aber weiter. Sein Freund ist gar nicht zu ungeschickt, reicht das Netz schließlich trotzdem weiter an ein großgewachsenes Mädchen, das noch kein Wort gesagt hat. Sie fängt drei Falter auf einmal, reicht sie mir behutsam, das Netz mit der einen Faust zudrückend, damit keiner entwischt. Dann entlasse ich sie.

Am liebsten würde ich jetzt gehen. Doch zwei weitere Klassen und eine weitere Stunde warten auf mich. Ich bestehe beides bei lauwarmer Flamme, auf die ich mich gezwungenermaßen hochdrehe; lasse nur den einen durch das Lüftungsgitter ramponierten Falter herumgehen, erwähne die anderen gar nicht, sehe aber zwischendurch, dass einige schon Eier legen. Sie sammeln sich unten in den Säckchen zu kleinen Stapeln. Den Kindern erzähle ich einigermaßen dasselbe wie der ersten Gruppe. Nur die

Schauergeschichten lasse ich aus. Sie sind daher weniger leicht zu handhaben, toben die ganzen vierzig Minuten über innerlich. Mir gegenüber sitzen 22 menschliche Druckkochtöpfe. Die Lehrerin, die sich nicht noch einmal dieselbe Story anhören will, geht, sobald sie mir den Klassenraum zugewiesen hat. Ich schaffe es irgendwie, überziehe sogar die Stunde, weil ich keine Lust mehr auf die Kleinen habe. Bei den Kleinen schaue ich dann auch nur zwei Minuten hinein, überlasse ihnen den Falter, der inzwischen, nachdem er durch mehr als hundert Kinderhände gegangen ist, seien sie noch so vorsichtig gewesen, denn das waren sie, dermaßen beschädigt ist, dass er es nicht mehr lang überstehen wird.

Endlich räume ich mein ganzes Zubehör wieder ins Auto. Dieselben Kinder, die mir beim Ausräumen halfen, helfen mir auch jetzt. Treue Seelen, das muss ich euch lassen, sage ich zu ihnen, ihre glänzenden Knopfaugen starren mir Fragen entgegen. Mit Dank und einem Blumenbouquet beladen verabschiede ich mich dann von den Lehrern und der Direktorin, mit der Zusage, in der folgenden Woche die folgenden Klassen dranzunehmen, die 5A und 5B.

Dazu kommt es letztlich nicht. Nach zwei glücklichen Tagen, während derer ich nur Eier ernte, auflege, mich in der Illusion hingebe, ich hätte endlich die Lösung gefunden, wie ich meine Zucht ohne große Anstrengung weiterführen und gleichzeitig etwas sozusagen Sinnvolles für die lokale Gemeinschaft tun kann, etwas, das mir sogar einen zusätzlichen Verdienst liefern würde, denn die GB Hospital Grammar School hatte mir meinen »Zeitaufwand« – wie sie es nannten – in bar bezahlt, nach zwei Tagen, an denen ich sogar relativ wenig an Heinrich denke und kaum E-Mails kommen, tritt das zu Befürchtende ein.

Die Kinder haben ihren Eltern von der Heulorgie erzählt und die Eltern in der Folge der Direktorin verboten, diesen Typ, wie die Direktorin die Elternvertreterin – ja, auch auf Mangalemi gibt es die, wo gäbe es sie nicht – zitiert, einen unguten Typ habe mich die Elternvertreterin genannt, und auch wenn sie selbst verstehe, dass ich alles nur zu Demonstrationszwecken gemacht habe, dass es nur darum ging, den Schülern die extravagante Ökologie der Tiere deutlich zu machen, die Eltern hätten das letzte Wort, besonders in einer Privatschule wie der ihren. Da sei leider nichts zu machen. Ein aufgebrachter Vater, ein Jurist, habe ihr sogar mit gerichtlichen Schritten gedroht, ja, sie verstehe mich, der Amerikanisierung allenthalben müsse man entgegenwirken, aber in diesem Fall sei nichts zu machen. Mindestens die Schule müsse etwas wie ein sicherer Hafen für die Kinder sein, habe der Mann gesagt, wenigstens dort sollten sie noch wirklich sie selbst sein dürfen.

Ich habe ihnen nur die Realität gezeigt, antworte ich.

Die Direktorin sieht jedes meiner Argumente ein, grüßt mich sogar von einer Lehrerin, bezeichnenderweise nicht derjenigen, deren Klassen ich übernommen hatte, eine andere, der ich nur kurz am Gang vorgestellt wurde. Ihre Kollegin sei ganz auf meiner Seite, solle sie mir ausrichten, sagt die Direktorin zum Abschied, und dass wir uns ja vielleicht einmal zufällig an der Tankstelle über den Weg laufen werden. So weit zu meiner glorreichen Idee.

DIE NÄCHSTE ABWEISUNG TRIFFT AM ABEND EIN. Ich hatte schon so eine Vorahnung, habe dennoch, bevor ich mein Sportprogramm absolvierte, noch einmal E-Mails gecheckt, und da war er, der *decision letter.* Wieder ein Artikel, der in die soundsovielte Runde geschickt wird, wieder eine Arbeit von mehreren Monaten, die ich zur Gänze neu aufrollen muss. Seltsamerweise bin ich nicht sonderlich betroffen, ziehe ungerührt meine Laufschuhe an, stecke die Kopfhörer in die Ohren und renne los, im Takt von Arcade Fire. Es ist relativ kühl, zirka 23 Grad Celsius, gute Lauftemperatur, über 25 Grad ist es mir zu heiß. Ein bisschen windig ist es auch, am Anfang werde ich Rückenwind haben, retour wird der Wind hoffentlich gedreht haben, das ist oft so abends, kurz nach der Dämmerung. Ich habe meine fixe Route in Port Blaise.

Wenn ich laufe, erinnert mich mein Körper daran, dass er aufbrechen will; fort von der Insel. Als ich in Deutschland war, pflegte mir der Gärtner die Raupen, gegen Entgelt. Das geht jetzt nicht mehr. Es sind zu viele. Es geht um zu viel. Nebenbei gesagt, kann ich mir momentan gar kein Flugticket leisten.

Das Laufen geht nicht gut, ich hechle. Mein Körper teilt mir seine Angst mit. Wiederholt sie, wiederholt sie. Ich habe Angst vor der Wiederholung. Wenn ich nämlich sein Alter erreiche, das Alter meines Vaters damals, das Alter, in dem er für mich aufhörte, älter zu werden. 34 Jahre würde ich bald werden. Diese Zahl hatte mir bisher als Warnung voran geblinkt, als etwas, bei dem ich nie ankommen durfte.

Als Teenager traut man sich alles. Erst später kommt man auf die Gefahren, und das Trauen wird immer weniger. Unlogisch ist das, hat einer mit fünfzig doch viel weniger zu verlieren als mit sechzehn.

Wenn ich beim Schreiben ans Schreiben denken könnte, würde es mir leichter fallen. Ich denke immer wieder an meinen Körper, den drängenden, nicht nur jetzt, da er sich so ausgesprochen meldet. Auch sonst; bewegen, essen, schlafen, immer ist etwas, mit dem er mich dazu bringen will, aufzustehen, den Arbeitstisch zu verlassen. Zur wissenschaftlichen Arbeit muss mein Körper gezwungen werden.

Seit meinem Besuch bei Christof, vor mittlerweile neun Monaten, bin ich mein einziger in körperlicher Nähe anwesender Gesprächspartner, der sich fachlich für meine Forschung interessiert. Gut, ich kommuniziere international, digital. Bin einem Computer ähnlich geworden, die Software ist perfekt, die Hardware fällt aus.

Schade, dass es mit den Schulen nichts wurde. Ich bin nicht ungern in Schulen. Es wäre eine Lösung gewesen. Mit Schule verbinde ich an sich nichts sonderlich Schlechtes. Ich erinnere mich kaum an die Schulzeit. Ab vierzehn fing ich an, mich in der Schule einigermaßen wohlzufühlen, ich entschied, dass Schüchternheit eine Sackgasse war. Bis dahin hatte ich allem sich Ereignenden ziemlich tatenlos zugeschaut. Wie meine Schulkameraden einen Buben Maikäfer fressen ließen, ich war vielleicht fünf oder sechs Jahre alt. Sie haben ihn unter einem Baum umzingelt und lachend gesungen, *Maikäfer flieg*, und mit jedem *flieg* hat einer von ihnen einen Käfer aus einer Dose genommen, in der sie gegen den Deckel brummten und prasselten, und den Käfer dem, der gegen den Stamm gedrückt wurde, in den Mund gestopft. Nein, ein Mädchen ist es gewesen, sie hat die Maikäfer gehalten. Eine mit ganz weichen Haaren, wie ein Fell. Sofort, vom ersten Tag an, da ich sie in der Klasse gesehen habe, wollte ich ihr über den Kopf streicheln, wegen dieser Haare. Es war warm, die Haare sind ihr auf die nackten Schultern gefallen, haben sich ab und zu in den Trägern ihres ärmellosen T-Shirts verhakt, sie hat sie los geschüttelt; dann dem Buben mit ihrer blassen Hand und den abgebissenen Fingernägeln den Mund zugehalten. Seine Backenknochen haben sich unter der Wangenhaut bewegt, und geknistert hat es beim Kauen, hinter der Hand des Mädchens mit den Haaren wie ein Fell; ich hörte es bis zu meinem Platz in sicherer Entfernung. Später hat er mir erzählt, die Käfer hätten nussig geschmeckt, ein bisschen bitter.

Ich höre auf zu laufen, ohne dass ich es will. Stopp. Ich keuche, gehe langsam weiter. Ich sollte nach Europa fahren, um meine Großmutter zu sehen, sagt mein Körper, ein letztes Mal. Sie erkennt doch niemanden mehr, schrieb mein Vater. Mich würde sie erkennen, sagt mein Körper, körperlich würde sie mich erkennen. Eine Reise um den halben Erdball, sei nicht komisch, du hast das Geld nicht, und die Falter? Wer kümmert sich um die Falter? Wer hat sich das letzte Mal um die Falter gekümmert, vor einem Jahr? Damals hatte ich einen Bruchteil der Anzahl von jetzt, höchstens zehn Prozent; ich habe sie alle mitgenommen, für die Analysen bei Christof. Die Raupen, die Eier, die Puppen habe ich damals sich selbst überlassen, in der Voliere im Garten, den Gärtner gebeten, regelmäßig frische Äste hineinzulegen. Viel ist daraus nicht geworden. Zehn Falter waren da, als ich zurückkam. Acht davon Weibchen. Ein Wunder, dass es mir gelungen ist, die Zucht innerhalb eines einzigen Jahres so auf Vordermann zu bringen, wie sie jetzt ist.

Das machen die zehn Jahre Erfahrung, du könntest es jederzeit wieder tun. Nein, könnte ich nicht. Ich hatte unwahrscheinliches Glück. Weil ich wenige Nächte nach meiner Rückkehr auf die Insel drei Weibchen fing, prallvoll mit Eiern. So ein Fang ist mir weder vorher noch nachher mehr gelungen. Irgendwo müssen diese drei im richtigen Moment heulenden Menschen begegnet sein. Eine Exkursion der Scouts im Wald? Eine Touristengruppe, die ein paar Teilnehmer für ein paar Stunden verlor? Ich habe nie darüber nachgedacht, einfach meinen Erfolg genossen. Will meinen Erfolg weiterhin genießen. In drei Jahren ist die große internationale Tagung der Lepidopterologen, sie soll in Jakarta stattfinden, vergleichsweise nah von hier. Ein paar Experimente noch, wenn die gelingen, wäre ich dort der Knüller, ein unvergesslicher Star.

Zurück vom Laufen, setze ich mich in Laufkleidung an den Computer, lese nochmals den *decision letter* am Bildschirm:

Dear Dr. Caspari:

Your manuscript has now been reviewed and assessed by an Editor. Their comments are included below. On the basis of this advice I regret to inform you that your manuscript is not acceptable for publication. The Subject Editor has also indicated that it is unlikely that the present manuscript could be improved to the point of acceptability. I cannot, therefore, encourage you to resubmit a revised version of this manuscript.

I know you will be disappointed with this negative response, but I hope the comments below will be of help.

All the best,
Dr. Jennifer Cow
Managing Editor

EIN UNBESTRICHENES BUTTERBROT sei jeder Morgen, schreibt mein Vater, *una fetta di pane ancora vuota*, kann noch alles werden. An den meisten Tagen verdränge ich den Brief aus Mumbai, ist er wie nie da gewesen. An anderen ist es der Brief, der mich am meisten beschäftigt. Ich stelle mir vor, wie sie mich suchen, wie in irgendeinem Büro in Mumbai jemand abkommandiert wird, mich zu holen. Meine Adresse haben sie ja. Aha, Mangalemi, bemerkt ein Beamter, immer schon ein Rückzugsort für Verbrecher, packt die Handschellen aus, legt sie mir ums Gelenk.

Perchè non vieni a casa per il tuo compleanno?, schreibt mein Vater. Ich spüre, wie es mich lockt. Mein Körper ist feige. Er zuckt vor der Hand, bevor sie sich ausstreckt. Aus Mumbai fährt keiner gern hierher. Wir gelten als das Letzte. Ein Ort, der dank einer unangenehmen Überraschung des geografischen Schicksals momentan irgendwie zu Indien gehört.

In meiner Studienzeit, über solche Bemerkungen hat Heinrich immer gelacht, sie kommen, wie er findet, meinem Alter noch nicht zu, habe ich, egal wo ich war, gegessen, was die Einheimischen aßen, habe in Schottland blutgefüllte Därme gefrühstückt, in Italien ein Cornetto mit Marmelade, in Wien ein Marmeladesemmerl, in Nepal warmen Reis. Ich wollte, als Fremder, so wenig wie möglich auffallen. Ich bildete mir ein, das zu erreichen, indem ich aß, was aß, wer an dem Ort, an dem ich mich befand, geboren war.

In Rom – auf der Durchreise – frühstückte ich in einer Bar unweit der Stazione Termini, bestellte in einem Italienisch, das blankpoliert war wie italienische Schuhe, trank Cappuccino nur bis Mittag, nie danach, auch wenn er mir geschmeckt hätte. Nach zwölf: Espresso. Nach Mitternacht: Ristretto. Ich kannte mich aus, wähnte mich durch und durch italienisch. Weil keiner nach meiner Herkunft fragte, gab ich mich der Illusion hin, man halte mich für einen Mailänder, eventuell Turiner. Ich war neunzehn.

Ich kaufte Zeitungen und Bücher in der Landessprache und trug sie mit mir herum, gut sichtbar, damit die Leute wüssten: Der gehört dazu. Auch auf Mangalemi habe ich so angefangen; ich aß, im Halbschlaf, eine Paste aus gebratenen Tomaten mit Ei verrührt, sehr salzig, dazu Frischkäse und Sardinen. Ich sammelte die Broschüren, die überall herumlagen, las sie, kaufte die Regionalzeitung, las auch darin. In jedem Café, in dem ich saß, bemühte ich mich um Konversation mit Kellnern und Kellnerinnen; studierte, wenn ich nicht nachts in Bäume kletterte, den lokalen Dialekt. Auch wenn man mir versicherte, mit Englisch komme man prima durch, ja, es sei beliebt, Englisch zu sprechen.

Mittlerweile habe ich diese Überassimilation aufgegeben. Ich spreche Englisch, was mir mit großem Dank abgenommen wird, auch von Mrs. J. Banerjee und Mr. Pants, esse Toast mit *scrambled eggs*, auch in der Öffentlichkeit, mache mir ab und zu Birchermüsli, beziehungsweise nehme es mit zum Mittagstisch auf der Tankstelle – Mr. Pants mag es als Nachspeise –, scheue mich nicht, Espresso zu bestellen anstatt des lokalen Gebräus, bei dem der Satz in der Tasse bleibt, bestelle sogar ab und zu ein Schnitzel in der großen Touristenfalle am Hafen. Sitze mit ausländischen Zeitungen auf allen Terrassen, wenn ich einen Platz ergattere. Ich lebe den Zugereisten ohne Scham, denn es ist offensichtlich, dass ich einer bin. Auch wenn ich nach außen hin identisch wäre mit den Hiesigen: Haut, Zartheit der Figur, Farbe und Konsistenz der Haare, meine Bewegungen würden mich verraten. Das Aufwachsen in Europa gibt einem eine Haltung, die man nicht abtrainieren kann: Steifheit, so empfinde ich das.

Ich sinniere, der Artikel schleppt sich fußmarod dahin, korrespondiere gleichzeitig mit meinem Vater, dessen Antworten mir zu lang dauern, doch empfindet er es als Konversation, erwartet, dass ich antworte, *che scambiamo le idee*, wie er es nennt. Wie gesagt, eigentlich halten wir einander Monologe, kurze Monologe.

Sono in pensiero per tua nonna, tippt mein Vater. Er fürchtet ihren Tod, denke ich, wenn ich gemein bin, weil sie seine Sponsorin ist; sie bezahlt sein Auto, steckt ihm bei jeder Gelegenheit Geld zu. Wir mussten sie ins Altersheim geben, schreibt er, zu Hause ging es nicht mehr, die tschechische Schwester, die wir engagiert haben, hat das Handtuch geworfen, sie kamen nicht zurecht miteinander, es gab auch Sprachbarrieren, *la giovane donna non parla tedesco.* Wie soll sie es auch lernen in Gesellschaft einer 88-jährigen Frau, die eigentlich nur mit ihr schreit? Mein Vater ist verständnisvoll. Demnächst wird er die »tschechische Schwester«, die, wie er berichtet, aus Slowenien kommt, einladen zu einem Ausflug in die Umgebung, sie habe ja bisher gar nichts erleben können von unserer Landschaft.

Dobbiamo inventare qualcosa per la nonna, schreibt er, sie sei unglücklich, verlange, nach Hause gebracht zu werden, ihre Wohnung sei jedoch mittlerweile eine Baustelle, weil die Cousine, die Erbin, wie Großmutter eindeutig festgelegt hat, das offizielle Schenkungsdokument liegt bereits beim Notar, dabei ist, die Wohnung für ihre Zwecke zu modernisieren. Die Geier fressen vom warmen Leichnam, schreibt mein Vater auf Italienisch.

So alt wie Jesus bin ich geworden, Oma, habe ich gesagt, als ich sie das letzte Mal besuchte. Sie hat gelacht, mich noch immer verstanden, trotz ihrer Krankheit, der kaputten Hirnzellen.

33 bist du geworden, Bub? Bist immer noch mein Bub. Ich habe mit ihr eine Runde durchs Dorf gemacht, habe sie in ihrem Rollstuhl vor mir hergeschoben. Sie hat laut und nur durch Atempausen unterbrochen geschrien, du bist lieb, du bist der Beste! Ich schob, sie schrie. Wir waren glücklich. Ich habe ihr den Schnee auf den Bergen gezeigt. Der Schnee auf dem Berg, den man vom Kirchplatz aus sieht, schmilzt jedes Jahr im Frühjahr in eine Form, in die man eine Figur mit langem Kleid interpretieren kann, die Schneekönigin.

Ob sie die Schneekönigin kenne, fragte ich die Großmutter.

Natürlich, die Schneekönigin!

Die Schneekönigin war schon geschmolzen, als ich mit ihr durchs Dorf fuhr. Es ist in diesem Frühling so heiß gewesen, schrie die Großmutter und: Du bist lieb, so lieb, du bist der Allerbeste. Ich schob den Rollstuhl weiter.

Ihr Leben umstellten Berge, doch sie hat nie Ski fahren gelernt. Eine Runde im Dorf, bat sie, schrie sie. Noch eine Runde im Dorf. Danach tranken wir Bier, es war ihr 87. Geburtstag. Ich verdünnte ihr Bier mit Wasser, wenn sie nicht hinschaute. Sie trank schnell. Sie nahm alle Lebensmittel schnell zu sich, als fürchte sie, jemand könne sie ihr vor dem Mund wegstehlen. Meine Großmutter trank drei Gläser Bier in gierigen Zügen. Wir setzten uns in ihr Wohnzimmer, im Fernsehen liefen Wiederholungen alter Spielfilme.

Den Scheiß kannst du ausschalten, sagte sie, ich lese die Zeitung.

Ich erzählte ihr von einem Buch, das ich gelesen hatte.

Recht hast du, sagte sie, in den Zeitungen steht sowieso nur Scheiß.

Ich nahm ihre Ziehharmonika aus dem Schrank und tat, als spielte ich, die Großmutter tat, als spielte ich gut. Danach bat sie mich, ihr das Instrument zu geben, und tat, als ob sie selber spielte, eine Hand funktionierte nicht mehr, sie hing lasch von ihrem Ellbogen, trotzdem versuchte sie die Finger auf die Tasten zu legen, drei Finger gemeinsam drückten ein oder zwei Tasten, der andere Arm zog. Und sie spielte. Und ich tat, als spielte sie gut.

Il compleanno di tua nonna è ancora prima del tuo, schreibt mein Vater, *tra dodici giorni*, wirst du auch nicht vergessen?

Ich bestelle ein Geschenk für meine Großmutter, ein Spielzeug; mit dieser Therapie, habe ich gelesen, würden enorme Erfolge erzielt. Ich kaufe meiner Großmutter ein Gerät, das umsorgt werden will. Ein willenloses Ding, versteht sich, dem die Technik Leben gibt. Jeder Mensch, dem so ein Ding ausgeliefert ist, würde sich voll Hingabe darum kümmern – so die Beschreibung des Produkts. Das sei die Zukunft der Versorgungsindustrie, lautet der Reklametext weiter, das werde der modernen Gesellschaft bares Geld ersparen, weil diese Dinger dafür sorgten, dass sich ein substanzieller Prozentsatz der Über-achtzig-Jährigen das Pflegeheim erspare; die Geräte seien eine bessere Vorbeugung gegen Schlaganfälle als Blutverdünner. Das Ding ist eine quadratische Platte, Touchscreen auf der einen Seite, weiches Fell auf der anderen, echter Pelz, von einem Marder oder etwas Hasenartigem, glaube ich, es wird in China produziert, zumindest zusammengesetzt.

Könnte auch Hundefell sein, beim Heiligen Grab, hätte meine Großmutter gesagt, früher; sie aß niemals im chinesischen Restaurant bei uns im Ort. So unehrliches Essen, sagte sie. Sagt sie. Ich ertappe mich dabei, wie ich von ihr in der Vergangenheit spreche, als wäre sie schon nicht mehr da. Dabei ist sie so sehr da. Das Ding, das ich ihr bestelle, hat etwas wie Wangen, an der Längsseite, eine Stelle, die sich wie Haut anfühlt, zart, warm, ungefähr wie die Innenseite eines Unterarms – laut Beschreibung; berührt habe ich es selber auch noch nicht. Ich lasse es ihr direkt liefern.

Caro babbo, ho comprato un regalo per la nonna, schreibe ich meinem Vater, bitte ihn darum, ihr beim Auspacken zu helfen, ihr zu erklären, was sie damit machen müsse. Es ist ein Gesellschaftstier, ein Spielzeug, extra angefertigt für Leute mit extremer Sehschwäche. Mein Vater antwortet nicht mehr. Vermutlich hat die Mutter ihn von seinem *Kastl* weggeholt, so nennt sie es. Ich bestelle dasselbe Gerät, das ich meiner Großmutter schicken habe lassen, für mich selbst.

SIE FÄNGT AN. Sie spricht, spricht ohne Ende. Wir sitzen auf den Stufen des Hauses, Shambhavi und ich, meines Hauses, wie ich betone, als sie hineingeht, ohne zu fragen.

Ich hab Durst, sagt sie, du hast mir nichts angeboten.

Weil du immer redest. Es gibt keine Gelegenheit für mich, dir etwas anzubieten, weil du mir keine Sekunde lässt, das Angebot auszusprechen.

Ich habe mich an ihre Stimme gewöhnt, höre sie mittlerweile sogar gern, obwohl ihre Art, sich auszudrücken, mir anfangs auf die Nerven gegangen ist. Aus der Not eine Tugend – was bleibt mir anderes übrig. Sie stellt mir unermüdlich nach, dass ich ebenso unermüdlich sein müsste, um ihr zu entkommen. Jetzt, da Heinrich seit sechs Wochen verschwunden ist, wird sogar sie unruhig. Vor allem deshalb, weil sie selber am Ende des Monats abreist, ihr nur mehr knapp drei Wochen bleiben, ihn – möglicherweise – noch einmal zu sehen.

Wenn ich meine Crème auftrage, meine Lieblingscrème, von Bulgari, *Omnia Green Jade, Lotion pour le corps*, wenn ich die trage, rieche ich in den unerwartetsten Momenten sein Sperma überwältigend stark, hinter dem Parfüm, das sich um mich verteilt.

Ich muss sie relativ entsetzt angesehen haben ob dieses Geständnisses, denn sie fügt hinzu, ich sei doch Biologe, mir mache das doch nichts aus, wenn sie geradeheraus spreche, mit den Worten, die für die Lage der Dinge, nein, Zustände, sagt sie, *states of affairs*, gemacht seien?

Ich schüttle den Kopf.

Das Wort »Sperma« ist mir bekannt. Ich habe nur, vor dir, noch niemanden kennengelernt, der es als *state of affair* bezeichnet.

Sie lacht. Eigentlich ist es so: Sie lacht, lacht, ihr Lachen kennt kein Ende, wenn sie spricht – ein Paralleleffekt.

Hör zu, Shambhavi, ich brauche nicht in die Details deiner Beziehung mit Heinrich eingeführt zu werden, auch wenn ich Biologe bin. Es wäre ihm nicht recht. Und er ist mein Freund. Eine der Aufgaben von Freundschaft ist, die Geheimnisse unserer Freunde zu schützen; sogar Geheimnisse, von denen sie selber nichts wissen. Wir müssen sie vor Klatsch und Tratsch schützen, ihre Einzigartigkeit verteidigen, sogar vor uns selbst, das mindestens muss die Ambition sein, sonst bin ich als Freund einen Dreck wert!

Wow, was für eine Leidenschaft.

In Freundschaftsdingen bin ich leidenschaftlich. Nimm dich in Acht, ich weiß einfach, dass er nicht wollen würde, dass du mir Details erzählst, die du nicht einmal ihm erzählt hast.

Weil er weg ist. Wenn er da wäre …

… würdest du nicht mit ihm reden, sondern …

… mit ihm schlafen.

Ihr Lachen ist anders, als sie das sagt, verlegen. Auch wenn sie gleich einen Witz folgen lässt, um das Gesagte zu entschärfen: Sonst such ich mir eben einen anderen. Ganz einfach.

Ihre Leichtigkeit ist gespielt. Sie meint es ernst mit ihm. So schätze ich sie ein; kann sein, dass ich mich täusche, aber: Sie vertraut mir unvorstellbar viel an, ich habe noch nie eine Frau kennengelernt, die sich mir gegenüber so offen verhalten hat. Ganz offen, wie ein offenes Buch, ich könnte in Shambhavi aufblättern, was mich interessiert, jede Seite, nach Belieben. Shambhavi: Meine Bibel des Alltags, so nenne ich sie, als sie mir erklärt, warum es gut ist, ab und zu eine Zigarette zu rauchen. Du konzentrierst dich aufs Atmen, ausschließlich aufs Atmen; das vergisst man manchmal, wenn man hektisch lebt.

Ich lebe nicht hektisch, Shambhavi.

Doch, tust du. Immer alles verplant. Morgens Eier zählen, mittags essen an der Tankstelle, dann schreiben, telefonieren, du hast nie Zeit, nachts gehst du in den Wald und hängst deine Fallen auf, im Morgengrauen bist du schon wieder auf. Ich nenne das Hektik. Nur weil wir auf einer tropischen Insel sind, heißt das nicht, dass es keinen Stress gibt. Ich weiß das, ich bin meditierend aufgewachsen, *remember*?

Okay, dann lass mich einmal ziehen.

Du inhalierst ja gar nicht. Sie lacht schallend.

So schnell kann sie nicht schauen, und die Zigarette befindet sich unter meiner Schuhsohle.

Ärgert dich das? Sie grinst mich an. Dass du nicht inhalieren kannst?

Überhaupt nicht, ich bin heilfroh darüber. Und es ist langsam Zeit, dass du gehst. Ich hab noch zu tun.

Siehst du: Hektik.

Hektik dich einfach weg. Bitte!

ICH HABE EINE TASSE, die ich seit Wochen nicht mehr abwasche, er hat aus ihr getrunken. Manchmal lege ich meine Lippen an den Rand, dort, wo seine waren.

Shambhavi, muss ich mir Sorgen machen um dich? Das klingt obsessiv.

Wenn wir miteinander geredet haben, bei mir, in meinem Apartment, haben wir manchmal nur mehr Vokale ausgestoßen, so sehr sind wir ins Schwärmen geraten. Der eine über die andere, die andere über den einen.

Konsonanten habt ihr nicht verwendet?

Franz Wilhelm, hör auf, dich lustig zu machen. Er ist dein Freund, langjährig, auch wenn er dich, ohne sich abzumelden, was du naturgemäß für ungehörig hältst, für ein paar Wochen im Stich lässt. Er hat viel für dich getan, sehr viel.

Was? Hat er dir davon erzählt?

Nein. Kein Wort. Du würdest im Verhör nicht lang durchhalten, Franz Wilhelm, du verrätst schon alles, bevor dich überhaupt jemand in die Mangel nimmt. Ihr Kichern quittiere ich mit einem Schlag auf den Tisch.

Ich hab selber Augen im Kopf, sagt sie, und ich kann kombinieren, ziehe meine Schlussfolgerungen.

Shambhavi gerät in Fahrt. Es hat damit angefangen, dass wir uns zu Interviews getroffen haben, so nannten wir das, er bat mich, zu erzählen, wie ich zum Tauchen gekommen bin, er interessierte sich für alles, was ich ihm erzählte, unbändig, würde er es nennen, eins seiner Worte, unserer Worte. Wir haben ein privates Vokabular, weißt du, Franz Wilhelm, Worte, die wir nur zueinander sagen.

Ich weiß nichts, nicke nur, in der Hoffnung, der Schwall Mitteilungsbedürfnis werde schneller über mich drüber schwappen, wenn ich nicht zu oft unterbreche. Derart zelebrierte Romantik kenne ich nicht; der Mann, von dem sie spricht, hat mit meinem Freund nichts gemeinsam.

Er sagt, ich hätte etwas Weißes angehabt bei unserer ersten Verabredung, fährt Shambhavi fort, ich erinnere mich aber an ein schwarzes Kleid mit kleinen weißen Mustern, mein To-go-Kleid, das ich immer trage, wenn ich unsicher bin, was passt: Dieses Kleid passt einfach immer.

Ihm gegenübersitzend sind mir meine Beine plötzlich nackt vorgekommen, ich meine, ich trage nie Strümpfe hier, bei 28 Grad in der Nacht … Sie sind mir auch nie abgegangen, im Gegenteil, auch in dieser Hinsicht fürchte ich meine Rückkehr nach England. Strümpfe! Das ganze Jahr über – doch als ich mit ihm im Café saß, einander interviewend, waren meine Beine sehr, sehr nackt.

Wir haben uns Zeit gelassen; er hat uns Zeit gelassen.

Beim soundsovielten Treffen erst, wie viele es waren, habe ich nicht gezählt, erst nach mehreren Drinks, je einer, höchstens zwei (meist einfach Tonic, kein Alkohol), verabredeten wir uns zum Essen. Und erst dann berührte er, während wir redeten, ab und zu meine Fingerspitzen, er sprach von Nastasja Filippownas grünen Augen, falls sie grün waren, oder ich lege mir das zurecht, weil meine grün sind, egal, Fürst Myschkin schaute in die Augen Nastasjas und erkannte sie sofort, weil er sie schon lange kannte, ohne sie je vorher gesehen zu haben. Du wirst das Buch kennen, »Der Idiot« von Dostojewski, du liest auch solche Sachen, nicht wahr? Ich kenne es nicht, falls ich je wieder nach London komme, in ein ordentliches Buchgeschäft, werde ich es aber kaufen.

Du könntest es dir auf dein Kindle laden. Jetzt gleich.

Irgendwie reitet mich der Teufel, und ich mische mich ständig in ihre Geschichte ein, statt sie vorsichtig, aber entschieden zur Tür hinauszubugsieren. Jeder Kommentar ermutigt sie nur, noch weiter auszuholen. Andererseits verschweige ich ihr, dass ich das Buch, von dem sie spricht, im Regal oben im ersten Stock habe.

O ja, daran habe ich noch gar nicht gedacht.

Sie kramt in ihrer Tasche, auf der Suche nach dem unvermeidlichen E-Reader, ohne den sie, wie ich mittlerweile bemerkt habe, keinen Schritt tut. Könnte ja sein, dass sich eine unausgefüllte Minute einstellt, dann hätte sie sogleich etwas zum Lesen, entkäme der (wenn man Shambhavi Glauben schenkt) an allen Ecken und Enden lauernden Langeweile.

Das hat sich aber total geändert, seit ich Heinrich kenne; seit ich ihn kenne, habe ich immer etwas zu denken.

Also, wir sprachen von Nastasja und ihrem Fürsten und ihrem tragischen Schicksal, und nach dem Nachtisch legte er seine rechte Hand kurz auf meine, ganz kurz, seine Handfläche war weich. Die Geste dauert an. Wieder etwas, das nur er kann, Gesten dauerhaft werden lassen.

Ob wir ein Stück zusammen gehen, fragte er, und wir machten uns auf den Weg. Wir redeten, als wären wir betrunken, redeten voneinander, als wären wir Personen um Mitte des 18. Jahrhunderts, Graf und Gräfin, irgendwann wechselte er die Epoche, nannte sich einen Ritter, einen furchtlosen, untadeligen, nahm meine Hand. Ein paar Meter sind wir Hand in Hand gegangen, es war eine feuchte Nacht, eine dieser Nächte, in der man die Umgebung mit jedem Atemzug in sich absorbiert …

Ich verbeiße mir einen Kommentar. Stehe auf, lehne mich ans Fensterbrett.

Ein paar Meter Hand in Hand, er hat mich an sich gezogen, geküsst, ein feierlicher Moment. Jedes Mal, wenn ich mir das vorstelle, stellt sich ein Empfinden von Festlichkeit in mir ein, zuerst küsst er mich mit geschlossenen Lippen, ein fast keuscher Kuss, das kann doch nicht sein, dachte ich, so ein Kuss wie von einem Knaben, als hätte er noch nicht oft geküsst; da hat seine Zunge meine Lippen auseinandergedrängt, seither weiß ich: Den will ich.

Ich mache einen Versuch, sie zu stoppen. Mir wird heftig bewusst, dass ich zu schwitzen anfange, ich fühle, wie der Schweiß in diversen Rinnsalen von den Achseln zum Gürtel sickert: Heinrich würde nicht wollen, dass ich solche Dinge über ihn erfahre.

Ich zupfe an meinem T-Shirt, um mir Kühlung zu verschaffen.

Shambhavi, genug damit, das geht mich nichts an.

Als hätte sie nichts gehört, redet sie weiter. Sogar als ich mich umdrehe, beginne, Gläser abzuwaschen, quatscht sie unbeirrt weiter.

Es gibt ein Alter, in dem man die wahre Liebe erkennt; das habe ich immer für ein Ammenmärchen gehalten, auch dass dieses Alter für jeden verschieden sein soll. Beim ersten Kuss mit ihm wusste ich: Ich bin jetzt in diesem Alter.

Shambhavi!! Shambhavi, es reicht! Hast du nicht unlängst erst gesagt, ihr hättet keine Beziehung?!! Ich schreie jetzt. Da ist die Tür! Wir sehen uns ein anderes Mal wieder.

Erst eine halbe Stunde später mache ich in der Tat die Tür hinter ihrem Rücken zu.

Heinrich betreffend hat Shambhavi ihre eigene Logik. Dunkelhaarige Männer hätten ihr schon immer gefallen, erklärt sie, entkräftet meinen Einwand, er sei aber grau, indem sie behauptet, sie sehe ihn dunkelhaarig.

Ich: Er ist zu alt für dich, wir beide sind zu alt für dich, such dir Freunde in deinem Alter.

Sie: Er ist genau richtig für mich. Maßanfertigung.

Sie spricht und spricht von ihm, als könne sie ihn damit anwesend machen.

Und es gelingt ihr.

Nach den Heinrichlitaneien, die sie mir vorbetet, habe ich das Gefühl, er sei kurz da gewesen.

ÖFTER ALS MAN ANGESICHTS DER TROPISCHEN LAGE glauben würde, hängt Nebel in Port Blaise. Für mich ist das nicht schlimm, hohe Luftfeuchtigkeit beeinträchtigt die Aktivität von Nachtfaltern kaum, solange es warm bleibt, kann sie sogar eine günstige Wirkung haben, in nebeligen Nächten locke ich mehr Falter in die Fallen. Nur für die Touristen ist der Nebel ein Problem, sie wollen ja nicht lediglich tauchen; auch braun werden. Viele Besucher der Insel sind enttäuscht, wenn sie herkommen, während in Europa Sommer ist. Dann ist es in Mangalemi zwar warm, weil es hier immer warm ist, aber nicht strahlend schön. Klare Luft und blauer Himmel gehören aber unabdingbar zum Urlaub, auch jetzt noch, wo wir das Wetter so weit beeinflussen können, dass der Regen lokal umgeleitet wird, wie lastige Verkehrsströme; der Regen, der irgendwann ein Gott war, entspricht einer Autokolonne, die wegen eines Festakts umgeleitet wird.

Nur zehn Kondensationskeime versprühende Flugzeuge sind notwendig, um einen knallblauen Himmel über Moskau zu garantieren: für Militärparaden. Hundert Kilometer vor der Stadt wird Silberjodit, flüssiger Stickstoff, Trockeneis oder einfach feiner Staub in die Wolken gesprüht, die Luftfeuchtigkeit kondensiert, die Tropfen regnen sofort ab, weit vor Moskau. Dieser Trick kostet etwas über eine Million Euro, las ich unlängst in einer deutschen Zeitung, die mit gewissem Amüsement darüber berichtete, was sich die russische politische Führung eine regenfreie Feier des Siegs über das faschistische Deutschland kosten lässt.

Wer reich ist, wird das Wetter bestimmen können auf der Erde, sage ich zu meiner Schwester, die per Bildtelefon in meinem Arbeitszimmer erscheint. Ich sehe sie an ihrem Urlaubsort, hinter ihr ein See, wolkenumrankt; es ist windstill, der See ganz glatt, sie steht am Fenster, die Tropfen schlagen feine Kerben in die Wasseroberfläche.

Meine Schwester sagt, ich unke, wenn ich vom Wettermachen erzähle.

Es macht ihr Angst.

Für ein dauerhaft ideales Urlaubswetter ist Mangalemi nicht reich genug, sage ich. Wer es sich leisten kann, hat blauen Himmel. Gewiss wird es nicht mehr lange dauern, bis es Inseln mit hundertprozentiger Schönwettergarantie gibt. Man müsste übrigens endlich Schnee herstellen, der bei 25 Grad Celsius gefriert.

Meine Schwester klickt mich weg, oder ihre Internetverbindung ist ausgefallen, so ist aus dem Video der adretten Frau im Bademantel ein Ei geworden. Ein Ei auf Herzensschultern ist genug, um uns die Illusion eines Menschen zu geben. Sie scheint nach wie vor online zu sein. Du mit deinen Theorien, schreibt sie, Hasentheorien.

Ich versuche, alles zu vergessen und mich in meine Arbeit zu vergraben. Ich habe beschlossen, ein E-Mail an Christof zu schreiben, auch wenn ich noch weit vom Ende des Entwurfs unseres gemeinsamen Artikels entfernt bin und ihm keinen Flug zahlen kann, ein Kontakt-E-Mail. Wir haben seit mehr als sechs Monaten nicht mehr voneinander gehört, eine Zeitspanne, die in der Phase der wissenschaftlichen Karriere, in der Christof sich befindet (Doktorarbeit), lange ist. In dieser Phase, so meine Erfahrung, verliert man, wenn man nicht achtgibt, jüngere Kollegen leicht; ihnen liegt an ihrem Abschluss, mir an der Ausweitung meiner Publikationsliste. Für sie scheint noch alles möglich, jede Kursänderung, das Forschungsschiff kann hinsteuern, wohin es will, solange man das ersehnte Dokument bekommt, auf Pergament gedruckt (oder worauf die Universität Bochum, an der Christof arbeitete, es auch drucken wird). Ich erhielt meinen PhD auf Pergamentpapier gedruckt in einer roten Rolle. Auf der Fotografie, die damals gemacht wurde, bedeckt die Urkunde meinen gesamten Oberkörper, der Kopf lugt darüber hervor, als wäre ich ein Dokument mit Beinen.

Der Tag, an dem ich meinen Doktortitel erhielt, war der schönste Tag meines Lebens, fraglos. Ich richtete ein Fest für mehr als hundert Leute aus, mein *honeymoon* mit der Wissenschaft. Ich erinnere mich an jedes Wort des Schwurs, den ich in der Aula der Universität abgelegt habe. Sinngemäß, dass ich alles, was ich weiß und erforschen werde, zum Wohl der Menschheit verwende. Nach bestem Wissen und Gewissen.

Ich legte den Schwur auf Niederländisch ab. Am Tag vor der Zeremonie übte ich mit dem Pedell, dem Zeremonienmeister, er hielt einen Stab in der rechten Hand, den er auf und ab schwang wie ein Priester. Ich schwebte den Gang der Aula entlang. Die große Aula der Universität, in der ich promovierte, war einmal eine Kirche, und ist es noch, in gewisser Weise. Hier werden täglich junge Menschen der Wissenschaft geweiht.

Ich bekomme Gänsehaut, wenn ich daran denke, alle

Härchen an meinen Armen stellen sich auf, ich sehe mich wieder im Frack auf dem Podium stehen, im Publikum meine Eltern, die extra angereist waren; an meiner Seite, rechts und links, meine Paranymphen, so nennt man die rituellen Verteidiger des Promovendus. Sie stehen nur zur Zierde da, doch einst trugen sie Schwerter und verteidigten den Promovendus tatsächlich, falls ein Gegner seiner These seinerseits eine Waffe zückte. Man dürfe sich mit ihnen beraten, wenn man wolle, die Fragen des Komitees mit ihnen besprechen, falls man unsicher sei, sagte der Pedell, aber es mache keinen guten Eindruck. Ich besprach mich bei keiner Antwort. Sie fielen mir alle leicht. Jemand sagte danach beim Empfang, er habe schon lange keine so überzeugende Verteidigung mehr erlebt. Ich genoss es.

Meine Alma Mater ist die Universität Amsterdam, auch wenn ich nicht viel Zeit in ihren Räumlichkeiten verbrachte, weil ich im Freiland arbeitete, mich nur wenige Wochen im Jahr an der School for Biodiversity, an der mein Doktorvater eine Stelle hatte, aufhielt.

Den Tag, an dem ich meinen Doktortitel erhielt, habe ich wie eine Hochzeit in Erinnerung, eine Hochzeit, die ich mir durch jahrelange harte Arbeit verdient hatte, nicht eine Vermählung, die erst ein Versprechen darstellt, bei dem sich weisen muss, ob die beiden fähig sind, es einzuhalten.

Ich hatte mein Versprechen schon wahrgemacht.

Ich hatte einen unverwechselbaren Beitrag zur Wissenschaft geliefert; das war mein Traum gewesen. Ich hatte etwas getan, erforscht, was vor mir noch nie jemand erforscht (und in Worte gefasst) hatte. Sei es noch so geringfügig, es war von mir. Ab dem Tag, an dem dieser Traum in Erfüllung ging, war das Wichtigste in meinem Leben schon geschehen. Sechs Jahre ist es her.

Ein Steinregen an meinem Fenster, so kündigt sich Shambhavi an. Sie denkt offenbar, es gäbe Gründe, mich täglich aufzusuchen, unangekündigt, als wären wir jetzt Kumpel oder so; und dabei Kiesel in meiner Einfahrt zu sammeln und an mein Haus zu schmeißen, die Spuren ihrer Aktionen zeigen sich schon im Verputz.

Ich reiße das Fenster mit großer Geste weit auf und schreie zu ihr hinunter. Unangekündigte Besuche empfange ich nicht, Shambhavi, das kann ich mir als Wissenschaftler, der zu Hause arbeitet, nicht leisten.

Hab doch gesagt, dass ich jetzt öfter komme. Als ich das letzte Mal bei dir war. Weil wir's so nett hatten.

Ich schüttle den Kopf. Nur weil Heinrich jetzt nicht da ist, heißt das nicht, dass ich ihn ersetze, jedes Mal wenn du plaudern willst. Ist das klar?

Du solltest mehr unter die Leute, hat Heinrich gesagt, bestimmt auch zu dir. Nicht wahr?

Shambhavi, es ist später Vormittag, meine beste Arbeitszeit, wenn ich jetzt nichts tue, ist der Tag verloren.

Dann komme ich in ein paar Stunden wieder! Sie ist unerschütterlich.

Verabreden wir uns in einem Café, nach dem Arbeiten brauche ich einen Ortswechsel, treffen wir uns im Bayview oder im India, was dir lieber ist. Mein Hintergedanke: Vor allem brauche ich einen Ort, den ich verlassen kann, wann ich will, einen Ort, an dem ich Shambhavi zurücklassen kann, wenn ich genug von ihr habe.

Gut, sie nickt heftig.

Und was ist dir lieber?, rufe ich aus dem Fenster. Der

Gärtner, der plötzlich aufgetaucht ist und ausgerechnet jetzt Unkraut jätet, dreht sich um, als er meine Stimme hört. Wo willst du hin, ins Bayview oder ins India?

Bayview, schreit Shambhavi zu mir herauf, sie hat denselben Geschmack wie meine Neffen.

Wir sitzen dann in zwei Liegestühlen, bohren unsere nackten Füße in den Sand, vor uns der Hafen, dahinter das offene Meer. Sie spricht – von wem sonst – von ihm, meinem Freund.

Ich liebe seine Art, sich zu bewegen, wie er sich nach dem Essen mit der flachen Hand über den Bauch streicht, von oben nach unten, auch im Restaurant, wenn der Kellner fragt, ob es geschmeckt hat. *Yes, very much*, und streicht sich über den Bauch. Ich mag es, wie er eine Gasse entlanggeht, nachdem wir uns getroffen haben, wie er sich ein- oder zweimal umdreht, wir sehen uns wieder an. Manchmal wirft er mir einen Kuss zu, der fliegt von seinen Fingerspitzen, ich fange ihn mit der flachen Hand, er landet auf mir wie ein Vogel, weißt du.

Sie macht ihre Augen schmal: Ein kleiner Greifvogel, weißt du, ein Falke vielleicht.

Ich trinke mein Bier in einem Zug. Sie hat irgendein gefärbtes Zeug bestellt, eins der Getränke, die plötzlich weltweit ein Renner werden. Spritz, sagt sie, vor drei Jahren gab's das nur in Italien, jetzt überall, herrlich.

Ich kann mir nicht vorstellen, dass Heinrich mit Küssen wirft, Heinrich ist ein ernsthafter, wohlüberlegter Mann.

Und doch tut er es!

Meinen Gedanken auszusprechen war ein Fehler. Umgehend steigert Shambhavi sich in eine küchenpsychologische Analyse über die Selbstinszenierung des Menschen hinein: Je nachdem, mit wem man zu tun habe, verhalte man sich anders, je gebildeter man sei, desto mehr denke man über solche Dinge nach, je mehr Erfahrung man habe, desto mehr spiele man mit der eigenen Wirkung auf andere.

Klar wirft er dir keine Küsse zu, sagt sie, das wäre völlig unpassend.

Warum eigentlich? Warum soll das eigentlich unpassend sein? Ihr gegenüber regt sich in mir ein unbezähmbarer Widerspruchsgeist; auch wenn ich ihrer Meinung wäre, müsste ich ihr widersprechen.

Derartige alltagspsychologische Schlussfolgerungen gehen mir gegen den Strich, Shambhavi, diese unaufhörliche Erklärung unserer selbst an uns selbst! Wie begeistert jeder sein biologisches Wesen umarmt, ein Tier sein will. Erklärbar sein will! Ja, wir sind Tiere, das ist nicht das Besondere an uns. Eine feige Ausrede, um keine Entscheidungen treffen zu müssen, ist es. Ich, für meinen Teil, bin mir ein Rätsel und will das nicht ändern. Ich kann nur das erklären, von dem ich kein Teil ausmache. Ich erkläre meine Umgebung, mich will ich nicht erklären, die Zeit der Erklärungen ist passé. Wer hat das nochmal gesagt?

Ich bemerke, wie Shambhavi mit dem Kellner in Blickkontakt tritt, ich habe mich in Rage geredet, bin laut geworden. Der Kellner bittet sie mit Blicken, mich zur Ruhe zu bringen; ich merke auch die Blicke anderer Gäste, diejenigen, die an ihrem eigenen Tisch kein interessantes Gespräch zustande bringen. Blicke, Blicke.

Das haben wir mit Insekten gemeinsam, sage ich mit gesenkter Stimme zu Shambhavi, die unnötigerweise auch noch einen Finger an ihre gespitzten Lippen legt, dass wir solche Sichtwesen sind; wenn wir könnten, würden wir uns rund um den Kopf herum Augen wachsen lassen. Das ist meine Psychologie, sage ich zu ihr und beende meine Vorlesung mit der Aufforderung, sie solle mir lieber von sich erzählen, von ihren Taucherlebnissen.

Du solltest doch Professor werden, Franz Wilhelm, du hast Talent zum Vortragen.

Lass die Witze. Jetzt du. Erzähl. Oder ich gehe nach Hause, ich habe mehr als genug Arbeit. Was fasziniert dich am Tauchen?

Du schwebst und kommst den Fischen nahe, weil du still sein kannst, wenn du ruhig atmest. Auch den unbewegten Lebewesen kommst du näher, den Seegräsern, den Anemonen, du kannst über einer Koralle schweben, sie ganz genau betrachten, beobachten, wie die Seegurken grasen, falls du einen Nachttauchgang machst, sie sind nachtaktiv, tagsüber liegen sie als bewegungslose Würste am Boden, du kannst Lampen mitnehmen, mit für Meerestiere unsichtbarem Licht, sehen, wie die Fische schlafen. Ganz nahe zu ihnen hinschwimmen, sie leicht berühren, aufwachen sehen.

Shambhavi bewegt sich unter Wasser wie die Wesen, die dort geboren werden. Hat sie Flossen an, ist sie selber ein Fisch.

Hast du schon Haie erlebt?

Oft. Kleine Katzenhaie, aber auch größere.

Und?

Was und? Normalerweise schwimmen sie weg. Natürlich muss man achtgeben. Gefährlicher als Haie ist aber die Illusion der Sicherheit, die einem die Ausrüstung gibt, das Atemgerät. Du fliegst unter Wasser, so leicht geht alles.

Und plötzlich ist der Sauerstoff verbraucht. Tauchen ist ein echter Sport. Auch wenn du hier auf der Insel viele fettleibige Männer tauchen siehst, die sich nach jedem Tauchgang eine Zigarette anzünden. Das ist kein Tauchen, wie ich es meine. Tauchen ist für mich in einer anderen Welt leben, zu Besuch sein. Wie eine Reise ins All eigentlich. Ich bin vor jedem Tauchgang aufgeregt. Auch wenn ich bereits 150 hinter mir habe.

150? In deinem Alter?

Ich habe mit fünfzehn angefangen. Du solltest es auch probieren, jeder Biologe sollte einmal tauchen.

Ich muss nicht alles probieren. Etwas nicht zu tun ist auch gut.

Aber du lebst auf einer Insel! Willst du nicht wissen, was dich umgibt?

Weißt du, was dich umgeben hat, während du in England aufgewachsen bist?

Sie sagt ein paar Minuten nichts, nippt an ihrem Glas, das noch immer fast voll ist.

Je mehr du trinkst, desto voller scheint es zu werden. Ich muss sie einfach ärgern, wie sie dasitzt, in ihrem blauen, schulterfreien Kleid aus dünnem Stoff; man sieht ihren Bikini durch.

Sie wolle danach noch tauchen gehen, hat sie gleich anfangs gesagt. Damit du weißt, wir bleiben hier nicht ewig sitzen. Als wäre ich derjenige, der ewig irgendwo sitzen bleibt.

Bewegungslos am Meeresgrund liegen, das gefällt mir; es ist schwierig, etwas für Könner. Anfänger hüpfen unter Wasser auf und ab, wie Bälle, weil sie nicht wissen, wie sie ihr *jacket* hantieren müssen, sie blasen zu viel Luft hinein oder lassen sie zu schnell heraus. Kurz vor dem Auftauchen, wenn das Licht durchs Wasser bricht. Bei jedem Flossenschlag den eigenen Körper spüren.

Sie errötet, als sie das sagt, leert ihr Getränk in einem Zug.

Bekommst du einen Orgasmus, im Taucheranzug? Während du vor einer Koralle schwebst?

Ich bin zu weit gegangen. Sie steht auf. Sie springt nicht, sie steht kontrolliert, extrem langsam auf, knallt (mit beherrschter Wut) Geld auf den Tisch und geht, wortlos, zwischen den die Terrasse abgrasenden Blicken hindurch.

Ich habe meine Frage zwar geflüstert, aber alle um uns herum wissen, ich bin derjenige, der etwas falsch gemacht hat. Das Tauchen ist ihr etwas Heiliges.

DRAUSSEN BLITZT ES. Trocken, aber spektakulär, der Garten, die Voliere in geisterbleiche Farbe getaucht, dann von Rotlicht bestrahlt. Die Lebbeckbäume züngeln im Gewitterlichtspiel, die Blätter scheinen genug davon zu haben, am Baum festgewachsen zu sein, streben nach oben, nach unten, wollen schlingen; irgendetwas. Aus der Krone fällt etwas anderes, eine Fledermaus. Ein Windstoß treibt sie in Büsche, in denen sie nie freiwillig säße.

Auf ihrem T-Shirt sei eine Giraffe drauf gewesen, die einen aus kohlschwarzen Augen direkt ansah, und er habe sie darauf angesprochen. Dieser Satz klingt in mir nach aus dem, was sie gesagt hat; ein Detail von Shambhavis erster Begegnung mit Heinrich, bei der ich dabei gewesen sein soll. Ich habe es vergessen. Das T-Shirt habe ihm sehr gefallen, er habe sie immer wieder gebeten, es anzuziehen. Bis sie es einmal am Strand vergaß; sie war gleich zurückgerannt, als sie es bemerkte, aber das Giraffenshirt war weg, ins Meer gespült vielleicht.

Zwei Tage sind vergangen seit unserem Treffen im Bayview, und sie hat sich nicht gemeldet, keine Kiesel sind gegen meine Scheiben geflogen. Ich muss mich mit ihr versöhnen, mein vorlautes Gerede wiedergutmachen. Draußen blitzt es noch einmal ohne einen Tropfen Regen.

Ich tippe: *May I invite you to a great film? Look outside. If you are underwater, get the hell out of there. P.S.: Sorry about the other day. Didn't mean to offend you. Just joking. I swear.*

Bevor ich mein Telefon aus der Hand lege, piept es postwendend: Das Foto eines Hundes erscheint auf dem Display, ein italienisches Windspiel oder etwas, das so aussieht. Ich schicke ihr drei Fragezeichen hintereinander. Antwort: *Got it yesterday. Somebody gave it to me, cause they leave the island for good. Isn't it gorgeous?*

Meine Antwort: *Well, if it can dive.*

Ihre Antwort: *Ha ha ha ha. It'll have to learn, if it wants to be my dog.*

Als wir uns sehen, wird meine Bemerkung vom Bayview nicht mehr erwähnt. Alle Gewitter sind vorläufig vorbei. Den Hund mitzubringen habe ich ihr untersagt, nein: verboten. Ich habe, würde ich sagen, eine Allergie gegen Hunde; schon der Geruch. Und dann sind sie ständig in Bewegung, irgendein Muskel an ihnen zuckt sogar im Schlaf, sie reden auch im Schlaf, wie Menschen. Sie redet jetzt nur mehr von ihrem Hund. Wie süß er dreinschaut. Wie sehr er sich jedes Mal freut, wenn sie in ihr Zimmer zurückkommt. Wie er an ihr hochspringt. Sie zeigt mir hingerissen ein paar Kratzer an ihren Beinen: vom Hund.

Wie sie den Hund nach Europa bringen will, frage ich sie. Sie zuckt mit den Achseln.

Im Flugzeug, nehme ich an. Ich lasse ihn untersuchen, impfen. Hey, ich habe meinen Rückflug verschoben, um einen Monat, was sagst du dazu?

So einfach ist das nicht, Shambhavi, sage ich, auch wenn du den Flug verschoben hast, irgendwann wirst du dich damit auseinandersetzen müssen.

Du machst alles übertrieben kompliziert, Franz Wilhelm. Alles, was man will, lässt sich einrichten. Deswegen habe ich den Flug nicht verschoben.

Über Gesetze kannst du dich nicht hinwegsetzen. Der Hund muss bestimmt in Quarantäne, zumindest braucht er eine Tollwutimpfung und einen Mikrochip, jedes Haustier in der EU hat so einen Chip.

Ihre Bemerkung mit dem verschobenen Flug ignoriere ich geflissentlich.

Großbritannien ist da anders.

Anders, anders, im Zweifelsfall noch strenger. Ich rate dir nur, informiere dich gut, sonst erschießen sie dir deinen neuen Liebling an der Grenze.

So brutal würde niemand sein.

So brutal sind Grenzer. Ich sage nur, informiere dich gut. Sonst lässt du den armen Hund besser hier.

Der Hund ist nicht arm bei mir.

Sag ich ja nicht, nur, so eine Reise …

Franz Wilhelm, musst du mir jede Freude verderben?

Ich will dir nichts verderben. Ich bin nur realistisch. Findest du es eigentlich nicht bizarr (ich grinse sie an), dich an einen Wolf zu binden, ihm die Futtersuche abzunehmen, mit ihm zu reisen? Weißt du, was so ein Tier kostet? Sie unterbricht mich. Er war ein Geschenk! Das Geschenk meines Lebens!

Nein, ich meine das Futter, die Impfungen. Dein Erspartes wird, ehe du dich's versiehst, in einem Hundemagen verdaut sein.

Er hat unwiderstehliche Augen, du müsstest ihn sehen!

Ich kann ihn mir vorstellen, das reicht.

Sympathisch an den Bewohnern dieser Insel finde ich unter anderem, dass sie keine Hunde halten.

Gar nicht wahr.

Doch wahr, überleg einmal. Nur Einwanderer haben Hunde, Leute vom Kontinent.

Franz Wilhelm, akuter Themenwechsel bitte.

Shambhavi hat die Angewohnheit, Gespräche zu unterbrechen, wenn sie ihr nicht gefallen. Kein Versuch, unbemerkt auf einen anderen Gegenstand überzuleiten, direkt: Lass uns etwas anderes reden.

Gut, meine Liebe, dann erzähle ich dir Bräuche und Sitten aus meinem Heimatland.

Wie kommst du darauf? Erstaunt hebt sie die linke Braue, ich bin mir übrigens sicher, diese Geste hat sie einstudiert, um ihr Gegenüber zu verwirren; niemand, den ich kenne, kann von Natur aus die Brauen unabhängig voneinander bewegen. Wenn man etwas sagt, das sie gleichzeitig irritiert und interessiert, macht sie diese asymmetrische Bewegung ihrer Brauen, ihr Gesicht bekommt etwas von einem Comic-Strip, ihre Züge werden Striche, zwei schräge: die Augen, der Mund: ein Oval, die Nase: zwei leicht verzerrte Kreise und ein Schatten.

Wie kommst du darauf?

Damit du Europa kennenlernst, Kulturkunde.

Glaubst du, ich bin ans andere Ende der Welt, nach Mangalemi, gefahren, um Europa kennenzulernen? England ist auch Europa.

Da geht die andere Braue in die Höhe.

So was, sage ich, so was habt ihr in England bestimmt nicht, da würdet ihr euch genieren, Engländer kommen kaum in die Gegend, von der ich dir erzählen will, eher Amerikaner …

Sie unterbricht mich. Du redest voller Vorurteile, weißt du das, Franz Wilhelm?

Ich spüre in mir Überdruss aufsteigen, einen unüberwindlichen Wunsch, allein am Schreibtisch zu sitzen. Unser Gespräch hat sich irgendwie verfahren, biegt immer um dieselben Kurven, kommt nicht mehr vom Fleck.

Ich habe vier Tauchgänge gemacht, während der letzten zwei Tage, jeder einzelne ein unvergessliches Erlebnis. Kennst du John's Cove, White Shark Reef oder Elderman's Daughter? An Letzterem habe ich heute früh einen Erdäpfelbarsch gesehen, mindestens eineinhalb Meter lang.

Was machst du mit deinem Hund, während du tauchen gehst?

Der wartet in meinem Zimmer auf mich.

In dem kleinen Zimmer?

Solang er sonst genug Auslauf hat, ist ihm doch egal, wo er schläft.

Hunde brauchen Gesellschaft, viel Gesellschaft, sonst entwickeln sie Psychosen, wie Menschen.

Sie glaubt mir, einen Augenblick lang, dann steht sie auf: So ein Unsinn. Du willst mich loswerden, sag das doch gleich. Kein Problem, bin schon weg. Winkend steht sie im Türrahmen, stolpert fast über die Stiege, in theatralischer

Eile. Will den Herrn Nobelpreisträger in spe nicht weiter stören!, ruft sie schon von unten, lässt die Eingangstür mit lautem Krach hinter sich zufallen. Sie vergisst jedes Mal, die Tür zu halten beim Zumachen, obwohl ich sie schon zigmal darum gebeten habe. Das Stiegenhaus zittert noch minutenlang nach.

WAS MAN AN BERGEN SO LIEBT, ihren Gipfeln, ist, dass sie so hoch stehen, dass einem nichts den Blick auf sie verstellt. Die Insel ist nicht gebirgig, hügelig gegen Nordosten und im Zentrum, flach an den Rändern, einige bemerkenswerte Aussichten gibt es trotzdem, und wie überall sind sie oft von einem Kran verstellt. Auch wenn Mangalemi arm ist, greift die Bauwut um sich. Nicht nur ausländische Investoren renovieren sich Alterssitze, in denen sie nie wohnen werden und denen folglich der Verfall innewohnt, auch die Einheimischen verwenden das wenige Ersparte dazu, ihre Hütten umzugestalten. Sie bauen einen Betonwürfel daneben; Würfel sind beliebt, als garantierte die geometrische Form Haltbarkeit.

Ich gestehe, ich bin nicht gerade fröhlich dieser Tage, gestehe es mir selber, wem sonst? Alle paar Tage stellt sich die Tränenfrage, solange ich keine dauerhafte Lösung dafür finde. Gleichzeitig habe ich endlich eine passable Review erhalten, eine Zeitschrift sagt mir zu, meine Arbeit zu veröffentlichen, wenn ich das eine oder andere Experiment wiederhole. Um das zu tun, brauche ich die Falter, wenigstens ein paar Monate noch, zwei, besser drei Generationen noch.

Mrs. J. Banerjee ist wieder wohlauf, sie ist schon zweimal da gewesen seit ihrer Genesung. Ich habe sie in Ruhe gelassen. Es war wie früher, sie wirkte direkt enttäuscht über mein Desinteresse an ihr.

Ich werde meine Mutter fragen, ob sie uns wieder einen Kuchen bäckt, kündigte sie bei ihrem zweiten Besuch nach der krankheitsbedingten Pause an, als ich, abgesehen von ein bisschen Bügelwäsche und dem üblichen Saugen der Wohnung, kaum etwas für sie zu tun hatte. Sie sind in letzter Zeit so sauber, Sir, bemerkte sie tatsächlich. Wie ich schon sagte, eine Putzfrau haben bedeutet, dass man unordentlicher wird.

Sie arbeiten zu viel, Sir, begann sie, mich zurechtzuweisen, ganz die Alte. Über ihre Krankheit sprach sie nicht. Als ich sie fragte, sagte sie nur, es sei besser, kein Wort darüber zu verlieren, ein langweiliger Virus.

Mit vierzig Grad Fieber?

Ja, so kommen die Viren auf unserer Insel daher. Alle paar Jahre erwischt's einen.

Und warum hat's dich dann nie erwischt, seit ich dich kenne?

Ich war als Jugendliche so viel krank, dass ich den Durchschnitt, während ich älter werde, etwas drücken darf. Sie schmunzelte, als sie das sagte, als machte sie einen Witz. Sie hatte jedenfalls Oberwasser und erwähnte die Heulepisoden nicht.

Einmal muss ich mich ihrer noch bedienen. Ich rufe sie aber nicht eigens an, warte den Tag ab, an dem sie regulär zu mir kommt. Bis dahin päpple ich die Tiere mit Zuckerwasser auf, versuche auch Salzwasser mit niedriger Konzentration, verschiedenen Mischungsverhältnissen. Doch das Salzwasser nehmen sie nicht gern auf, ich muss ihnen die Rüssel ausrollen, in den Tropfen tunken, dann beginnen sie zu saugen, reflexhaft; freiwillig fliegen sie immer zu zuckerhaltigen Tropfen. So überleben sie, legen aber keine Eier.

Als ich Janes Schlüssel sich im Schloss der Haustür unten drehen höre, sie die Tür aufdrückt und vorsichtig mit der Hand begleitet, bis sie wieder einschnappt, sind die Falter bereit. Diejenigen, die dringend trinken müssen, weil sie schon mehrere Tage alt sind, ihre Eier reif, die Hinterleibe prall gefüllt, habe ich von den anderen abgesondert, eine reversible Zwischenwand im Käfig eingezogen. Meine Strategie ist, Mrs. Banerjee diesmal direkt dort zum Weinen zu bringen. Das wird uns beiden die Sache erleichtern und ihr langfristig keine unangenehmen Erinnerungen an die Küche bescheren; falls sie zwiespältige Erinnerungen an das Zuchtzimmer bekommt, ist es halb so schlimm, sogar nützlich, so wird sie sich fernhalten und nicht, wie bisher, ab und zu neugierig herumschnüffeln.

Ich habe Kuchen mitgebracht, ruft sie von unten, anstatt eines Grußes, von meiner Mutter, derselbe wie unlängst! Ihre Stimme klingt aufgeweckt. Keine Ahnung, welchen Kuchen sie damals mitgebracht hat, in Wirklichkeit mache ich mir nicht viel aus Kuchen, ich esse einfach mit, wenn andere essen. Sie sind mir auch nicht zuwider. Doch selbst einen Kuchen zu backen oder zu kaufen, auf diese Idee käme ich nie. Angeregt von Mrs. Banerjees vergnügter Stimme, überlege ich, eine andere Strategie zu wählen. Könnte ich sie so sehr zum Lachen bringen, dass sie weinen muss? Ich lasse sie etwa eine halbe Stunde lang ihres Amtes walten, höre sie Kästen auf und zu machen, höre den Staubsauger, höre Wasserhähne. Sie beginnt ihre Reinigungsrunde immer im Badezimmer, geht dann zur

Küche über, macht zuletzt die Zimmer, das, in dem ich schlafe, das, in dem ich wohne, falls Gäste da sind, kommt zu allerletzt das Gästezimmer dran. Gäste, schreibe ich, außer meiner Schwester ist aber noch nie jemand da gewesen. Wer wissenschaftlich arbeitet, muss Gäste vermeiden.

Ein einziges Mal schlief Shambhavi in dem Zimmer; sie hatte ihren Schlüssel verloren. Das war, als Heinrich noch da war. Er bat mich darum. Im Nachhinein wird mir klar, warum er mich bat. Sie war bei ihm gewesen, und er wollte sie über Nacht loswerden. Sie, in ihrer Schusseligkeit, hatte intuitiv versucht, ihn dazu zu bringen, dass er sie bei sich bleiben ließ, indem sie den Schlüssel verlor. Ich sage nicht, dass sie es absichtlich tat, es passierte ihr einfach, ihr passiert so etwas.

Ich laufe die Stiege hinunter, Mrs. Banerjee, rufe ich, kennen Sie den Witz vom Diktator, der in der Hölle ist? Sie hebt erstaunt den Kopf, tritt mit dem Fuß auf den Ausschaltknopf des Staubsaugers.

Nein, kenne ich nicht, wieso? Ich halte nicht sonderlich viel von Witzen, fügt sie gleich hinzu.

Also, der Diktator, fahre ich fort, steckt in der Scheiße, wie alle anderen auch, nur stecken die anderen komplett drin, während sie ihm nur bis zum Kinn reicht. Wissen Sie, wieso, Jane? Sie runzelt die Stirn. Natürlich nicht, wieso sollte ich so einen Unsinn wissen? Weil er auf den Schultern seiner Frau steht, sage ich und breche in Gelächter aus. Mrs. Banerjee verzieht keine Miene.

Ich verstehe die meisten Witze nicht, sagt sie und tritt mit dem Fuß wieder auf den Knopf des Staubsaugers. Ins Gebrumm hinein sage ich, haben Sie keine Lust, ein Stück

Kuchen mit mir zu essen? Ich mache gerade eine Pause. Sofort steigt sie wieder auf den Ausschaltknopf.

Ja, gerne, Sir, sehr gerne.

Sie eilt mir voraus in die Küche, nimmt Teller aus dem Regal, legt je ein großzügig geschnittenes Stück darauf.

Das ist ja mehr als ein Mittagessen, Mrs. Banerjee, sage ich.

Greifen Sie nur zu, sagt sie. Sie sind sowieso dünn geworden in den letzten Monaten.

Ich schaue an mir herunter. Meiner Ansicht nach bin ich seit meinem neunzehnten Lebensjahr immer gleich geblieben, was meine Körpermasse, mein Gewicht betrifft. Schmal sind Sie geworden, Sir, wiederholt sie, als wir einander am Küchentisch gegenübersitzen. Ich denke fieberhaft nach, welchen Witz ich ihr erzählen könnte.

Kennen Sie den Witz mit dem Keks, Jane?, frage ich sie, nicht ohne vorher die Backkünste ihrer Mutter ausgiebig gelobt zu haben. Schon während ich spreche, fällt mir ein, dass dieser Witz mit ihr überhaupt nicht funktionieren kann. Nein? Sie schaut mich neugierig an.

Was ist ein Keks unter einem Baum? Ich lasse der Frage eine lange Pause folgen. Nun? Mrs. Banerjee hat aufgehört zu kauen.

Ein schattiges Plätzchen. Ich übersetze ins Englische: *a little place in the shade*. Ich versuche, in Gelächter auszubrechen. Diesen Witz hat mir, als ich noch in Wien studierte, eine sehr begabte Studienkollegin erzählt, es war Juni, heiß, wir saßen unter einem Baum im Schatten, aßen unsere Jausenbrote, nur an ihren Vornamen kann ich mich noch erinnern, Elena. Der Witz ist mein Lieblingswitz; vor allem, weil ich mir Witze kaum merken kann, und diesen schon. Jane verzieht keine Miene. Ich gebe zu, die Art und Weise, wie ich ihn erzählt habe, war nicht überzeugend. Ein Witz fällt mir noch ein. Ich finde ihn zwar nicht großartig, aber vielleicht gefällt er ihr. Sie kennen Eisenhower, den amerikanischen General und späteren Präsidenten der USA?, frage ich sie. Ja natürlich, antwortet sie wie aus der Pistole geschossen. Nun, eines Tages traf Eisenhower den damaligen Präsidenten Israels, Weizmann, und klagte ihm sein Leid, wie schwer es gewesen sei, die alliierten Truppen zu befehligen. Weizmann nickte verständnisvoll und antwortete: Wissen Sie, wie schwer es ist, der Präsident von mehr als zwei Millionen Präsidenten zu sein? Jane runzelt die Stirn. Mit Präsidenten kann ich relativ wenig anfangen.

Mit Ungarn und Deutschen wird sie auch wenig anfangen können; das ist der letzte Witz, den ich kenne. Ein Deutscher und ein Ungar sollen standesrechtlich erschossen werden, jeder von ihnen hat noch einen letzten Wunsch frei. Der Deutsche bittet darum, eine Rede halten zu dürfen. Der Ungar sagt, erschießt mich, bevor er zu reden beginnt. Wo genau liegt Ungarn?, fragt Mrs. Banerjee.

Worüber habe ich mich je vor Lachen geschüttelt?, überlege ich, während ich den Kuchen von Mrs. J. Banerjees Mutter kaue und den Geschichten über die Nachbarn ihrer Eltern zuhöre, die Bambus gepflanzt hatten, weil sie hofften, dadurch einen natürlichen Zaun zu kreieren. Nun wuchert der Bambus überall in ihrem Garten, sodass dieser fast unbetretbar geworden ist. In jeder freien Minute graben sie Bambuswurzeln aus, bringen sie weit weg auf eine Müllhalde, der Bambus scheint stärker als diese Familie.

Ich muss lachen; laut und lange, habe Mühe, mich wieder zu fangen. Um Mrs. Banerjees Lippen kräuselt sich ein Lächeln, doch dann sagt sie streng, machen Sie sich nicht lustig über diese armen Leute! Nur weil sie Biologe sind, Sir, und die Aggressivität von Bambus kennen!

Ihre Bemerkung regt mich zu weiteren Lachsalven an. Ich versuche mich zu beherrschen, das Zucken meiner Gesichtsmuskeln zu zähmen, es fällt mir schwer. Zu Jane sage ich, dass es keinesfalls in meiner Absicht liegt, mich auf Kosten ihrer Nachbarn zu amüsieren.

Sie amüsieren sich aber, weist sie mich streng zurecht.

Der Kuchen ist aufgegessen. Sie macht Anstalten aufzustehen: Damit ich fertig werde, Sie in Ruhe arbeiten können, sagt sie. Ich muss mir schnell etwas einfallen lassen, sonst ist die Gelegenheit vorbei. Trinken Sie noch ein Glas Milch mit mir, Jane? Mir wäre jetzt nach einem Glas Milch.

Sie springt auf, holt ein Glas, holt die Packung aus dem Kühlschrank, schenkt mir ein.

Milch bekommt mir gar nicht, das sollten Sie wissen, Sir, nach all den Jahren, die wir uns kennen. Habe ich jemals Milch getrunken? Milch ist ein durchaus europäisches Getränk. Mir wird übel davon.

Ich nippe an meinem Glas. Worüber würde Jane Tränen lachen? Wiederholungen amüsieren alle Leute, Nacherzählungen gemeinsam erlebter Ereignisse. Was habe ich mit Jane Komisches erlebt? Ich erinnere mich an die Explosion des alten Staubsaugers, die ganze Küche war voller Staubflocken, Jane selber war ebenfalls staubbedeckt, ihr schwarzes Haar mit einer grauen Schicht überzogen.

Ein Blick in die Zukunft, *my dear*, hatte ich damals zu ihr gesagt, und hatte mein Lachen kaum zurückhalten können. Ich hatte den Knall oben in meinem Arbeitszimmer gehört, war heruntergerannt und hatte erleichtert festgestellt, dass es nichts Schlimmeres war; ich hatte mit allem möglichen Elend gerechnet, geborstenen Gas- oder Wasserleitungen, einen bewaffneten Überfall. Den Staubsauger hatte ich mitsamt dem Haus von den Vorbesitzern übernommen, er war von Anfang an in keinem sonderlich guten Zustand, hätte schon längst ersetzt gehört. Welche enorme Menge Staub in dem Plastikgehäuse des Geräts steckte, kaum zu glauben; es schien der Staub des ganzen Viertels zu sein.

Jane brauchte eine ganze Woche, um die Küche sauberzumachen, so sauber, dass auch sie es als sauber bezeichnete, versteht sich. Wir haben da, trotz unserer langen, ich nenne es jetzt Zusammenarbeit, etwas unterschiedliche Vorstellungen.

Wissen Sie noch, Jane, wie damals der Staub der ganzen Welt in dieser Küche zu liegen schien? Man trug eine Schicht ab, und eine neue kam darunter zum Vorschein. Ein kleines Lachen kitzelt mich im Gaumen, während ich das sage. Jane schlägt die Hände über dem Kopf zusammen (alle Gesten, von denen ich dachte, man spreche davon nur in übertragenem Sinn, vollzieht sie tatsächlich): War das eine Arbeit! Die Arbeit der ganzen Welt war in dieser Küche gespeichert! Meine eigene Schuld, dass ich damals von Ihnen nicht mehr Geld verlangt habe, Sir, doppelt so viel, als ich verlangt habe, hätte ich verlangen sollen, fast habe ich mir eine Allergie gezüchtet in der unseligen Woche.

Jane, ich zahle Ihnen jetzt noch den ausstehenden Betrag, sage ich dienstfertig.

Jetzt ist es zu spät, sagt sie trocken und will schon wieder aufstehen.

Zum Lachen bringen werde ich sie heute nicht mehr. Ich bitte sie, mit mir hinaufzukommen, bevor sie weiter staubsaugt. Ich möchte Ihnen etwas ganz Besonderes zeigen, sage ich.

SCHIFFE GROSS WIE MEHRSTÖCKIGE HÄUSER fahren ziemlich nahe an der Hafenmauer entlang, auf der ich mich niedergelassen habe. Ich schlenkere mit den Füßen, stoße mit den Fersen an die Mauer. Links von mir befindet sich die alte Markthalle, ein Jugendstilgebäude mit fast transparenten Wänden, ab und zu fliegen Möwen sich ihre Köpfe daran kaputt; wenn das von Eisenverstrebungen gestützte Glas frisch gereinigt wurde. Sie hinterlassen einen Spritzer Blut, fliegen aber weg, stürzen erst ein paar hundert Meter entfernt ins Meer oder ins Gebüsch im Park. Einmal ist eine dieser Möwen in einen Kinderwagen gefallen, die Mutter erschrak mehr als der Säugling. Die Episode kam sofort ins Fernsehen. Man versuchte dünne unsichtbare Schnüre zu spannen; die Vögel sollen sie spüren und umdrehen, ohne dass ihnen etwas geschieht. Aber so einfach ist das nicht, die Vögel manövrieren sich immer wieder zwischen den Schnüren durch.

Ich halte es eher für eine ästhetische Angelegenheit als eine ökologische. Wir haben genug Möwen auf Mangalemi, auf einige mehr oder weniger kommt es nicht an. Nur weil sie groß sind, weil alle sie kennen und lieben, von Kind an Seite an Seite mit den Großeltern gefüttert haben, ist ihr Tod mitten in der Stadt unerwünscht. Die zahllosen Schmetterlinge, die leblos von den Windschutzscheiben der Autos prallen, jucken niemanden; weil niemand als Kind Falter gefüttert hat oder Raupen.

Der Markt ist verlegt worden, lange bevor ich auf die Insel kam. Aus der Markthalle ist ein Café geworden, ein Café, in das ich normalerweise nicht gehe, es ist mir zu elegant beziehungsweise gelackt, geleckt. Kein Einheimischer geht in dieses Café, nur Touristen. Ich war ein einziges Mal dort, genauso oft wie eine Möwe in einen Kinderwagen gefallen ist, nämlich als meine Schwester mit ihren Buben zu Besuch war. Sie wollten jeden Tag mehrmals in Cafés, Restaurants.

Esst ihr eigentlich jemals zu Hause?, fragte ich sie, überrascht, weil diese Schwester so anders war als das Mädchen, das zurückblieb, als ich auszog, meinen Doktor zu machen.

Zu Hause essen wir zu Hause, antwortete sie entschieden, unterwegs essen wir unterwegs, die ganze Einkauferei tue ich mir hier nicht an.

Meiner Schwester verdanke ich, dass ich ein paar Sehenswürdigkeiten gesehen habe und ein paar Lokale von innen, außer denen, in die ich mit Heinrich gehe. Als sie hier war, habe ich drei Tage freigenommen. Frei von dir, hat sie das lachend genannt, *a vacation from yourself*. Sie übt wieder. An mir, weil sie sonst nicht mit genügend Leuten ins Gespräch kommt in Port Blaise. Sie findet (wieder einmal), dass ich mein Leben mit Spielen verbringe, fürs Spielen bezahlt werde. Sie hat prinzipiell recht. Aber wir spielen alle; mein Spiel, das Spiel des Evolutionsbiologen, ist die Suche nach dem Ursprung des Lebens, allen Lebens, auch das der Mücken.

Hinter meinem Rücken gehen Leute auf und ab: Paare, Familien, diverse unbestimmbare Grüppchen. Ich streiche mit den Handflächen über die raue Mauer: kein Naturstein, Beton. Wer allein unterwegs ist, geht nicht auf und ab, sondern wohin. Oft, wenn ich allein an einem dicht bevölkerten Platz sitze, fällt mir auf, dass Menschen pausenlos reden. Mir, muss ich sagen, fällt das Reden nicht immer leicht; die Sätze, die ich austausche, langweilen mich manchmal heillos. Nicht nur die, die ich höre, notabene, besonders die, die ich von mir gebe. Bevor ich den Mund öffne, weiß ich ja, welchen Satz ich sagen werde; selten kommt etwas heraus, das ich noch nie gesagt habe.

Gestern habe ich Mrs. Banerjee doch wieder zum Weinen gebracht. Mit dem Hinweis auf ihren Mann und darauf, wie unwahrscheinlich es ist, dass er ihr so treu ist, wie sie glaubt. Wissenschaftliche Studien zeigen das Gegenteil, wieder und wieder wird erhoben: Besonders bei Paaren, die jung geheiratet haben, geht der Partner rasch fremd. Mindestens ein Mal, meistens öfter, das erste Mal passiert schon in den ersten Jahren der Ehe; meist der männliche Teil des Paares, aber nicht immer. Sie wäre eine unglaubliche Ausnahme, wäre es in ihrer Ehe anders. Ich redete ihr zu, es selber auszuprobieren. Amerikanische Wissenschaftler hätten bewiesen, es sei gesund, ab und zu ein anderer. Nicht nur für Körper und Geist, sondern sogar für den langfristigen Erhalt der Ehe.

Haben Sie nie jemanden gesehen, der Sie interessiert, Jane?, fragte ich und erntete noch mehr Tränen.

Der gestrige Tag hat mich wissenschaftlich ein gutes Stück weitergebracht. Ich erwarte in Kürze weitere Tausende Eier.

Ich verlasse die Hafenmauer, mische mich unter die Spaziergeher, bemühe mich ebenfalls, nirgendwohin zu gehen wie sie, bemühe mich, mein Denken auszuschalten, klick. Meine Gedanken kreisen weiter, weiter. Und wenn ich künstliche Tränen herstellen könnte, wenn das gelänge? Wenn ich Kontakt aufnähme mit William H. Frey von der Universität Minnesota, ihm eine Kooperation vorschlüge?

Ich sehe sie zuerst von hinten, sie hat einen riesigen blauen Strohhut auf, den ich nicht kenne. Wenn ich riesig sage, übertreibe ich nicht, enteneiblau, wird sie gleich sagen, ich erkenne sie trotzdem; an ihrer Gestik, der Art, wie die Hände auf beiden Seiten des strohigen Wagenrads hervorflattern, wegtauchen, wieder auffliegen, nochmal flattern; an ihren besonders langen Armen, die wirklich überlang sind, wir haben es gemessen. Ich kann dir beweisen, dass meine Arme länger sind als normal, stell dich einmal hin, breite die Arme aus – sie maß die Spannweite meiner Arme und dann meine Körpergröße und berechnete daraus irgendwie, dass bei mir alles in dem Verhältnis war, das man für gewöhnlich als normal betrachtet. Bei ihr hingegen, denn sie bat mich, dasselbe bei ihr zu tun und ebenfalls ihre Spannweite und Körpergröße zu messen (bis 25 wächst man manchmal noch ein bisschen, hast du das nicht gewusst?), und bewies mir, dass ihre Arme überdurchschnittlich lang sind, so lang wie sonst nur bei Kindern, bei Heranwachsenden. Bei mir ist das wohl anhaltend, sagte sie, und schien irgendwie stolz darauf zu sein. Wie sie ihre Berechnungen durchführte, habe ich vergessen. Ihr gegenüber sitzt ein (mir) Unbekannter mit gelben Rasta-Stängeln am Kopf, gelb, ja.

Mein Tauchlehrer, stellt sie ihn vor. Als ich vorbeigehen will, ohne sie zu beachten, dreht sie sich unversehens um, ruft meinen Namen.

Wie gut, dass wir uns treffen, sagt sie, ich wollte schon bei dir vorbeigehen, wir sehen uns zu selten in letzter Zeit.

Du misst die Zeit in Tagesabschnitten?

Ich bin einigermaßen irritiert, wir haben uns vor höchstens acht Tagen noch gesehen. Zehn, korrigiert sie mich, zehn Tage ist es her, ich weiß, du als Wissenschaftler hast eine andere Zeitrechnung als die meisten Menschen.

Ja, ich rechne in geologischen Zeitabständen, demgemäß sehen wir uns also ständig, wir sind gewissermaßen unzertrennlich.

Alles andere als das!, schreit sie dem Tauchlehrer zu. Sie neigt dazu, eine Spur lauter zu sprechen, als es an öffentlichen Orten angenehm wäre.

Sie bittet mich an den Tisch, setz dich doch zu uns. Ich lehne ab, bleibe neben ihr stehen, wenn sie spricht, muss sie den Kopf in den Nacken legen, sich von der Sonne blenden lassen, um mich anzuschauen. Der Tauchlehrer schweigt, lässt nur sein linkes Knie nervös zittern.

Ich finde überall Postkarten, sagt Shambhavi, die ich für ihn gekauft habe, die ich ihm schicken will, sobald ich seine Adresse bekomme. Schau, sie breitet einen Fächer Karten vor mir aus, Kunstdrucke von Fotografien und Zeichnungen alter Ansichten der Insel.

Sie kauft Postkarten von Mangalemi! Ich habe gar nicht gewusst, dass es welche gibt. Shambhavi ist die erste Person, der ich begegne, die aus Mangalemi Postkarten schreiben will.

DANN IST ES SO WEIT. Wir sind miteinander wach geworden, im gleichen Augenblick, sie strahlt. Als wären in ihrem Inneren Lampen aufgedreht. Ich habe noch nie einen Menschen so strahlen sehen. Ich brenne, sagt sie, ohne dass ich sie irgendetwas gefragt hätte, ohne ihre Bemerkung irgendwie einzuleiten, wie üblich. Es ist noch früh, sie müssen ausgesprochen bald wach geworden sein: gemeinsam. Sie hat Steinchen an das Fenster meines Schlafzimmers geworfen, und als ihr die Steine ausgingen, weil es in meinem Garten nur wenige gibt, ein paar Handvoll Sand. Die Kiesel klapperten wie das kaputte Wägelchen des Postlers, also tangierten sie mich nicht weiter, es war fünf nach sieben, zwei Stunden vor meiner üblichen Aufstehzeit, erst die dumpfen Schläge der Sandklumpen und wie sie aufs Fensterbrett rieselten, machten mir bewusst, dass da etwas mich anging.

Er hat sich also bei ihr gemeldet. Bei ihr vor allen anderen.

Ich bin die personifizierte Aufregung, sagt sie. Machst du mir einen Kaffee? Shambhavi, ich bin kein Café und auch kein Kellner.

Ach bitte, das täte mir so gut.

Hättest du dir eben von ihm einen machen lassen müssen.

Sei nicht so ungnädig! Ich bin direkt zu dir, wollte zu dir, um dir die freudige Botschaft zu verkünden. Dass er eben wieder da ist!

Er wird mir schon unterkommen, wir kennen einander seit zehn Jahren, wie du weißt.

Ich halte mich unterkühlt, ein Eisklotz, dem warmen Morgen zum Trotz. Bei ihr hat er sich gemeldet und bei mir nicht. Sie glüht noch stärker nach ein paar Schlucken. Als ich ihr unwirsch eine zu volle Tasse hinstelle, spritzt etwas auf ihre kurzen weißen Hosen. *No problem*, sagt sie, unerschütterlich, Shambhavi, die Titanin, schultert locker die Welt; sie habe einen exzellenten Fleckenstift, der tilge alles, *even blood*. Sie stöhnt genüsslich beim Trinken, als hätte ich ihr weiß Gott was für Herrlichkeit eingeschenkt. Himmlisch, sagt sie, das Entzücken hat sie für sich gepachtet; draußen zwitschern Vögel, ich höre mit halbem Ohr hin und glaube, wieder diese Flusswasseramsel zu erkennen, ein Honigschnäpper müsste auch darunter sein, eventuell ein Pazifikschnäpper.

Ihr seid also miteinander wach geworden?, frage ich in die entstandene Stille hinein.

Hörst du eigentlich, was ich sage?

Sicher höre ich dich. Du bist hier, ein halber Meter Tischplatte trennt uns, mehr nicht.

Du hörst aber woandershin, deine Ohren sind woanders, da, schon wieder, ich rede, und du hörst daneben. Jetzt ist sie doch aufgebracht.

Nur die Vögel, ich glaube, das war ein Mistelfresser. Da! Horch! Ich hebe den Zeigefinger, eine Bewegung, die mir immer, wenn ich sie ausführe, seltsam bewusst ist: Ich ertappe den belehrenden Besserwisser in Aktion.

Shambhavi ist sofort bei der Sache, keine Spur beleidigt, dass andere Lebewesen mich – wieder einmal – von ihr und ihren wichtigen Neuigkeiten ablenken. Ernsthaft bewundernd erkundigt sie sich nach den Bestimmungsmerkmalen im Vogelgesang, wie man die Arten auseinanderhält. Wie lang hat es gedauert, bis du das konntest?

Ich kann es noch immer nicht, nur die gängigen Arten, die weitverbreiteten Allerweltsvögel, die kenne ich. Also, hat er seinen Schlüssel verloren, oder was hat ihn dazu bewogen, eine ganze Nacht bei dir unterzukriechen?, lenke ich das Gespräch von den Vögeln wieder auf das, was mich interessiert. Tratsch überwältigt jeden manchmal, auch den Wissenschaftler, also mich (das Wort »Wissenschaftler« klingt so vielversprechend, wie das Alltagsleben eines Wissenschaftlers langatmig ist, man muss sich mit Anekdoten Luft zufächeln). Nach monatelanger Abwesenheit geht er also schnurstracks zu ihr, sie ist sein erster Weg.

Mir läge daran, sie zu verletzen, die Unverwüstliche, ein bisschen nur; die Falter bräuchten dringend eine Dosis Tränen.

Du hast dich also gefreut, ihn zu sehen?, frage ich. Sie blickt mich eindringlich an, schluckt ihren Kaffee, sagt nichts.

Und warum glaubst du, ist er zu dir gekommen, nach der langen Zeit, und hat zwischendurch nichts von sich hören lassen, ist abgehauen ohne Abschied? Ein kurzer Anruf hätte genügt …

Er hatte bestimmt seine Gründe, gute Gründe. Ihr Blick wird streng, sie macht mir meine Frage zum Vorwurf: Ich bin froh, dass er wieder da ist. Das ist alles. Sie stellt wie zur Bekräftigung ihre Tasse so hart auf den Tisch, dass es knallt.

Kennst du die Legende vom Seemann? Eine Frau in jedem Hafen? (Ich denke eigentlich nur mehr an die notwendigen Tränen.)

Er ist seit mehr als zehn Jahren nicht mehr von der Insel weg gewesen.

Hat er dir dann verraten, was ihn jetzt dazu bewogen hat?

Noch nicht. Wir hatten anderes zu tun. (Ihr Ton ist triumphierend.)

Hast du daran gedacht, dass du für ihn einfach nur ein Körper sein könntest, ein hübscher, angenehmer Körper? Dass er dich nach wer weiß welchen Geschäften – weißt du denn, woher er sein Geld hat, seine scheinbar unerschöpflichen Mittel? Ich weiß es nicht – als *comfort creature* benützt?

Heinrich benützt niemanden. Schau dich selber an!

Aha, jetzt streiten wir. Sie steht auf, geht ans Fenster, dreht mir den Rücken zu, schaut hinaus. Mir gefällt diese Bewegung, sie erinnert mich an Mrs. Banerjee; bald wird, so hoffe ich, eine banerjeesche Reaktion eintreten; ich werde Shambhavi beruhigen, trösten, zu den Faltern führen.

Du hast doch keine Chance ihm gegenüber, du wirst immer den Kürzeren ziehen, er ist 21 Jahre älter als du, du bist 24, Shambhavi. Er weiß genau, was er will, und ich versichere dir, er will Sex. Ich weiß, wie alt ich bin – sie fährt mich an; wir haben Streit, richtigen Streit!

Wie du über deinen Freund sprichst! Ich bin entsetzt. Sie spricht in ruhigem Ton, keine Spur von Hysterie, sie erklärt es mir wie eine Erzieherin, eine höhere Instanz, die persönlich kaum involviert ist, ihre Teilnahme beruht nur auf moralischen Grundsätzen: Ich bin der Judas, der seinen Freund verrät. Nun ist sie auch ihrerseits eisig, alles Glühen verloschen.

Er ist jemand, dem plötzliches Kofferpacken kein Problem bedeutet, und weißt du, warum, Franz Wilhelm (sie spricht es ulkig aus, in Zeitlupe, mit englischem Akzent, das »z« wie ein sanftes Surren, trotz ihrer Wut), weil er sich sicher fühlt in der Welt, er hat Vertrauen zur Welt, im Gegensatz zu dir, er vertraut darauf, dass manches Bestand hat, er denkt nicht, wie du, jedes Mal, wenn er das

Haus verlässt, darüber nach, ob es noch stehen wird, wenn er zurückkommt, ob alle Gegenstände noch da sein werden, er reist mit leichtem Gepäck, ohne die Last schwerer Abschiede. Er an deiner Stelle wäre nach Hause gefahren, nach Europa, für den Geburtstag der Großmutter, anstatt ihr technischen Firlefanz zu schicken, für ihn ist es, als wäre er kaum weg gewesen, wenn er uns wiedersieht, wenn er mich wiedersieht zumindest: Eine Umarmung, und ich weiß alles über ihn. Alles über uns. Er ist der einzig Wahre für mich. Egal, was du sagst, in deiner eifersüchtigen Brodelei.

Curlycue, das Wort echot in mir, ihr Wort für Firlefanz. *Technical curlycue for your granny*, hat sie gesagt. Habe ich ihr das je erzählt? Sie ist immun gegen meine Versuche, ihr Kummer zu bereiten, weil sie so verliebt ist. Sie ist immun gegen alle Widerwärtigkeiten. Ich gebe auf.

Ich will dich nur vor dir selbst schützen, sage ich leise; lass uns nicht streiten, Shambhavi.

Weil ich jung bin, meinst du, hast du das Privileg, mich schützen zu können? Alter hängt nicht immer vom biologischen Alter ab, *my dear teacake*. Aber ich verstehe dich, du bist böse, weil dein Freund zuerst zu mir gekommen ist, nicht gleich zu dir. Er wird schon kommen, keine Sorge.

Im Handumdrehen ist sie versöhnt.

Bitte, machst du mir noch einen Kaffee? Komm, trinken wir noch einen. Dann hält sie mir die Tasse entgegen, zwitschert fröhlich, *cheers!*, auf die Rückkehr unseres besten Freundes. Unsere Tassen schlagen gegeneinander.

Das mit den Vogelstimmen musst du mir unbedingt beibringen, Franz, dafür musst du dir Zeit nehmen. Sie ist immun gegen alles.

Was *common* ist, hat mir immer gefallen, sagt sie. Als ich sechs Jahre alt war, kamen meine Helden immer aus der Arbeiterklasse; Fischer, Bauarbeiter, Schmiede, das schienen mir ausnehmend interessante Berufe. Aber dann verbaten mir meine Eltern, mit Kindern solcher Leute zu spielen, sie waren *common*, und mit *common people* wollte man nichts zu tun haben. Eigentlich war es ähnlich wie in Indien, mit wem man zu tun haben durfte, war genau geregelt. *That was snobbish, but also necessary, middle-class people* können es sich nicht erlauben, ihre Kinder mit einem vulgären Akzent aufwachsen zu lassen.

Ich liebe ihn so sehr, flötet sie, bevor sie meine Eingangstür, wie immer, krachend hinter sich zuwirft. Nicht einmal vor Kitsch hat sie Angst.

ICH BIN ZURÜCK VON WEG. So steht er bei mir auf der Matte. Zum ersten Mal, seit wir uns kennen, zu Besuch bei mir. Wo er war, davon ist nicht die Rede, von ihm ist überhaupt wenig die Rede. Er fragt nach mir. Wie geht es den Faltern? Den Aufsätzen? Ist etwas angenommen worden, in seiner Abwesenheit? Acht Wochen ist er nicht da gewesen. Er sieht aus wie immer, als ginge alles spurlos an ihm vorüber, oder nein, ein wenig zerzauster sieht er aus: lässiger. Es steht ihm gut. Ich biete ihm nichts an. Wir gehen ins Café India, wie immer, sitzen dort an den Tischen, die Ellbogen auf das Wachstuch gestützt oder einen Arm schlenkernd herunterhängend. Wir stoßen an.

Welcome back!

Wie geht's meiner Friseuse?

Seine Haare sind länger als sonst, nicht viel, zwei Zentimeter länger vielleicht; Mrs. Banerjee schneidet ihm die

Haare, seit ich sie kenne zumindest. Shambhavi erwähnt er nicht.

Ich bin zu meinem Bruder, sagt er schließlich; ohne dass ich ihn gedrängt oder gefragt hätte, ich habe ihn nur still angesehen.

Mein Bruder ist gestorben, ich habe es ganz plötzlich erfahren. Musste sofort fahren.

So sofort, dass du mir kein Wort sagen konntest?

Das hat andere Gründe, es gibt Sachverhalte, die man besser für sich behält. Vor allem war ich sprachlos. Und vier Stunden nachdem ich von dem Tod meines Bruders erfahren hatte, saß ich schon im Flugzeug. Du weißt, es gibt nur einen Linienflug pro Woche nach Mumbai. Die Charterflüge sind alle ausgebucht. Ich konnte nicht riskieren, mich auf eine Warteliste setzen zu lassen. Ich wollte sofort in die Schweiz. Das wirst du doch verstehen?

Wir sehen einander nicht an, während wir miteinander sprechen, wir schauen geradeaus aufs Meer. Vor uns liegen ein paar Männer im Sand, Urlauber; sie schlafen. Sie haben alle mehr oder weniger die gleiche Haltung, eine Hand auf der Brust, meist die linke, ein Bein angewinkelt. Als wären sie trotz des Schlafzustandes bereit, jederzeit aufzuspringen. Ich zeige auf die schlafenden Männer. Sie schlafen, als wären sie unsterblich, sagt er. So schlafen Menschen, bis sie eines Tages nicht mehr wach werden.

Ist dein Bruder im Schlaf gestorben?

Nein, umgefallen auf der Straße; er war gerade in seinem Lieblingscafé gewesen, frühstücken. Jeder, mit dem ich dann sprach, bemerkte, er sei an diesem Morgen besonders gut gelaunt gewesen, habe besonders angeregt gesprochen, jeden, den er kannte, charmant begrüßt. Er habe selten so aufgeräumt gewirkt wie an jenem Morgen, hat man mir berichtet.

Mein Beileid, sage ich nach einer längeren Pause, seid ihr sehr eng gewesen?

Mit meinem Bruder und mir ist es eine komplizierte Geschichte. Er sieht mich an, ich merke, er will mir etwas erzählen, das nicht schnell erzählt ist, er will, dass ich weiterfrage. Ich sage nichts.

Die Kunst des Wartens, bis jemand freiwillig erzählt, was zu erzählen ist, habe ich von ihm gelernt. Ich nicke, ohne etwas zu sagen. Als wüsste ich schon alles.

Die vier Männer am Strand wachen einer nach dem anderen auf, nehmen, wie Marionetten, die jemand bedient, als wären sie nicht Herren ihrer Glieder, jeder eine andere Haltung ein. Im Wachzustand ist die Ähnlichkeit zwischen ihnen weg; der eine steht abrupt auf, fängt an zu springen, auf der Stelle, wie an Schnüren hochgezogen, er schwenkt auch die Arme, immer gleich, auf und ab, auf und ab, seinem Marionettenzustand treu; der andere reckt sich ausgiebig, als würde er sich aus einem Jahrhundertschlaf in die Gegenwart holen; die beiden übrigen sind umgehend in ein Gespräch vertieft.

Als ich erfuhr, dass mein Bruder gestorben ist, setzt Heinrich seine Erzählung abrupt fort, und ich habe es auf eine Weise erfahren, die ich für so eine Nachricht völlig unpassend halte, die aber momentan üblich ist, für alle wichtigen Berichte, per SMS, hatte ich einen Moment lang das Gefühl: So ist das also, wenn man seine eigene Todesnachricht erhält.

Ihr seid sehr eng gewesen?, wiederhole ich, was ich schon vorher gesagt habe.

Wir waren eine Person.

Wie meinst du das? Eineiige Zwillinge? Das hast du mir nie erzählt.

Nein. Eine Person. Vor dem Gesetz, meine ich, wir waren eine juristische Einheit, steuerlich, offiziell waren wir einer, administrativ miteinander verschmolzen.

Administrativ?

Für die Steuerbehörde waren wir einer. Dadurch haben wir uns viel erspart.

Das kann doch nicht wahr sein! Ich bin ehrlich erstaunt, er beschert mir mit seiner Geschichte einen der Momente, die ich über alles genieße, wenn die Welt mich mit etwas überrascht, an dessen Möglichkeit ich nie gedacht hätte.

Ist aber wahr, sagt er trocken. Wir waren in der Schweiz an derselben Adresse gemeldet, ein Ferienhaus im Jura, weil ich so viel unterwegs war und mein Bruder ebenfalls; obwohl wir dieselbe Adresse hatten, trafen wir uns kaum. Durch irgendeinen Fehler bin ich verlorengegangen, plötzlich bekam mein Bruder meine Abrechnungen von der Steuerbehörde; das war fünf Jahre bevor ich auf die Insel gezogen bin. Und eines Morgens, als wir uns zufällig beide im Haus befanden, machte er mir den Vorschlag, es doch so zu belassen. Wir teilen uns eine Steuernummer, sagte er, was ist dabei? Wir sind doch Brüder. In den Jahren danach verdienten wir beide auf diese Weise unglaublich viel.

Das sollte doch ein Nachteil sein, steuermäßig, wenn einer so viel verdient wie zwei. Ich würde erwarten, dass es für euch besser gewesen wäre, euch zu verdoppeln, vier zu werden statt einer, unterbreche ich ihn. Vor mir sitzt ein Mann, von dessen Leben ich keine Ahnung habe: mein bester Freund.

So war es aber nicht. Indem wir uns eine finanzielle Identität teilten, scheffelten wir Geld. Wir schwammen in den Franken. Mein Bruder hat Wirtschaft und Jura studiert, in Zürich und später in Genf, er kannte sich aus. In diesen Jahren starben auch unsere Eltern, kurz nacheinander, das Ferienhaus gehörte jetzt offiziell der Doppelperson, die wir waren. Die Zürcher Wohnung der Eltern vermietete mein Bruder zu einem horrenden Preis. Mein Bruder arbeitete als Notar, falls er gerade Lust dazu hatte, und ab und zu als Anwalt; er spezialisierte sich auf internationale Scheidungsfälle, bei denen immer er gewann. Über Verstorbene darf man nichts Schlechtes sagen, schon gar nicht über den eigenen Bruder, also sage ich nur so viel: Wir haben uns auseinandergelebt. Er behauptete nach wie vor, er täte den Leuten etwas Gutes, wenn er ihre Trennung regelte; ich dachte in vielen Fällen anders als er. Mir schien immer absurder, welche Summen wir einstrichen – mit dem Unglück der Leute. Unglück ist teuer, das habe ich in jenen Jahren gelernt. Als noch absurder empfand ich die Summen, die ein Notar – mein Bruder! – für ein, zwei Unterschriften verlangte und erhielt. Wir teilten allen Gewinn redlich, in dieser Hinsicht ist mein Bruder immer unwahrscheinlich ehrlich gewesen, fünfzig zu fünfzig, die eine Hälfte für ihn, die andere für mich. Mit der Zeit wurde mein Beitrag überflüssig, ich verdiente, wenn ich mein Bestes tat, zehn Prozent von dem, was er (so kam mir vor) spielend einsteckte. Ich hatte damals, wie du weißt, das eine oder andere Forschungsprojekt als Altphilologe; das hatte ich studiert, etwas total Nutzloses, während mein Bruder etwas total Notwendiges studierte. Mein Fachgebiet war, wie du ebenfalls weißt, die Verwendung der Tiernamen im antiken Griechenland. Mich faszinierte, was man damals alles benannte, wofür man Vokabeln hatte, während es heute niemand mehr sieht. Mein Bruder lachte naturgemäß über eine solche Beschäftigung. Ab und zu (selten!) war ich als Consultant tätig, dann verdiente auch ich ganz gut – absurd gut, weil ich zu Fragen konsultiert wurde, von denen ich kaum eine Ahnung hatte. Ich half in Ägypten (mit EU-Geld) in sogenannten Twinning-Projekten, Firmen aufzubauen, die ein halbes Jahr nach Abschluss des Projekts wieder zusammenbrachen, wie die desolat gebauten Tankstellen, von denen man ab und zu das Dach in der Erde stecken sieht, neben der Zapfsäule. Wer verdiente an solchen Projekten? Vor allem EU- und Schweizer Firmen. Und ich. In dem Bassin an Geld, in dem mein Bruder schwamm, spielte es aber keine Rolle, ob ich mit meinem Gießkännchen nachfüllte oder nicht. Schließlich hörte ich auf zu arbeiten. Wir waren so miteinander verschmolzen, dass ich manchmal an meiner Existenz zu zweifeln begann. Gab es mich überhaupt? Mein Bruder erledigte alles selber. Er hatte die notwendigen Freunde, das notwendige soziale Leben, die nützlichen Partys, die passenden Frauen. Ich hatte die richtigen Bücher, Filme, Theaterstücke, fasste ihm ab und zu zusammen, was in der Zeitung stand, im Feuilleton, meine ich, den Wirtschaftsteil las er selber. Wir sahen uns selten. Trotzdem blieb er mir gegenüber unheimlich loyal. Die eine oder andere Frau stellte er mir vor. Wir sind beide nie verheiratet gewesen, das hätte nicht zu unserer Konstellation gepasst. Mein Bruder konsumierte Frauen wie Bonbonnieren, wie ein gutes Abendessen: Sie waren das Dessert. Ich konnte mit seinen Frauen immer wenig anfangen, sie taten mir leid, weil sie viel anhänglicher waren als er, weil ich oft, wenn mir eine vorgestellt wurde, schon wusste, wie weh er ihr tun würde. Warnen ließ sich aber keine.

Ist er älter, dein Bruder?

Ja, um fünf Jahre, er wäre heuer fünfzig geworden. Wir sehen einander sehr ähnlich – sahen einander sehr ähnlich, je älter wir wurden, desto ähnlicher, man konnte uns kaum unterscheiden; wir waren wie eineiige Zwillinge geworden. Manchmal ging ich anstelle meines Bruders zu einem Termin: Keiner merkte etwas.

Die Sonne ist untergegangen, während Heinrich mir innerhalb weniger Stunden mehr über sich erzählt als im Lauf der zehn Jahre, die wir uns kennen. Auf dem Trottoir zwischen uns und dem Strand tauchen wie aus dem Nichts Pferde auf, geritten von Kindern diverser Altersstufen. Pferde mit einer Sattelhöhe von siebzig Zentimetern und Pferde von einem Meter zehn. Die Kinderhintern bewegen sich auf den Pferderücken auf und ab, im Trab, hin und her.

Wahnsinn, höre ich Heinrich zu meiner Überraschung sagen, ich habe diese Atmosphäre hier so vermisst.

Die Pferde sind aus Plüsch, mit Holzbeinen auf Rollen. Durch die Bewegungen der Kinder bewegen sich die Beine der Pferde, sie rutschen über den Asphalt, zwischen den Tischen der Cafés hindurch, kein Kellner beschwert sich. Einer hilft einem Mädchen, das mit ihrem Reittier, ein Zebra, kein Pferd, in eine Sackgasse geraten ist, abzusteigen, das Pferd in eine andere Richtung zu drehen, hebt sie dann wieder hinauf. Sie hopst auf und ab, rollt davon.

Ich kann es kaum glauben, dass das, was du mir da erzählst, wahr ist, sage ich.

So ist es aber, sagt Heinrich, das Unwahrscheinliche ist manchmal das, was wirklich geschieht. Wir sind immer mehr miteinander verschmolzen, mein Bruder und ich, nach außen hin jedenfalls; sogar unsere engen Freunde, die uns von Kindheit an kannten, vergaßen, dass wir eigentlich zwei waren. Wir teilten unsere sozialen Verpflichtungen, der eine ging aus, der andere blieb zu Hause; mein Bruder ging weitaus öfter aus als ich, muss ich sagen, er genoss es, während es für mich doch eine gewisse Mühe bedeutete, sogar Besuche bei Freunden, mehr als ein oder zwei Mal pro Woche musste das, was mich betraf, nicht sein. Christian, so heißt mein Bruder – so hat er geheißen –, galt als sehr sozial. Weil wir zwei waren, mussten wir nie eine Einladung absagen, so was freut die Leute unglaublich.

Du sprichst von ihm schon in der Vergangenheit, werfe ich ein. Er ist Vergangenheit, erwidert Heinrich ohne zu zögern, er ist tot. Auch als Toter heißt er noch, wie er geheißen hat, sage ich.

Ja, vielleicht hast du recht.

Manchmal sagten Leute zu Christian, »du scheinst dich verdoppeln und verdreifachen zu können, bist einfach überall«; dann antwortete er nichts und lächelte, wie nur er es konnte.

Du auch! Der Satz ist heraußen, bevor ich ihn mir überlegen kann.

Ich nicht, nein. Heinrich schüttelt den Kopf, du bist zu freundlich mit mir. Das war die Zeit, in der ich mein Buch schrieb, das, von dem ich immer noch zehre; in der Zeit lächelte ich kaum, ging nur aus, wenn es unvermeidlich war. Irgendwann wurde ihm meine Anwesenheit zu viel.

Er bat mich, das zu tun, was er den wenigen, die sich noch an mich als eigenständige Person erinnerten, erzählte: Ich sei auf eine weit entfernte, fast unerreichbare Insel ausgewandert.

Ich leistete den Bitten Folge. Was hielt mich schon in der Schweiz? So bin ich nach Mangalemi gekommen; den Rest kennst du.

Ich schüttle den Kopf, du warst schon jahrelang auf der Insel, als ich hergezogen bin. Ruhige Jahre ohne Vorkommnisse, unterbricht er mich. Hast du Abschied nehmen können von deinem Bruder, ich meine: War das Begräbnis so, wie du es dir vorgestellt hast? Ich gebe mir Mühe, mitfühlend zu sein, trotz meiner eigenen, nicht ganz neutralen Beziehung zu Todesfällen; weißt du, sage ich, dass es seit einiger Zeit keine Toten mehr gegeben hat auf der Insel? Seit du weg bist, keinen einzigen.

Christian wurde eingeäschert. Heinrichs Stimme klingt wie aufgenommen und wieder abgespielt, als er das sagt, als hätte man die Sätze aufgezeichnet und lässt sie jetzt wiederholen, vom Band, aus Notwendigkeit, wie die Ansagen in der Straßenbahn oder am Flughafen, Verlautbarungen. Ich war der einzige Anwesende, fährt er fort. Das Problem ist, dass es mich nicht mehr gibt, er hat alle offiziellen Spuren meiner Existenz getilgt, kein Testament gemacht, nirgends ein Indiz dafür, dass er einen Bruder hat. Niemand hätte mir geglaubt, dass ich der Erbe bin.

Aber du schaust ihm doch zum Verwechseln ähnlich!

Alles wäre aufgeflogen, sein Vermögen, unser Vermögen wäre unverzüglich an die Steuerbehörde gegangen. Ich wäre jetzt nicht hier, sondern im Gefängnis. Ich musste es anders machen. Ich musste mich selbst für tot erklären. Ich ging zur Leichenbeschau und bezeugte, der Tote sei ich. Einem armen Verstorbenen glaubt man die Identität leichter als einem vermögenden.

Mir kommt das alles reichlich unglaubwürdig vor. Ich dachte, Christian sei in Gesellschaft gestorben, im Café?

Ich habe gesagt, zu Protokoll gegeben, das war ich, gerade zurückgekommen von der Insel, auf der ich Jahre verbracht hatte, ich war im Café, bin dort verstorben, ohne meinen Bruder nochmals zu sehen, den zu sehen ich gekommen war.

Du hast dich einfach für Christian ausgegeben?

Das war unser Deal, seit mehr als einem Jahrzehnt.

Deal nennst du das?

Ja, Deal.

Ich verstehe nicht, dass er, der Fuchs in allen administrativen Angelegenheiten, nichts vorgesehen hatte für den Fall seines Ablebens.

Er hat einfach nicht daran gedacht, dass er sterben könnte.

TUA NONNA NON STA MOLTO BENE, schreibt mein Vater. Je schlechter es seiner Mutter geht, desto besser wird sein Italienisch – keinerlei Zusammenhang zwischen den beiden Vorkommnissen, und trotzdem würde man, analysierte man sie statistisch, eine Korrelation erkennen. Wie hätte sich meine Großmutter gefreut, wenn ihr Sohn Italienisch mit ihr gesprochen hätte; hat er aber nie, nicht solange sie gesund war. Solange sie gesund war, war er mit anderem beschäftigt, jetzt gefällt ihm zu sagen, *la mia famiglia ha degli origini italiani*.

Ich greife nach den zwei Geräten, die ich meiner Großmutter mittlerweile geschickt habe. Das erste, ein nettes Spielzeug, ein angenehmer Zeitvertreib; tatsächlich, wie die Beschreibung verspricht, wunderbar anzugreifen, weich, warm, lebendig. Die nicht besonders gelungene Formgebung – das Ding ist und bleibt ein Computer – sei für Demenzkranke kaum problematisch, sehen sie doch meist schlecht und müssen sich auf ihren Tastsinn verlassen, las ich in einer Online-Kritik. Man kann es sich vorstellen wie ein exquisites Haustier, das nur die positiven Eigenschaften eines Haustiers hat, es erwidert Zuneigung, schnurrt, wenn man es streichelt und hält, bellt, wenn ein Eindringling im Türrahmen steht (zum Beispiel der eigene Sohn), gibt einem das Gefühl der ständigen Anwesenheit einer sympathisierenden Persönlichkeit, lässt sich auf Wunsch füttern (mit speziellen Pillen, die wiederum weitere Applikationen enthalten, also Programme sind), entwickelt gefüttert mehr Komplexität, geht aber ungefüttert nicht ein. Vergisst meine Großmutter auf das Ding, das sie »Dummele« nennt, weiß es sich bemerkbar zu machen, denn darum geht es; es gibt ihr das Gefühl, gebraucht zu werden, Teil einer durchaus annehmbaren Welt zu sein. Das »Dummele« ist, laut Betriebsanleitung, Abhilfe gegen Einsamkeit.

Sie habe wirklich Interesse an dem Ding, berichtet mein Vater, und eine Art Zuneigung dafür entwickelt; er observiert das mit großer Skepsis, liegt ihm natürlich einerseits daran, dass er als einziger Sohn der Mittelpunkt der Liebe seiner Mutter bleibt, nicht irgendein elektronisches Massenprodukt ihn (unversehens) ersetzt, andererseits entlastet ihn das elektronische Massenprodukt: Er kann seine Besuche auf ein-, zweimal pro Woche einschränken.

Das zweite Gerät allerdings ist dasjenige, das mich wirklich fasziniert; ich habe es einige Wochen, nachdem ich das erste bestellt hatte, entdeckt: Es verbindet mich direkt mit meiner Großmutter, sozusagen körperlich. Sie spürt meinen Händedruck, ich spüre ihr Zittern. Der Apparat, der das möglich macht, ist ein Zwillingsgerät: Nimmt einer von uns beiden seine Hälfte in die Hand, sendet die Hälfte des anderen zuerst Farbwellen aus, dann Bewegungen, schließlich Geräusche, Klänge, Musik, die man dem Ding beibringen kann. Auf diese Weise schicke ich meiner Großmutter das, was ich gerne höre, auch Gemütszustände, Stimmungen werden direkt übertragen, wenn man das »Gscheiterl«, wie meine Großmutter dieses Gerät den Aussagen meines Vaters zufolge nennt, entsprechend einstellt. Man muss keineswegs alle Stimmungsschwankungen übertragen; ich würde mich hüten, das zu tun. Ich schalte das Gerät ein, wenn ich (halbwegs) guter Dinge bin, mich wenigstens darauf konzentrieren kann, positiv zu wirken. Das Gerät ist nicht so schlau, dass es die geheimsten Regungen erkennen würde, was es überträgt, basiert schlicht auf der Analyse der Muskelbewegungen im Gesicht: In dieser Hinsicht gleicht es dem Unbewussten, es nimmt die Information auf, die menschliche Augen im Antlitz eines Gegenübers erkennen würden, analysiert sie, das menschliche Gehirn (halbwegs) nachahmend, und überträgt. Man kann auch miteinander sprechen, das ist die einfachste Funktion; doch zwischen mir und meiner Großmutter ist das nicht notwendig. Das einzige absolut Notwendige ist eine Internetverbindung. Sogar, wenn sie so erratisch ist wie hier auf der Insel, funktioniert das Gerät noch. Die Chinesen haben es in weiser

Voraussicht so gebaut, beziehungsweise, weil auch sie eher erratische Internetverbindungen haben.

Weil wir beide, sowohl meine Großmutter als auch ich, meist in unseren Zimmern sind (sie hat nur eins, ich verwende in den meisten Stunden des Tages nur eins), haben wir permanent Kontakt. Daher überrascht mich die Nachricht meines Vaters; ich müsste doch wissen, wie es ihr geht, besser als jeder andere. Wir halten einander – elektronisch – die Hände; und ihr Händedruck gestern, heute früh ließ nichts zu wünschen übrig.

Mein Vater ist mehr als befremdet von der Art und Weise, wie ich mit meiner Großmutter Kontakt halte, *perché non vieni semplicemente qui?*, fragt er wieder, die Nachricht ist erst sechs Minuten alt, erinnert mich wieder an meinen Geburtstag, der doch eine gute Gelegenheit wäre, ein Anlass! *Tutta la famiglia*, schreibt mein Vater, mit der Sprache hat er von den Italienern auch die Familienbesessenheit übernommen. Das ist nicht so einfach, *babbo*, schreibe ich ihm, lasse mich auch auf Italienisch nicht überreden.

Der Kontakt zu meinen Blutsverwandten von meinem Arbeitszimmer aus ist der bequemste und erfreulichste, den ich je hatte. Und auch der intensivste. So gut wie in diesem letzten Jahrzehnt, seit ich auf der Insel lebe, nur unterbrochen von drei Aufenthalten in Europa, haben wir uns noch nie verstanden. Wir lieben uns; wenn ich das sage, lüge ich nicht.

BITTE, SAGE ICH ZU DEM INDISCH AUSSEHENDEN Mann in meinem Garten, treten Sie ein. Er trägt einen Anzug, billig, aber unbequem, der ihm so eng ist, dass er nur mühsam die Stiege heraufkommt. Ich lasse ihm mit einer generösen Handbewegung den Vortritt, führe ihn in mein Arbeitszimmer, biete ihm den unbequemsten Sessel an, nicht aus Böswilligkeit, sondern weil der einzige bequeme Sessel in meinem Arbeitszimmer derjenige ist, auf dem ich sitze; mein Arbeitszimmer ist nicht eingerichtet für Gäste.

Ich komme aus Mumbai, sagt der Mann, rückt dabei den Knoten seiner Krawatte zurecht.

Mein Herz klopft mir im Hals. Er hat sonst nichts bei sich, keine Tasche, keinen Koffer, nur seine leeren Hände – damit versuche ich mich zu beruhigen: Er hat keine Handschellen dabei. Gleichzeitig ist mir klar: Sie könnten draußen warten, seine Kollegen, eine Abordnung des Departments, für das er arbeitet, er nur derjenige, der die saubere Arbeit erledigt, dann die anderen für die Handlungen, bei denen man riskiert, sich dreckig zu machen; er wäre nur der Kundschafter.

Egal wer er ist, er ist ausgesucht höflich. Stellt sich vor, reicht mir eine ID-Karte mit Foto: Law Officer, High Court of Justice, Mumbai, dem Richter so und so zugeordnet. Ein indischer Richter hat eine bedeutend mächtigere Stellung am Gericht als ein österreichischer Richter. In Indien gilt ein ähnliches Rechtssystem wie in England, so viel weiß ich vom Hörensagen, mehr aber auch nicht. Unsere Gesetze gelten für Bürger aus der ganzen Welt, solange sie sich auf indischem Hoheitsgebiet aufhalten. Auch für Sie – eine Pause, eine bedeutsame Neigung des Kopfes – als Österreicher. Dieses Statement benützt er, ich habe seinen Namen vergessen, wie den des Richters, dem er zugeordnet ist, als Einleitung, um sich dann in Belehrungen zu ergehen. Die indische Natur sei kein Selbstbedienungsladen, *no supermarket* – wieder ein bedeutungsvoller Moment des Innehaltens im Satz –, was aus indischem Grund und Boden gewachsen sei, gehöre Indien, es dürfe nicht sein, *absolutely not*, dass wir, die wir bei uns alles zerstört hätten, jetzt im blühenden Indien zugriffen. *Besides*, sagt er, haben wir eine diametral andere Philosophie, alle Lebewesen betreffend. Sie kennen unsere Religion, Sir, nehme ich an?

Ich versuche meinen Kopf ähnlich vornehm zu neigen wie er den seinen soeben, empfinde die Bewegung sofort als misslungen.

Wenn Sie mir die unrechtmäßig auf indischem Territorium entnommenen Exemplare Ihrer Sammlung jetzt übergeben, werde ich Sie als geständig und reuevoll rapportieren und garantiere Ihnen Strafminderung. Er sieht mich an, als wolle er mich hypnotisieren.

Ob mich die österreichische Botschaft unterstützen würde, ich ein Fall wäre, den Diplomaten und Politiker als interessant genug erachten, um für mich in Aktion zu treten? Ob sich eine Lobby für mich bilden würde? Die Medien auf meiner Seite sein würden? Ob es Petitionen für meine Freilassung geben würde?

Die Unwirklichkeit der Situation macht mir deutlich, wie ernst es ist. Das Unwirkliche ist immer das, was am allerwirklichsten wirkt. Mittlerweile halte ich das für eine Abwehrreaktion des Körpers, einen Schutzmechanismus des seelischen Immunsystems. Ich kenne es aus früheren Erfahrungen, die erste Reaktion auf eine schockierende Nachricht ist Unglaube: Das kann nicht sein. So kann jetzt nicht sein, dass dieser Gerichtsdiener aus Mumbai in meinem Arbeitszimmer auf dem unbequemen Sessel sitzt, mir gegenüber, eine absolut unwahrscheinliche Vorstellung, surreal, ich wehre mich gegen sie, indem ich sie (vor mir selbst) ins Lächerliche ziehe, mich von mir distanziere, mir bereits, während ich diese Situation erlebe, vorstelle, wie ich sie später anderen erzählen werde: Heinrich, Shambhavi, meiner Schwester, *si, anche alla nonna, babbo*. Bis es so weit ist, dass der Ernst der Situation zu mir durchdringt, habe ich mich schon einigermaßen mit ihr abgefunden, mich daran gewöhnt, wie gesagt: ein Schutzmechanismus der Psyche. Wie auch bei physischem Schmerz etwas passiert, das einen den Schmerz doch ertragen lässt. Oder man wird ohnmächtig. Ich werde nicht ohnmächtig.

Die Exemplare, von denen er spricht, befinden sich bei Christof in Deutschland; es fehlen ihnen die Beine und mit großer Wahrscheinlichkeit auch der eine oder andere Flügel. Sie bilden das Kernstück für Christofs Doktorarbeit und die Basis für einen Fachartikel, bei dem ich Letztautor (also Seniorautor) sein werde. Von Zurückgeben kann keine Rede sein. Ich habe nichts, mein Herr, sage ich wahrheitsgemäß. Wir aber haben Beweise, dass Sie etwas haben müssen, entgegnet der Inder und erhebt sich aus dem unbequemen Sessel. Ich zerbreche mir den Kopf, welche Beweise das sein könnten, war ich doch ganz allein, als ich die Reise unternahm und unterbrach, um ein paar Tiere für Christof zu sammeln. Auch während ich sammelte, war ich allein.

Ich sage Ihnen nur, sagt der Angestellte des High Courts, meine Kollegen sind nicht alle wie ich.

Sie drohen mir?

Nein, ganz und gar nicht, ich beschreibe nur einen Zustand; Sie als Wissenschaftler sollten das zu schätzen wissen, ich beschreibe, wie es ist.

Ich schüttle den Kopf. Ihnen fehlen die Experimente, jede Möglichkeit zu Experimenten sogar, Ihre Branche ist mit der meinen nicht vergleichbar.

Wie dem auch sei, Sie müssen sich an die Gesetze halten, unsere Gesetze besagen, man darf in dem Gebiet, in dem Sie lebende Tiere entnommen haben, nichts entnehmen, das zur natürlichen Umgebung gehört. Sie haben das gemacht, das bedeutet, Sie sind straffällig.

In Mumbai vielleicht, ich lebe aber auf Mangalemi und bin Europäer.

Wir haben Übereinkünfte. Und: Habe ich Sie heute nicht auch zu finden gewusst? Überlegen Sie sich die Angelegenheit! Sie werden von uns hören.

Ohne meine Antwort abzuwarten poltert er die Stiege hinunter, ein ganzes Stück weniger vornehm, als er gekommen ist. Ich eile ihm hinterher, eine gewisse Form muss gewahrt bleiben, strecke ihm meine Hand zum Abschied hin. Er nimmt sie nicht, sammelt seine Vornehmheit zu einer letzten Verbeugung.

Als er fort ist, tatsächlich zu Fuß, niemand scheint auf ihn zu warten, zumindest nicht von meinem Fenster aus ersichtlich, gehe ich wieder in mein Arbeitszimmer, suche die Liste der Proben, die ich Christof gegeben habe. 22 Individuen stammen von der Exkursion in die Umgebung von Mumbai, die mir als illegal zur Last gelegt wird.

Dummerweise hat man die Proben damals bei meiner Ausreise am Flughafen entdeckt. Man hat sie mir zwar gelassen, weil die Zöllner keine Ahnung hatten, dass man eine Genehmigung braucht, um Nachtfalter zu sammeln, und gewiss auch, um sie auszuführen, beziehungsweise sie dachten nicht daran. Das Problem stellte sich ihnen nicht als Problem dar. So ließen sie mich die sorgfältig in Papiersäckchen gehüllten Falter wieder einpacken, nickten höflich und ließen mich weiterziehen. Doch jemand muss den Vorfall gemeldet haben.

Ich schalte das Gerät ein, das mich mit meiner Großmutter verbindet; sie schläft, soweit es das Ding anzeigt, sie schläft ruhig. Am Vorabend hat sie geweint, und auch die zwei Tage davor hat sie geweint. Mein Vater schrieb, das seien nervöse Tränen, die nichts weiter bedeuteten; ich gebe zu, ich dachte an meine Schmetterlinge, hätte ich doch die Großmutter hier, dachte ich, die Tiere könnten sich an ihr laben und sie zugleich aufheitern. Es geht nicht um Heiterkeit, schrieb mein Vater, sie ist 91, das ist alles. Ist doch kein Alter, antwortete ich ihm, Ernst Mayr wurde hundert und schrieb Bücher bis zuletzt. *Chi è questo Mayr*, schreibt mein Vater, *mai sentito di lui.*

Ich schalte das Gerät wieder aus. Später werde ich noch einmal kontrollieren, was sie tut.

ICH HABE EINFACH MEINEN KOFFER GEPACKT und bin davon, erzählt Heinrich auf meine Frage, wie er denn das Problem gelöst habe, jetzt den Beruf des Bruders ausüben zu müssen. Mein Bruder nimmt sich eine Auszeit aus Kummer über mein Ableben, in wenigen Monaten wird man sich an seine Abwesenheit gewöhnt haben, es wird sein, als wäre er nie da gewesen, er wird keinem lange fehlen, wie auch ich keinem lange gefehlt habe. *Life must go on*, sagt man doch; seine Stimme klingt ironisch.

Heinrich ist eine Mischung, sollte man wissen: Seine

Mutter war Österreicherin, sein Vater Deutscher. Mit dieser Beschreibung wäre er nicht zufrieden, ihm geht es um Städte: Es ist wichtig zu sagen, dass es keine Hauptstadt war, Nebenstädte, dass meine Eltern aus Nebenstädten kamen und sich in Zürich niederließen. Diese Mischung macht, dass wir einander sprachlich recht vertraut sind. Was so eine Vertrautheit zuwege bringt, habe ich lange unterschätzt; wie ich als Wissenschaftler womöglich einiges unterschätze, das mir nicht direkt in Verbindung mit meinem Fach zu stehen scheint. Man ist der eigenen Erziehung verhaftet, muss sich bewusst davon befreien.

Auch Wissenschaftler (oder wahrscheinlich gerade die) sind im täglichen Leben unbelehrbar; so halte ich die bereits mit meinem Großvater begonnene Familientradition des Regelmäßig-die-Milch-überkochen-Lassens aufrecht. Statt die drei Minuten, die es dauern würde, vor dem Herd zu warten, laufe ich schnell in mein Arbeitszimmer, um das eine oder andere nachzusehen, das mir gerade in den Sinn kommt; plötzlich höre ich Zischen, rieche Verbranntes, renne in die Küche, um das Übliche vorzufinden: verkrustete Herdplatten, entsetzlichen Gestank.

Ich habe es hunderte Male erlebt, dennoch lasse ich es immer wieder geschehen; ich nehme mir die drei Minuten nicht, um die alltägliche Verwüstung meines Herds zu verhindern, reinige dafür die Platten zehn Minuten lang mit aggressiven Putzmitteln und verbringe 24 Stunden in Geruchsresten verbrannter Milch. Manche Probleme der Menschheit scheinen so einfach zu lösen, aber niemand löst sie. Auch ich nicht.

Unlängst habe ich den Bericht eines Mediziners gelesen, der jahrzehntelang in Indien tätig war. Indien, wird man mir entgegenhalten, sei ein zu großer Begriff, man müsse angeben, welche Region genau; nun, ich weiß die Region nicht mehr, kann aber, nach dem Besuch des Law Officers, sagen, sie fällt unter die Gerichtshoheit des High Courts of Mumbai. Der Arzt konstatiert, die hohe Kindersterblichkeit sei durch einen leicht zu behebenden Faktor zu vermindern: die Neugeborenen nach der Geburt warm halten. Oft würde man sie nur in ein Tuch wickeln, weil sie nass seien, und nicht auf die Mutter legen, weil die Mutter selber friere und kein nasses Bündel an der Brust wolle. Man würde das nicht glauben, hält man Indien doch für ein heißes Land; der Arzt spricht jedoch aus Erfahrung und von den kleinen Spitälern in den Peripherien der ungezählten Städte. Im ersten Moment merke man nichts von dem, was man anrichte. Mütter und Kinder fahren weg, scheinbar gesund, und kommen nie mehr ins Spital, weil ihr Wohnort weit entfernt liegt. Nach einiger Zeit stirbt das Baby an den Folgen des Frierens während der ersten Lebensstunden. Nicht immer, aber manchmal. Die Sterbewahrscheinlichkeit steigt durch die erlebte Kälte nach der Geburt. Nicht einmal die Krankenschwestern glauben das, berichtet der Arzt, weil sie die Kinder nicht sterben sehen. Es verlangt monatelanges Training, um sie, die über großes medizinisches Wissen verfügen, wahnsinnig geschickt sind und aufopfernd zu niedrigem Lohn überlange Dienste verrichten, davon zu überzeugen, dass die Kinder nach der Geburt auf die Mutter gelegt werden, zusammen mit der Mutter in Decken gewickelt werden müssen. Dass diese einfache Handlung den Unterschied ausmacht, ob eine Person lebt oder stirbt.

Ich habe kaum Ahnung von Medizin, auch wenn meine

Freunde häufig glauben, ich müsse dies oder jenes wissen, als Biologe, ich weiß es nicht. Der Bericht des Mediziners lässt mich trotzdem nicht mehr los. Die Schlichtheit des von ihm geschilderten Problems spricht dafür, dass es sich so verhält. Wir betrachten die Erde, auf der wir herumstaksen, von Satelliten aus, relativieren uns in den Himmel und wissen nicht, wie man Neugeborene behandelt; wir sind merkwürdig.

Wir folgen auch ökologischen Regeln, meint Heinrich. Dort, wo die Bevölkerung dicht an dicht lebe, sei oft die Sterberate höher. Oft, aber nicht immer, widerspreche ich ihm, denke an Holland. In Holland werden die meisten Kinder zu Hause geboren, nicht im Spital, sage ich, hast du das gewusst? Hausgeburten im 21. Jahrhundert, eventuell auch eine Folge der hohen Bevölkerungsdichte? Unsinn, sage ich, ökologische Regeln dürfen keine Entschuldigung sein für menschliche Dummheit, das hättet ihr Geisteswissenschaftler gern, die Politik folgt nicht den natürlichen Regeln, auch wenn sich die Politikwissenschaftler einiges von den ökologischen Kreisläufen abgeschaut haben; in der Natur gewinnt der Stärkere nicht. Wer gewinnt, ist unvorhersehbar. Wo Reichtum ist, ist Wärme, wo Wärme ist, ist Reichtum, das ist vielleicht eine ökologische Regel. Die Menschen sind gut, aber ungenau, das ist unser Problem, es fehlt uns an Präzision. Wir schlampen dahin.

Warum so aggressiv? Er macht eine abwehrende Handbewegung, wir haben von ganz anderem gesprochen. Ich bin gerade erst zurück.

Ja, genau, dein Bruder. Mir fällt es immer schwerer, mich zu konzentrieren, wir leben nah an Indien. Die Doppeldeutigkeit meiner Aussage kann sich ihm natürlich nicht erschließen; er hat recht, er ist gerade erst angekommen.

Sag, was war weiter? Seine Freundinnen? Frauen? Ihnen wird er doch fehlen?

Soweit ich sehe, haben sich die schon vor seinem Tod getröstet, es gab keine aktuelle; sein Lebensstil war seit jeher sehr freibleibend.

Mehr als alles andere beschäftigt Heinrich der Plan, dass er ab sofort ordnungsgemäß versteuern will. Sein Bruder kannte offenbar alle Tricks. Damit ist jetzt Schluss, erklärt er vehement, und dass er außerdem das über die Jahre hinterzogene Geld irgendwie der Gesellschaft zurückgeben wolle, allerdings ohne hinter Gitter zu kommen. Das sei die Herausforderung. Er müsse gut nachdenken.

Da haben wir beide aus ganz unterschiedlichen Gründen ein ähnliches Problem; ich kann und will seine Offenheit aber nicht erwidern. Sobald ein Zweiter von einer Sache weiß, ist sie nicht mehr geheim zu halten, verbreitet sich unaufhaltsam. Insgeheim beneide ich ihn, weil mir ein Schweizer Gefängnis im Vergleich zu einem indischen wie ein Sanatorium erscheint. Nicht einmal den Besuch des indischen Law Officers erwähne ich. Ich habe ihn im Internet gesucht; es gibt ihn, die Seite des High Courts of Justice in Mumbai stellt ausführlich die Richter und ihre Mitarbeiter vor, inklusive Curriculum Vitae. Ich weiß jetzt, wo mein Besucher geboren ist, wann er sein Studium abgeschlossen hat, sogar das Datum seines Hochzeitstages kenne ich.

Träume, sagt Heinrich in meine Gedanken hinein, und es ist plötzlich wie früher, vor seinem Verschwinden. Wir sitzen im Café, schauen aufs Meer und reden.

Seit dem Tod meines Bruders träume ich so viel, sagt er. Ich habe eine Kamera in der Hand, will ein Bild machen, es glückt mir nicht, ich weiß nicht mehr, wie man mit meiner Kamera umgeht, suche vergeblich den Auslöser. Ich drehe das Gerät hin und her. Meine Kamera hat einen andersformatigen Bildschirm, als meine Kamera ihn hat. Irgendwie stimmt nichts mehr daran. Dabei habe ich sie gerade aus meinem Koffer geholt. Ich betrachte den Koffer, den ich die letzten paar hundert Meter ruhig neben mir her gerollt habe. Er hat ein bisschen ein anderes Format als mein Koffer, er ähnelt meinem Koffer, ist es aber nicht. Rasch öffne ich ihn. Drinnen sind lauter Manuskripte, ein Laptop. Die Manuskripte scheinen meine zu sein; wenn ich sie genauer lese, sind sie es aber nicht, sie ähneln meinen, aber alles ist ein bisschen anders. Ich öffne den Laptop. Die darauf befindlichen Files scheinen die meinen zu sein, bei genauerem Hinsehen sind sie es aber nicht; ich lese darin, verstehe nicht, worum es geht. Mein Koffer ist vertauscht worden. Ich erinnere mich jetzt, wie ich hastig aus dem Zug gestiegen bin, einen Koffer aus dem Gepäckfach genommen habe, der dem meinen gleicht, aber es nicht ist. Ich versuche, anhand der Texte im Laptop, anhand der Files, ihren Autor ausfindig zu machen, den Besitzer des Computers, der logischerweise, da es sich um eine Verwechslung handelt, meine Files, Manuskripte, Kamera haben muss; und dem ebenso wie mir daran liegt, den Tausch rückgängig zu machen. Nach langem Suchen glaube ich zu wissen, wer es ist. Ich schicke ihm ein E-Mail. Er antwortet direkt: Er sei es nicht. Er reise ohne Gepäck. Ich bin mutlos. Versuche, doch noch mit der fremden Kamera ein Bild zu machen, vergebens. Stunden später erreicht mich ein

E-Mail von einem unbekannten Absender. Er habe meinen Koffer, der dem seinen zwar ausgesprochen ähnlich, aber keinesfalls identisch damit sei. Der Inhalt sei ebenso nur geringfügig anders, aber doch so, dass er nichts damit anfangen könne.

Und, hast du den Koffer zurückgekriegt?

Ich bin vorher aufgewacht.

Als ich nach Hause komme, finde ich Mrs. Banerjee weinend an meinem Schreibtisch vor, sie hat den zuckenden Kopf auf ihre über meinen Manuskriptseiten verschränkten Arme gelegt und vergießt kostbares Nass. Wie schon so oft wünschte ich wieder, ich könnte ihre Tränen irgendwie auffangen und konservieren, um sie zu einem geeigneten Zeitpunkt, an dem ich sie brauche, an die Falter zu verfüttern. Sie haben wieder Eier gelegt, mehrere Tausende; vorerst läuft die Zucht tränenlos, wenigstens die nächsten Wochen über. Klappt alles, gelingt es mir tatsächlich, ein paar hundert Adulte aus diesen Eiern großzuziehen, kann ich sogar daran denken, die Hälfte davon freizulassen, in dem Waldstück, in dem ich mein erstes Individuum gefangen habe. Die Idee lässt mich nicht mehr los.

Falls das gelingt, falls sie sich vermehren (wie, ist mir noch ein Rätsel, wie sollen sie in dem Waldstück ausreichend Weinende finden), wäre es ein absolutes Highlight, eine phantastische Publikation würde sich anbahnen. »Ausgestorbene Art durch einen einzigen Forscher gerettet« und »Unglaubliche ökologische Anpassung eines Schmetterlings an kulturelle Eigenheiten einer Inselgesellschaft«. Aber eben: falls. Ein großes »falls« hängt über diesem Projekt.

Ich benötige augenblicklich keine Tränen, Jane, hören

Sie bitte auf! Das entfährt mir reflexartig. Sie scheint es nicht mitzukriegen, so vertieft ist sie in ihren Kummer. Zumindest reagiert sie nicht. Jane, bitte, was ist denn?

Ich nehme sie an den Schultern, mit dem Ziel, sie von meinem Schreibtisch wegzukriegen; ihre Tränen dürfen keine feuchten Flecken auf meinen Manuskripten hinterlassen. Auch wenn es Entwürfe sind, ich kann nur mit fleckenlosen Texten arbeiten, alles, was sie bekleckert, muss ich mir neu ausdrucken, keine Affäre, aber nicht notwendig; sie muss einfach anderswo weinen.

Kommen Sie, ich koche Ihnen einen Tee.

Ich will keinen Tee, immer Tee, schluchzt sie. Tee, Tee, Tee, ich ertrinke noch an den Mengen Tee, die man mir ständig serviert, als ließe sich alles mit Tee regeln, nur Stücke Zucker lösen sich auf in Tee, sonst nichts, gar nichts. Sie weint weiter.

Hören Sie doch auf zu weinen, Jane, das ist unerträglich.

Sobald Sie wissen, was passiert ist, werden Sie auch weinen; ich soll immer auf Knopfdruck funktionieren, weinen/nicht weinen, weinen/nicht weinen.

Wusste sie etwas?

Sie sind entwischt, fliegen überall im Haus herum. Die meisten zumindest, ein paar sind drinnen geblieben.

Ich höre nicht weiter zu, bin schon oben. Im Stiegenhaus sitzen Falter, am Geländer, in kleinen Gruppen oben in den Ecken, unerreichbar für mich, auf den Lampen, in den Lampen, in meinem Arbeitszimmer sitzen sie in den Bücherregalen, auf den Jalousien zwischen den Lamellen, sogar auf meinen Laufschuhen sitzen sie, im Bad auf den Handtüchern, am Rand des Zahnputzbechers. Alle Türen stehen offen, überall.

Wie konnte das geschehen, Jane? Was ist dir eingefallen? Ich brülle, bin außer mir. Von unten nur Schluchzen.

Kommen Sie her! Kommen Sie sofort hierher, Sie halten die Tür.

Ich kann Ihnen helfen, Sir, schlägt sie vor, als sie sieht, dass ich ein Netz in die Hand nehme. Nein, Sie machen nur alles kaputt. Sie halten die Tür, okay? Die nächsten sage und schreibe vier Stunden verbringe ich damit, 340 Falter aus allen Ecken und Enden des Hauses zu sammeln. Vierzehn weitere fange ich im Laufe des Abends, nur fünfzehn gehen irgendwo zugrunde.

Gegen Mitternacht rufe ich Mrs. Banerjee an. Keine Sorge, sage ich, alles halb so schlimm. Ach, Sir, sagt sie, wenn Sie wüssten, was ich durchgemacht habe. Ich weiß, ich weiß, entgegne ich zuvorkommend. Enge Mitarbeiter muss man gut behandeln; ich brauche ihre Tränen, nur brauche ich sie im richtigen Moment.

II.

ICH TRETE IN MEIN ARBEITSZIMMER wie in das eines Fremden. Da liegen die Stapel, mit denen ich es zu tun habe, ich blättere sie mit der linken Hand lose durch, will nichts mit ihnen zu tun haben: Wo anfangen? Drei Manuskripte warten auf einen weiteren Bearbeitungsdurchgang. Der erste Durchgang, das Verfassen, hat mir Spaß gemacht, mehr, es hat mich befriedigt, tief befriedigt. Mittlerweile habe ich diese Manuskripte zu oft gesehen, der Gedanke, die Kommentare der je drei Gutachter pro Artikel, insgesamt neun Leute, deren Fragen und Anmerkungen ich beachten muss, und das in möglichst kürzester Zeit, nein, zwölf Leute, denn jedes Journal hat einen Editor, mit dem ich korrespondiere, denn die Gutachter sind anonym, das Bewusstsein, all diese Gedanken mit meinen eigenen in Einklang zu bringen, verursacht mir Übelkeit. Körperlich. Ich möchte diese Stapel wegwerfen – kann es nicht, bin ihnen verpflichtet: dem Papier, den anonymen Gutachtern, deren Identität ich aufgrund ihres Stils eventuell erraten, aber nie wissen kann. Bin der ganzen verdammten Wissenschaftswelt verpflichtet. Der Schwur, den ich geleistet habe, als ich meine Promotionsurkunde überreicht bekam: dass ich mein Wissen zum Besten der Menschheit einsetzen würde! Soweit ich es schaffe.

Das Beste der Menschheit ist ein enormes Ding; zu groß für mich.

HABE JEDEN TAG DAS GEFÜHL, zu viel zu tun zu haben; nicht: viel, zu viel. Dabei bin ich allein auf der Insel – als Forscher –, der einzige auf weiter Flur, wie man sagt. Niemand schreibt mir etwas vor, wie man sagt. Aber der ärgste Vorschreiber bin ich selbst. Ich habe zu wenig getan, immer wieder zu wenig getan. Zum Beispiel für dieses Projekt des Österreichischen Forschungsförderungsfonds: zu wenig getan. Das Projekt war nicht gut genug, ist nicht gut genug, wurde abgelehnt. Vor zehn Jahren, fünfzehn Jahren wurden alle meine Projekte bewilligt. Jedes, das ich einreichte (retrospektiv manches davon schlampig durchdacht), wurde finanziert. Ich hielt mich für einen Zampano! Jeder Artikel, den ich einreichte, wurde umgehend zu den Gutachtern geschickt und mehr oder weniger rasch publiziert. Ich bin seither nicht schlechter geworden, bestimmt nicht; aber ich fühle mich schlechter.

ICH BIN IM WALD, seit langer Zeit wieder im Wald, ein kleines Inventar zwischendurch, einige Daten zum Auffüttern einer älteren Arbeit, die ich ausgegraben habe. Sie wäre publizierbar, wenn ich noch dieses Arteninventar hinzufüge. Da kommt, noch nie ist mir so etwas passiert, ein sogenannter Wildhüter auf mich zu, Gewehr umgeschnallt, schwere Stiefel. Ohne lange zu fackeln fragt er mich nach meiner Bewilligung. Ich kenne ihn vom Sehen, wie man jeden kennt in Port Blaise, wenn man lange genug hier lebt. Hören Sie, sage ich, Sie kennen mich doch, ich mache das seit Jahren. Jetzt ist es anders, sagt er, Sie brauchen eine Genehmigung, sonst müssen Sie aufhören. Ich muss Sie bitten aufzuhören, das abzumontieren, er deutet auf die Fallen, die ich an den vergangenen zwei Abenden montiert habe, das muss weg. Aber, versteh mich richtig, mein Freund, du weißt doch, was ich mache? Du kennst mich doch. Wir sehen uns auch regelmäßig an der Tankstelle, du kennst meinen Freund, Mr. Pants. Seid ihr nicht auch befreundet? Sir, das wird Ihnen nichts helfen. Ich habe strenge Vorgaben, sonst verliere ich meinen Job. Jeder kennt Sie hier. Die Regeln haben sich geändert, beschaffen Sie sich eine Genehmigung. Gut, meinetwegen lassen Sie die Fallen hängen, aber wenn ich Sie erwische, dass Sie etwas gefangen haben – er deutet auf sein Gewehr –, dann sind die Fallen für mich Truthähne: Ich schieße sie ab.

NEUERLICH EIN BRIEF vom Gerichtshof in Mumbai. Man habe, nachdem ich der wiederholten Aufforderung zur Aussage nicht Folge geleistet habe, den Fall in meiner Abwesenheit behandelt, erledigt, steht da, *finished.* Das Urteil lautet auf eine Strafe im Ausmaß von 50 000 Euro, fällig bei Erhalt des Schreibens, im Fall von Zahlungsunfähigkeit sei ersatzweise eine Freiheitsstrafe von zwei Jahren unbedingt anzutreten. Mein Konto ist leer, seit sechs Monaten bekomme ich keine Mittel mehr, damals ist mein letztes Forschungsprojekt abgelaufen, Verlängerung wurde abgelehnt. Ich kann meine täglichen Ausgaben nur bestreiten, weil die Lebenshaltungskosten so niedrig sind, weil Heinrich Mrs. Banerjees Gehalt stillschweigend im Voraus bezahlt.

ARBEITEN UND ARBEITEN und nicht weiterkommen. Mit nichts. Mein momentaner Zustand. Ich bin beschäftigt, immer beschäftigt, will niemanden sehen, nicht Heinrich, nicht Shambhavi, nicht die Familienmitglieder, die sich mittels technischer Hilfsmittel an mich heranmachen. Nicht Mrs. J. Banerjee. Ich habe ihr vorläufig verboten, das Haus zu reinigen, sogar es zu betreten habe ich ihr verboten. Ich habe zu tun. Einiges abzuschließen; zumindest endlich einmal eines abschließen: eine Tätigkeit. Ich setze mich an meinen Arbeitstisch. Ich sitze dort, klicke in meinen Manuskripten herum, Projektbeschreibungen, tippe E-Mails, speichere sie im Ordner *Drafts*. Ich muss die Falter versorgen, die Raupen, die Puppen, die Eier. Muss in den Garten, kontrollieren, ob genügend Blühpflanzen da sind. Für wen? Alle Falter befinden sich im Haus, in der Klimakammer. Ich bitte den Gärtner, neue Blühpflanzen in die Voliere zu stellen. Ich setze mich an meinen Arbeitstisch. Ein SMS von Shambhavi, ein SMS von meiner Schwester, ein SMS von meinem Vater: *Dove cazzo sei? Fatti vivo!* Ich lösche sie.

AUCH ICH BIN SCHWACH. Auch ich bin meiner selbst nicht genug. Nicht einmal wissenschaftlich gesehen. Gewiss nicht finanziell, auch wenn Heinrich mich treu unterstützt. Ich kann meine Karriere – vergessen wir dieses unsägliche Wort! –, ich kann mein Leben, meine Suche, meine Wissenschaft nicht auf einer Freundschaft aufbauen. Sicher, ich kann mich an historischen Vorbildern orientieren. Ernst Mayr, er schon wieder, der mit Mitte zwanzig, zehn Jahre jünger als ich, eine fixe Stelle am Natural History Museum in New York City angeboten bekam (und auch annahm, der kluge Mann)? Paul Kammerer? Der seine unvergleichlichen Experimente den Händen Alma Mahlers anvertraute, bis niemand mehr wusste, was an seinen Geburtshelferkröten echt war, nicht einmal er selbst, Paul, der sich das Leben nahm, aus enttäuschter Liebe, und zwar, meiner Meinung nach, weniger der Liebe zu einer Einzelnen, sondern aus Sehnsucht nach Welt.

Was ist Welt? Was einem gegeben wird. Kammerer konnte sich viel nehmen, bei diesen und jenen trug ihm das einen schlechten Ruf ein. Aber was wurde ihm gegeben? Soll ich mich orientieren an dem von Shambhavi so bewunderten Alan Turing, dem Erfinder des Computers, der Turingmaschine, dem Entschlüssler der deutschen Geheimcodes während des Zweiten Weltkriegs? Dem ebenfalls so wenig gegeben wurde? An Charles Darwin, der von Haus aus wohlhabend war? An Carl von Linné, dem als Kind eines Geistlichen das Glück hold war: von einem zum anderen weitergereicht, bis er Rektor wurde? An Einstein, dessen Gehirn bei der Obduktion gestohlen wurde? Ja, ich sollte mir einen Max Planck zum Freund nehmen, der mich vorschlagt für eine Professur in Zürich. Zusätzlich fehlt mir nur noch eine »Explosion an Genie« (ich zitiere jemanden, an den ich mich nicht mehr erinnere).

AUCH ICH WILL IN WIEN ANERKANNT SEIN, absurderweise, dort eine Stelle bekommen. Wien, eigentlich zum Vergessen. An MIT, Harvard, Princeton, Stanford, Berkeley sollte ich eine Stelle wollen, bin dort zwar noch mehr ein Niemand als in Wien, will aber sowieso nicht. Wünsche es mir nicht. Ich wünsche mir Wien. Ich arbeite ja mit Leuten zusammen, mit vielen. Sie sitzen in Thessaloniki, in Patras, in Rom, Bologna, Turin, Prag, Braunschweig, in Tirana sogar – Universitäten, von denen in meinem Fach, global gesehen, niemand spricht, niemand mehr spricht. Nein, ich bin nicht allein, ich korrespondiere, bin eingeladen zu Vorträgen, die ich absage. Bin, früher, bevor ich die Zucht hatte, in meinen ersten zwei Jahren als Doktorand, zu Kongressen gefahren. Zu vielen, verwirrend vielen. Jetzt scheint aber auch bei mir die Zeit vorbei, in der ich Wissenschaftler aus Leidenschaft sein konnte. Leidenschaft, wo das Leiden feststeckt in der Definition. Jeder, mit dem ich zu tun habe, fragt nach meiner *affilation*, *association*, eine -ion nach der anderen, geht davon aus, dass ich eine feste Anstellung anstrebe. Zugegeben, es sind nur Korrespondenzen. Doch auch der Korrespondenz wegen muss ich eine feste Anstellung anstreben, wenn ich nicht auf Dauer als Clown gelten will; ein anregender Clown, auch wissenschaftlich interessant, zumindest aus der Ferne, ich kenne mich (ein wenig).

Geh nach Singapur, sagte Mr. Pants unlängst beim Tanken. Er hat nicht unrecht, Mr. Pants, intuitiv gibt er mir einen guten Rat, gut, aber unbrauchbar. Singapur, wo ich doch nur hierbleiben will. Und gleichzeitig nach Wien zurück. Warum Wien? Weil ich dort geboren bin; weil ich schwach bin. *Sono un maledetto essere biologico come tutti, caro babbo.*

MENSCHEN TUN SELTEN ETWAS IN BÖSER ABSICHT; was ihre Zeitgenossen verletzt, geschieht oft aus Nachlässigkeit. Ein Glas Bier ist wichtiger als der Brief, der notwendige; so war es seit jeher.

FÜR VIELE DER KOLLEGEN, mit denen ich korrespondiere, für die meisten, würde ich sagen, ist die Fixanstellung das Höchste. Nicht ihr Forschungsergebnis ist, was letztlich zählt, sie happy macht am Gipfel ihres Könnens, nicht die Wahrheit, nach der wir alle suchen (auch wer behauptet, sie nicht zu brauchen), nicht nur Schiller im 18. Jahrhundert, auch Turing im 20., ich im 21., die Wahrheit über den Schmetterling (nur zum Beispiel), was zählt, ist die feste Anstellung, der Vertrag ohne Ablaufdatum. Meine Kollegen sind im Grunde Beamte und Bürokraten, Beamte der Wahrheitsfindung vielleicht, aber Beamte.

DAS IST DAS PROBLEM in der derzeitigen Wissenschaftswelt. Diejenigen, die auf Kosten der Steuerzahler großgezogen wurden, werden, wenn sie (halbwegs) groß sind, fallengelassen. So fühlen sie sich. *Into the gutter*, würde Shambhavi sagen. Nachdem sie ihr Leben lang, sagen wir 34 Jahre lang, so alt wie ich bald bin, dazu erzogen wurden, sich nicht mit Alltäglichem zu befassen, die Welt aus dem Sumpf des Alltäglichen zu ziehen, müssen sie unversehens praktisch sein. Ich mache niemandem einen Vorwurf. Ich habe nur vieles falsch gemacht. Nur das. Zumindest, wenn ich nicht jetzt aufhöre. Mir geht es um meine Zucht. Wichtigeres gibt es nicht, momentan, auch wenn es altmodisch ist; zu altmodisch, als noch für einen Projektantrag zu taugen.

EIN E-MAIL VOM PRÄSIDENTEN der Europäischen Schmetterlingsgesellschaft, bei der ich Vorstandsmitglied war, bevor ich mich so intensiv der Zucht zu widmen begann. Es trägt den Betreff: Warnung.

Liebe Freunde,

das ist ein typisches Beispiel dafür, wie Entomologen in Schwierigkeiten geraten, weil sie nicht die richtigen Genehmigungen haben. Vier europäische Wissenschaftler wurden vor wenigen Tagen in Chiang Mai, Thailand, verhaftet, während sie in einem Nationalpark Insekten sammelten. Einer der Verhafteten ist unser Freund Hans Czerweny aus Innsbruck, die anderen drei sind Entomologen aus Deutschland und Tschechien. Sie geben an, für das Sammeln der bei ihnen gefundenen rund tausend Schmetterlinge und Motten die Genehmigung des im Nationalpark stationierten Militärs gehabt zu haben. Dem Gesetz nach können aber ausschließlich die Nationalpark-Autoritäten solche Genehmigungen ausstellen.
Momentan warten die Kollegen auf ihre Gerichtsverhandlung, sie befinden sich zwar mittlerweile auf freiem Fuß, ihre Reisepässe wurden allerdings zusammen mit ihrem gesamten Material von der Polizei konfisziert.
Hans Czerweny ist einer der wichtigsten Experten für Bärenspinner weltweit und Verfasser des sechsbändigen Werkes »Motten von Thailand«. Die in der Expedition gesammelten Daten sollten die Grundlage für eine Revision von Band 6, Arctiidae, bilden.
Wenn der Fall gelöst ist, möchte ich in der News-Rubrik unserer Zeitschrift ausführlich darüber berichten. Er sollte eine ernste Warnung für alle Mitglieder unserer Gesellschaft sein, solche Dinge nicht auf die leichte Schulter zu nehmen.

Mit den besten Grüßen,
Robert

Ich lösche das E-Mail, entferne es auch aus dem Ordner, der die gelöschten Objekte weiter aufbewahrt.

ICH SCHALTE DAS ZWILLINGSGERÄT EIN. Irgendetwas stimmt daran nicht, die Farbwellen sind blass, wie gedämpft, statt den üblichen Geräuschen, statt Musik höre ich einen kaum hörbaren, aber äußerst unangenehmen Ton. Der lebensübertragende Apparat sendet nur Leere. Das Display mit den 16,7 Millionen Farben ist schwarz, verloschen; meine Großmutter hat es oft abgedreht, weil sie wegen ihres grünen Stars eigentlich blind ist, aber dann ist es auf Stand-by. Ich versuche meinerseits zu senden, sie hat das Gerät bei sich im Bett, schläft mit dem Ding; falls sie eingeschlafen ist, kann ich sie sanft wecken. Schlafen kann ich eh immer, weck mich nur, wenn du magst, Franzl, hat sie mir immer wieder zu verstehen gegeben. Ich schicke einen warmen Händedruck, streichle ihre Schulter vorsichtig, küsse ihr den Handrücken, die Wange. Nichts. Das Zeug muss kaputt sein, nach den paar Monaten schon, typisch chinesisches Erzeugnis. Ich krame nach den Bestellunterlagen, der Garantievereinbarung. Werde es direkt zurückschicken, Ersatz verlangen. Wo sind nur die Papiere?

Im Regal hinter mir befindet sich ein horrender Stapel angesammelter Zettel und Unterlagen, ich teile den Stapel in zwei Hälften, breite die eine vor mir aus; die andere fällt hinunter. Fluchend raffe ich alles zusammen, werfe es ins Regal; für so was habe ich keine Geduld. Bebend vor Unmut google ich den Namen des Apparats, den der Firma, die ihn mir geliefert hat, habe ich vergessen. Ich drehe und wende das Gerät, keine Gravur, kein Aufkleber, aha, sie wollen anonym bleiben, wenn sie solches Zeug liefern:

Lebensüberträger, als solchen habe ich ihn bestellt, und was überträgt er? Leere.

WARUM DENKE ICH NICHT AN TAPPES, Franz, der aus Prag kam und Brünn, elterlicherseits, Biochemiker, warum nicht an die Kollegin, die ich kennenlernte, als ich meine Promotionsurkunde abholte, Aicher-Berg, Daphne, Juristin, warum nicht an Cook, Michèle, Philosophin, warum nicht an Zierlinger, Albert, Physiker, der erst mit 45 österreichischer Professor wurde, Annon, Angelina, MIT, die berühmte, die niemand kennt, Ehrendorfer, Friedrich, Botaniker, dessen Kürzel EHREND hinter zahllosen Pflanzennamen steht, mir so vertraut, als würde ich »Brot« sagen, sein Buch, *der Ehrendorfer*, mit hauchdünnen Seiten, die beim Umblättern ein anderes Geräusch machen, anders als andere Bücher? Santi, Alexandra, *freelance*-Germanistin. Warum denke ich nicht an Wissenschaftler, die leben? Wir sind nicht schlechter als Darwin. Wir kennen ebenfalls die Gnade, ein Geheimnis zu finden, um das wir als Erste auf der Welt wissen. Die Feile der Sehnsucht. Feilt, feilt in mir, und nichts kommt zum Vorschein.

DAS TELEFON LÄUTET. Was für ein altmodisches Geräusch. Du Trottel, sagt mein Vater, warum bist du nicht erreichbar. Sie ist tot. Schalt dein Kastl aus.

ALS KIND WUSSTE ICH NIE VORHERZUSAGEN, wann Weihnachten sein würde, mir war nicht einmal bewusst, dass es in regelmäßigen Abständen stattfand. Jetzt weiß ich, wann Weihnachten ist, aber ich fange nichts damit an. Damals erwartete ich es enthusiastisch, obwohl ich nie wusste, ob es sich überhaupt noch einmal wiederholen würde. Ich hoffte einfach.

Ich gestehe, ich habe mich beworben. Ich habe es niemandem erzählt und irgendwie sogar vor mir selber verborgen, getan, als wäre es mir vollends gleichgültig; als wäre es nur ein Spiel. Ich habe mich in Wien beworben; ich habe mich in Zürich beworben. Von Zürich habe ich Nachricht, eine kurze Korrespondenz mit dem Dekan, es wird nichts mit mir und Zürich, aber der Dekan nimmt mich wahr, meine Person, Franz Wilhelm Rosalie Caspari, geboren 1980 in Wien, seit neun Jahren forschend auf der Insel Mangalemi, an der ausgestorben geglaubten Art *Calyptra lachryphagus*. In seiner letzten Zeile schreibt er mir Glück zu; ich will glauben an das Glück des Zürcher Dekans. Von Wien nichts, ich warte seit acht Monaten auf Nachricht aus Wien, wo ich mich beworben habe, ohne es mir selbst einzugestehen, auf eine von drei dort ausgeschriebenen Juniorprofessuren, für begabte Leute, hieß es, für Leute mit *leaky-pipeline*-Karrieren. Ich weiß nur, von einer *automatic reply* des Servers, dass sie meine Bewerbung erhalten haben.

III.

DAS FOLGENDE IST EIN SCHOCK FÜR ALLE, die ihn ein bisschen besser kennen. Er hat eine Birne mit Zyankali präpariert, dem Zyankali, das er benützt, um seine Gläschen für den Insektenfang zu füllen. Mindestens hundert solche Gefäße befinden sich in seinem Besitz. Darin kämen die Insekten, betäubt durch Blausäuredämpfe, auf humane Weise zu Tode, erklärt er jedem, der es wissen will (oder auch nicht) – einmal hat er so ein Gläschen sogar auf einer Tankstelle hergezeigt; diejenigen, die gerade an den Zapfsäulen standen, haben es unter sich herumgereicht. Der Tankstellenbesitzer, Mr. Pants, fragte, ob er es behalten dürfe: Franz Wilhelm Rosalie Caspari überließ es ihm ohne Zögern. Falter empfänden keinerlei Schmerz, ihr Nervensystem sei für Schmerz nicht gemacht – soweit man wisse, beeilt er sich jedes Mal hinzuzufügen, soweit es der Stand der Wissenschaft zulasse, darüber Aussagen zu treffen. Er ist, wie alle Wissenschaftler, vorsichtig mit konkreten Aussagen, spricht immer mit Vorbehalt. Die Birne hat er, wie Untersuchungen der präzise arbeitenden Polizei Mangalemis ergaben, ohne Vorbehalt präpariert. Die darin enthaltene Menge Zyankali hätte gereicht, einen größeren und schwereren Mann als Franz Wilhelm Caspari um die Ecke zu bringen, heißt es in einem internen Bericht.

Shambhavi, die ihn findet, ruft die Rettung, nicht ahnend, dass mit der Rettung die Polizei anrückt. Sie ist die Erste, die man einem Verhör unterzieht. Er sei »einfach nicht der Typ« für Selbstmord, sagt sie seltsam unberührt, wie es gar nicht ihre Art ist. Nicht dass das Interesse an einem ausländischen Wissenschaftler wahnsinnig groß gewesen wäre, oder dass man Shambhavi ernsthaft verdächtigt hätte, etwas mit dem Vorfall zu tun zu haben. Auch die Parallelen, die sich, abgesehen von der Wahl der Frucht, zu einem historisch bekannten Suizid im England der 1950er Jahre, auftun, fallen nur ihr auf. Ihr, weil sie der Autor dieses Freitods, Alan Turing, fasziniert und sie zwei Biografien von ihm gelesen hat, die eine von seiner Mutter verfasst, die andere von seinem Mathematiker-Kollegen Andrew Hodges. Turing hatte einen Apfel mit Zyankali präpariert und ihn im Bett gegessen, so zumindest die Vermutung. Im Gegensatz zu Casparis Fall hat bei Turing keine Untersuchung des Apfels stattgefunden. Man weiß nur, er starb an Zyankalivergiftung; erkennbar, laut Aussage von Pathologen, an der hellroten Schleimhautblutung, an dem Schaum um seinen Mund. Shambhavis Faszination für Turing hat keine erkennbare Ursache, außer der Tatsache, dass er, wie sie sagt, ein »irre genialer Mann war, ein Wissenschaftler, wie es selten einen gibt, einer, der am liebsten alles von Grund auf neu hergestellt hätte, bevor er es für ein Experiment verwendete, jemand, der jeden Tag bereit war, alles, was die Welt für gesichert hielt, in Frage zu stellen«. So weit zum Nutzen von britischer Collegeerziehung. Shambhavi sieht die angebissene Birne auf Franz Wilhelms Schreibtisch, sieht Franz Wilhelm an und denkt an Turing. Von ihren Gedanken erzählt sie der Polizei nichts.

Wie bei Turing (denkt sie) gibt es keine Abschiedsnotiz, keine erkennbaren Gründe. Vielleicht meinte er, seinen wissenschaftlichen Höhepunkt schon hinter sich zu haben, vielleicht waren zu viele seiner Artikel hintereinander abgelehnt worden, vielleicht hatte er (insgeheim) das Interesse verloren, sah aber, aufgrund der Besessenheit, mit der er bisher seine Karriere verfolgt hatte, und der (wissenschaftlichen) Einsamkeit, in die er sich bugsiert hatte – wer weiß das schon? –, keine andere Möglichkeit. Turings Mutter glaubte bis zu ihrem eigenen Tod an einen Unfall. Der Biograf Hodges, der sein Buch *thee old cause!* gewidmet hat, konstatiert als Todesursache Alan Turings die damals vehement vollstreckte Politik gegen Homosexualität, die im England der 1950er Jahre kriminell war und einen ins Gefängnis brachte, außer man erklärte sich bereit, medizinischen Experimenten zu dienen, was bei Turing dazu führte, dass ihm Brüste wuchsen. Aber er blieb auf freiem Fuß. Er hatte seine eigene, sehr riskante Auffassung von Freiheit, dachte Shambhavi (voll Bewunderung) bei der Lektüre der genannten Bücher.

Auf Franz Wilhelm Casparis Arbeitstisch findet sich nichts Bemerkenswertes, die üblichen Stapel von Manuskripten, ausgedruckte Fachartikel, ausgedruckte E-Mails von Kollegen, die eine oder andere Notiz, oder doch: Da findet sich etwas Bemerkenswertes, zwei Geräte, die keiner der Polizeibeamten zuordnen kann, Shambhavi identifiziert sie als »europäische Freizeitbeschäftigung«, ein Spiel, das man auf Distanz spielen kann, übers Internet, die Beamten geben sich mit dieser Definition zufrieden. Auch im Schlafzimmer und in der Küche findet sich nichts Bemerkenswertes. Die übrigen Zimmer betritt die Polizei – dank

Shambhavis Intervention – nicht. Sie fürchtet, die Falter könnten zertreten werden oder entwischen, oder durch die ungewöhnlich große Zahl Menschen in Räumen, die nur Franz Wilhelm und seinen Tieren vorbehalten waren, würde Keime eingeschleust, die in der Folge die Raupen oder Puppen umbrächten.

Ein Blick durchs Glas auf die Schmetterlinge, die von Rotlicht beleuchtet auf ihren feuchten Tüchern sitzen und daran saugen beziehungsweise rücklings von irgendwelchen Stängeln hängen und leicht mit den Flügeln schlagen, ruft eine totale Veränderung des Verhaltens der Polizisten hervor; eine sanfte Sympathie für Franz Wilhelm Rosalie Caspari, den Züchter solcher Kreaturen, stellt sich ein. Sie verlassen das Haus.

Shambhavi schließt die Tür hinter ihnen. Sie geht hinauf zu den Faltern; ich muss sie irgendwie füttern, denkt sie, Zuckerwasser kann doch nicht schlecht sein, warum habe ich mich nicht mehr dafür interessiert, wie er sie hält, ihn nach Details gefragt? Im Raum der Schmetterlinge ist kein Zucker zu finden. Sie geht in die Küche, kramt in den Laden, öffnet Kästen. Da, die Zuckerdose. Und ihr Gesicht ist nass. Sie löffelt zwei Esslöffel in ein Glas, füllt mit Leitungswasser auf, rührt um, bis der Zucker aufgelöst ist. Sie weint. Geht weinend hinauf, öffnet behutsam die Tür zu den Schmetterlingen, schlüpft hinein, will vorsichtig Zuckerwasser auf die weißen Tücher träufeln; da setzen die Falter sich auf ihr Gesicht.

IV.

DIE ELTERN HABEN SEINE VERSICHERUNG angerufen, den Rückholservice aktiviert, es gibt da diesen Passus. Morgen kommt ein Hubschrauber und bringt ihn ans Festland; von dort wird er mit der ersten Maschine nach Wien geflogen.

Du hast mit ihnen gesprochen?

Ganz kurz, Heinrich greift nach ihrem Arm. Was gäbe es auch zu sagen? Sogar die Gesten bleiben übrig. Als Accessoires, an denen man sich durchs Leben hangelt, wie an einem Geländer.

Sie sitzen in dem Zimmer, wo Caspari eben noch war, bevor er in den Kühlraum gebracht wurde. Er wurde ins von ihm gefürchtete und verdammte Krankenhaus eingeliefert, damit dort sein Tod festgestellt werden konnte. Auch hier in Port Blaise ist der Kühlraum ganz unten, denkt Heinrich, als hätten Spitäler eine globale Übereinkunft getroffen. Man lässt die beiden in Ruhe. Bleibt, solange ihr wollt, sagt eine Krankenschwester; sie bringt ihnen Tee, bringt ihnen *teacakes*.

Dass ausgerechnet du ihn gefunden hast, Shambhavi, es tut mir so leid. Er drückt ihre Hand. Sie entzieht sie ihm.

Ich habe ihn gefunden, weil ich immer alle Türen aufreiße, uneingeladen; eine logische Folge.

Jemand reißt die Tür auf. Sie wissen sofort, das ist kein Krankenhauspersonal. Der jemand stürmt mit weiten Schritten herein, auf die beiden zu, hinterlässt Spuren von Erde am graumelierten Fußboden. Es ist Mr. Pants.

Teacake, sagt er so laut, wie in diesem Raum bestimmt noch nie jemand gesprochen hat, ich habe es für dich geregelt. Wo ist er?

Was geregelt? Heinrich steht auf, spricht mit beherrschter Stimme.

Die Genehmigung, schreit Mr. Pants, die Fanggenehmigung für seine Biester, damit er wieder diese Kübel in die Bäume hängen kann.

Er wirft ein Dossier auf das leere Bett, dem man ansieht, dass vor kurzem noch jemand darin gelegen ist. Ist er gerade da drinnen? Mr. Pants deutet mit dem Kinn auf die Tür zur Toilette. Da steht alles Notwendige, in dem Dossier, schreit er weiter, ich kenne doch die von der Gemeinde, die tanken alle bei mir! Ein Gratistank, weißt du, was die dafür tun würden? Da kriegst du auch eine Genehmigung, den gesamten Baumbestand der Insel zu pressen und in ein Museum in Florida zu exportieren. Ist so.

Die beiden schauen ihn nur an. *Thank's man*, sagt Heinrich schließlich zu Mr. Pants, *we really appreciate it.*

Er ist tot, sagt Shambhavi dann, geradeheraus, er ist tot, Mr. Pants. Wir sind alle zu spät gekommen, alle.

Stumm sinkt der Tankwart in sich zusammen. Heinrich kann ihn noch halbwegs auffangen, den Fall hemmen, damit sein Kopf nicht am Metallrand des Bettes aufschlägt.

Gleich liegt er in einem anderen Bett des Spitals, in einem anderen Zimmer, Shambhavi und Heinrich beobachten, wie er sich langsam erholt.

Sorry, I am sorry, sagt Mr. Pants, so darniederliegend kaum mehr als er selbst erkennbar. So ein junger Mann, gesund, *good-looking. Why*, wiederholt er mehrmals, *why*?

Eine Welle des Medikaments tropft in ihn hinein, erreicht irgendwelche Rezeptoren. Gleichgültigkeit, flüstert Mr. Pants, Gleichgültigkeit stellt sich ein, eine Gleichgültigkeit, die ich ablehne, die mich aber übermannt. Sie werden alle sterben, irgendwann.

DIE ZEIT DER ERKLÄRUNGEN IST VORBEI, schrieb Caspari seinem Vater im letzten E-Mail. Er fügte dem E-Mail eine Fotografie von sich selbst bei, keine sonderlich gute, eine mit ausgestreckter Hand aufgenommene Fotografie im Garten seines Hauses, mit den Lebbeckbäumen im Hintergrund. Auf Casparis Arbeitstisch findet Heinrich, der an dem Abend noch einmal allein ins Haus zurückgeht, doch noch ein paar Zettel, die weder die Polizei noch Shambhavi für erwähnenswert befunden haben. Der ausgedruckte Scan eines Fotos: Casparis Vater. Am Rand eines Ackers steht er vor einem Zaun, hinter dem ein Pferd, ein blonder Haflinger mit braun-weißen Flecken, ihm den Kopf entgegenstreckt. Schlank und jung, dichtes Haar lang über der Stirn, den Arm erhoben und leicht angewinkelt, hält der Vater dem Tier die Finger unter die Nase. Die Sonne scheint, das Gras ist knallgrün. Das Foto hat einen weißen Polaroidrahmen. Der Vater lächelt, das weiß man, obwohl man ihn im Profil sieht. *Ja, es gibt Beweise, dass er mein Vater ist*, steht darunter handschriftlich vermerkt.

Es gibt einen weiteren Ausdruck, er liegt unter anderen Papieren, datiert auf den Mittwoch der Vorwoche, ein formelles Schreiben aus dem Rektorat der Universität Wien.

Sehr geehrter Herr Dr. Caspari!

Sie haben sich für eine unserer Juniorprofessuren (Kennzahl 6798) beworben. Für die drei neu geschaffenen Professuren haben wir insgesamt Bewerbungen von 54 KandidatInnen erhalten. Ihre Bewerbung war unter jenen 45 Bewerbungen, welche die erforderlichen Qualitätskriterien erfüllten und international begutachtet wurden.
Die überfakultär zusammengesetzte Jury hat auf Basis der Gutachten eine Liste der KandidatInnen, die zum Hearing geladen werden, ausgearbeitet.
Leider müssen wir Ihnen mitteilen, dass Sie nicht für das Hearing nominiert wurden.
Die Universität Wien hofft, in Zukunft weitere Juniorprofessuren ausschreiben zu können.
Wir bedanken uns für Ihr Interesse und wünschen Ihnen viel Erfolg für Ihre wissenschaftliche Tätigkeit.

Mit freundlichen Grüßen

Casparis Computer ist unverschlüsselt. Heinrich könnte, wenn er wollte, seine gesamte Korrespondenz lesen, alles betrachten, was der Freund geschrieben, fotografiert, angesammelt hat. Nichts an der Maschine ist personalisiert; den Desktop ziert das Standardgrau von Apple, keine Strandansicht. Nur die Folder haben auffallende Namen. *Zürgelbaumzünsler*, heißt einer, ein anderer *Kanincheninsel*, der nächste *Frau-Wald-und-ihre-Familie*, der folgende *Letzte Nacht*, wieder ein anderer trägt schlicht das Eigenschaftswort *stunning*, noch ein anderer *Häuser-die-mir-gefallen*. Heinrich klappt den Computer abrupt zu. Er will hier nicht jemanden entdecken, den er womöglich gar nicht kennt. Er will seinen Freund zurück, Caspari. Er klappt den Computer wieder auf, beginnt zu tippen, sucht nach der E-Mail-Adresse des Vaters; will ihm schreiben, will diese Familie kennenlernen, die Casparis.

»Es war ein Experiment, einfach ein Experiment, mit Ihnen hat es nichts zu tun. Das müssen Sie mir glauben, einfach glauben, ich bitte Sie! Das Naheliegende ist nicht immer das Wahre. Wissenschaftler ist ein einsamer Beruf. Für manche ist das Leben zu lang, so lang, wie es ist. Nicht nur wer Macht hat, trägt Verantwortung, das ist der Irrglaube, den manche zeitgenössische Philosophen verbreiten; jeder, der Verantwortung auf sich nimmt, hat Macht.«

Das kann er dem Vater nicht schreiben, nein. Er markiert den Text, kopiert ihn in ein leeres Textfile, markiert ihn neuerlich, löscht ihn aus dem E-Mail. Er darf dem Vater nicht von der Adresse Franz Wilhelms schreiben. Er öffnet sein eigenes E-Mail-Programm am Server, loggt sich ein, markiert die Adresse von Casparis Vater, kopiert sie ins Adressfeld. Dann tippt er: »Sehr geehrter Herr Caspari, mein herzliches Beileid, tiefer empfunden, als ich es Ihnen ausdrücken konnte vorhin am Telefon. Ich würde Sie gerne einmal treffen, würden Sie mir das ermöglichen? Ihr Heinrich, ein Freund Ihres Sohnes.«

Er korrigiert »herzliches« in »aufrichtiges« und »das ermöglichen« in »die Ehre erweisen«. Dann schickt er die Nachricht ab. Ungewöhnlich unwirsch drückt er den Computerschirm wieder auf die Tastatur, springt auf, schaut sich um, als müsse er Spuren verwischen. Warum gehört dieses verdammte Haus auch noch mir? Er sagt es hörbar.

Er will weg aus dieser vom Tod seines Freundes durchdrungenen Umgebung.

Unten am Stiegenabsatz fällt ihm Mrs. Banerjee ein; sie muss informiert werden. Im nächsten Augenblick hat er eine weinende Jane am Apparat, sie will ihn sofort sprechen, sofort, es könne nicht warten, sie sei schon zu spät dran damit, weitaus zu spät; eine akustische Flutwelle folgt dieser Aussage. Beruhigen Sie sich doch zuerst, wir können dann morgen … Nein, nein, so lange kann das nicht warten. (Na, wenn Sie sowieso schon zu spät dran sind, denkt er bei sich, ist das jetzt auch egal – ein typischer Gedanke, wie ich ihn habe, denkt er.) Ich muss Ihnen etwas gestehen, hört er zwischen den Schluchzern. Gut, dann kommen Sie eben. Kommen Sie zu mir. Kommen Sie, wohin Sie wollen. Machen Sie mir einen Vorschlag. Beruhigen Sie sich, bitte. Zu Ihnen, ich komme zu Ihnen, sagt Mrs. Banerjee.

Heinrich macht sich auf den Weg nach Hause, stellt dort zwei Gläser Wasser bereit; nicht, weil er selber durstig wäre, sondern weil es besser aussieht auf einem Tisch, gastfreundlicher, wie er findet. Auf einem Sessel legt er eine Packung Taschentücher bereit. Dort würde sie weniger auffallen, aber genauso in Reichweite sein. Bis die Haushälterin kommt, streckt er sich auf dem Bett aus, angezogen, inklusive Schuhen; damit die Wäsche sauber bleibt, lässt er seine Füße über die Bettkante ragen. Als er aufstehen muss, weil sein Telefon läutet, sind sie eingeschlafen. Er stakst auf steifen Beinen zur Kommode, Mrs. Banerjees Name blinkt am Display des Telefons; sie ist da.

Ich mache mir solche Vorwürfe. Sie setzt sich nicht hin. Nein, ich kann nicht sitzen, nehmen Sie es mir nicht übel. Ich hätte ihm längst sagen müssen, was ich wusste, spätestens, als mir die Schmetterlinge entwischten, spätestens dann. Aber es hat sich nie ergeben, verstehen Sie das? Es ergab sich kein ruhiges Gespräch zwischen uns, in all den Jahren nicht.

Sie hätten ihn nicht retten können, Jane, auch Sie nicht, hören Sie auf, sich zu quälen, das hat keinen Sinn.

Aber Sie wissen ja noch nicht, was ich weiß. Sie haben ja keine Ahnung!

Erzählen Sie mir, was Sie wissen.

Er tut sein Bestes, um gelassen zu wirken, ruhig; steckt seine Hände in die Taschen, die zittern, das darf sie nicht sehen.

SIE STEHEN IN EINEM JUGENDSTILHAUS IN WIEN vor einer doppelflügeligen Wohnungstür, Messingschild: Caspari. Die Flügel haben beide Glaseinlagen, vor denen sich schmiedeeiserne Verzierungen ranken, der Rahmen ist aus braunem Holz. Diese Tür hat das vergangene Jahrhundert völlig unbeschadet überstanden.

Hättest du dir das so vorgestellt?

Ich habe mir nichts vorgestellt.

Von drinnen ist Musik von Miles Davis zu hören. Als geöffnet wird, fliegen Papierpfeile auf den Gang heraus, zwei Buben knien schussbereit, je eine Schleuder im Anschlag.

Verzeihen Sie, unsere Enkel, schwer zu bändigen. Bitte, kommen Sie herein. Ein Herr von bescheidener Statur steht vor ihnen, fährt sich mit der Rechten zaghaft über sein schütteres Haupthaar, nachdem er sie ihnen gereicht hat. Bitte, wiederholt er. Alles an ihm ist ordentlich; das helle Hemd, die Weste darüber, die dunklen Jeans, in die eine Bügelfalte gepresst ist.

Sie sind also seine Freunde. Es ist mir ein enormes Vergnügen, darf ich Ihnen meine Frau vorstellen. Eine sportlich gekleidete schlanke Dame kommt ihnen entgegen, sie reibt sich die Handflächen an den Hüften, bevor sie ihnen die Hand gibt.

Wir sind das so gewohnt, Händegeben, ich hoffe, das stört Sie nicht.

We're so glad to meet you, sagt die Dame.

I am delighted, too! Shambhavi schenkt ihr ein Strahlen, ein Pfeil trifft sie am Bauch. Sie wirft ihn zurück.

Die Dame schüttelt drohend die Faust in Richtung Buben.

Sie schneiden die Pfeile aus alten Tetrapacks, wissen Sie, sagt sie auf Deutsch, die sammle ich noch immer fürs Recycling, obwohl längst erwiesen scheint, dass das Waschen der Verpackungen schädlicher für die Umwelt ist als das Wegwerfen: Ich wasche aus. Die Buben kramen in den untersten Laden der Speisekammer, wo Altpapier und Müll aufbewahrt werden, und finden dort ihre Waffen.

Was sagen Sie zu dieser Musik, fragt Herr Caspari, gefällt Sie Ihnen?

Heinrich übersetzt, das enthebt ihn vorerst einer Antwort.

Ich bin zu jung für diese Musik, lässt Shambhavi höflich via Heinrich ausrichten.

Das hat mein Sohn auch gesagt, genau so: Ich bin zu jung für diese Musik, Papa, hat er gesagt. Wieder streicht sich Herr Caspari über den Kopf. (Als würde er sich dauernd selber streicheln, wird Shambhavi ein paar Stunden später in der U-Bahn sagen, wenn die beiden zurück ins Hotel fahren.) Vor zwei Jahren, fügt er nachdenklich hinzu, hat mein Sohn das gesagt. Alter hängt nicht vom biologischen Alter ab. Mein Sohn, habe ich ihm gesagt, du bist älter geworden in den Jahren auswärts, es ist Zeit für Miles Davis. Ich hätte das nicht sagen sollen, ich hätte so dumme Sachen nicht sagen sollen. Bitte, machen Sie es sich bequem. Herr Caspari weist auf die Couch, mit einer Gebärde, die an Franz Wilhelm erinnert, denkt Heinrich, versucht diesen Gedanken Shambhavi mitzuteilen, ohne ihn auszusprechen, er berührt sie an der Hüfte. Sie setzen sich.

Oh, entfährt Shambhavi ein Ausruf, *the dog!* Ja, den Hund, vervollständigt Heinrich ihren Satz, wir haben ihn draußen angebunden, nur dass Sie wissen, im Stiegenhaus, ums Eck, dort, wo dieser Haken an der Wand ist, er scheint geradezu dafür gemacht, um Hunde dort anzubinden. Ich hoffe, das ist erlaubt? Aber nehmen Sie ihn doch mit herein, Herr Caspari springt sofort auf. Die Katzen, sagt seine Frau, wir haben zwei Katzen, bitte nicht, bitte lassen Sie ihn, wo er ist. Ich bringe ihm Wasser hinaus. Er wird doch nicht bellen? Der Boss hat gesprochen, da kann ich nichts machen, Herr Caspari setzt sich wieder. Keine Sorge, er ist gut erzogen. *A very smart dog!*

A lovely dog, kommt Frau Caspari aus dem Stiegenhaus zurück, der ist wirklich entzückend, was ist das für eine Rasse? Ein Windspiel, ein italienisches.

Der passt zu meinem Mann.

Wie bitte? Caspari senior schaut fragend in die Runde.

Er hört schlecht, wissen Sie, will aber keine Hilfe annehmen.

Unsinn, ich höre alles, habe ich nicht bisher auch alles problemlos gehört? Was kann ich dafür, wenn man so schlampig spricht! Komm, setz dich zu uns

Ich muss doch etwas servieren.

Nein danke, nein, nichts, gar nichts.

Setz dich doch endlich.

Also, ihr habt ihn noch gesehen, kurz bevor er …?

Frau Caspari springt auf, ich kann nicht sitzen, ich kann dabei einfach nicht sitzen bleiben.

Die Buben nützen ihre Chance für einem Ringkampf unter dem Tisch. Ruck, zuck hat Frau Caspari ein Wischtuch nass gemacht, tropfend nass, huscht auf leisen Sohlen zurück an den Tisch, unter dem es tobt, die Rücken krachen immer wieder von unten gegen die Platte; sie bückt sich, gut gezielt fliegt das Tuch dem Älteren ins Gesicht. Der packt es, drückt es dem Jüngeren fest auf die Nase. Beide kriechen mit Geheul unter dem Tisch hervor. Das Tuch bleibt liegen. Hinaus mit euch, Frau Caspari scheucht die Buben vor sich her ins Nebenzimmer.

Verzeihen Sie, sagt Herr Caspari, wischt sich mit einem Stofftaschentuch über die Augen, das ist alles zu viel für uns … Meine Tochter arbeitet, deswegen haben wir die Kinder.

Wir können auch wieder gehen, kein Problem, Heinrich hört sich Phrasen dreschen. *We won't go!*, unterbricht ihn Shambhavi, *relax*.

Genau, sagt Herr Caspari, machen Sie es sich gemütlich, wir wollen Sie ein Weilchen dabehalten. Was gibt es Neues von seinen Tieren?

Sind Sie auch Biologe? Nein, keineswegs, mir liegt nur an Tieren. Das ist alles. Sie waren sein Lebensinhalt, deswegen frage ich. Er hat mir mehr als einmal erklärt, dass er die Weltpopulation dieser Art vor dem Aussterben gerettet hat; dass er deshalb nicht zurückkann nach Europa, nicht einmal für seinen Geburtstag konnte er kommen, der wäre am Tag danach gewesen, einen Tag nachdem er sich … und jetzt ist alles umsonst gewesen, er hätte genauso gut …

Nein, sagt Heinrich, seinen Tieren geht es gut.

Wie das? Vater Caspari ringt nach Fassung. Ich brauche ein Glas … Wasser, Sie auch?

Zwei Köpfe werden parallel geschüttelt.

Sie vermehren sich unter der Obhut der Haushälterin.

Eine Biologin?

Nein, ein überraschendes Talent.

Der Vater blickt unbestimmt vor sich hin, er hat den Satz nicht verstanden.

Talent?!

Wusste er das?

Nein.

Aber … wie konnte er …? Vater Caspari schaut die beiden verzweifelt an. Er fragt sich, wie viel sie wissen, ob sie mehr über ihn wissen, als er über sie; ob sie seinen Sohn besser kennen, als er ihn kannte.

Niemand kennt Ihren Sohn besser als Sie, nehmen Sie das von mir an, ich bitte Sie, sagt Heinrich mit Nachdruck. Wir kannten sein Zuchtgeheimnis auch nicht, bis uns die Haushälterin darüber aufklärte; sie hat es nach und nach entdeckt, sagt sie, ganz selbständig. Keiner von uns hat die wissenschaftlichen Arbeiten Ihres Sohnes je gelesen; wenn er uns etwas erzählte, war es gut, aber er wollte uns nicht mit Details langweilen, wie er sagte. Wissenschaftler sein bedeutet auch einsam sein, das hat er einmal gesagt. Aber seien Sie versichert, Franz war auf der Insel nicht allein, er hatte mehrere Bekannte.

Wieder der unbestimmte Blick des Vaters. Er versteht

nur die Hälfte, denkt Heinrich, aber was kann ich dafür? Er bemüht sich, jedes Wort sehr deutlich zu artikulieren, eventuell kann er Lippenlesen.

Ich habe im Wald Eier ausgesetzt, ich will eine wilde Population etablieren. Lachen Sie nicht! Shambhavi mischt sich ins Gespräch und schafft es wieder: Sie bringt den trauernden Vater zum Zähnezeigen.

Sie haben Schmetterlingseier ausgestreut?, fragt er.

Ausgesetzt, auf sorgfältig ausgewählten Pflanzen, an der Stelle, wo er damals das erste Weibchen seiner Zucht sammelte.

Doch das Zuchtprogramm der Haushälterin erweist sich als noch effizienter als meins. Sie lächelt; der Vater lächelt zurück.

Mrs. Banerjee schlug vor, sie könne sich um die Schmetterlinge kümmern, bis wir eine Lösung gefunden hätten. Sie bot es uns an. Ohne Geld, einfach so. Einfach, einfach, einfach; dieses Wort klingelt den dreien in den Ohren. Sie tut's einfach, sagt Shambhavi nochmals, sie tut's einfach gern. *Just likes it, and with great success.* Sie kann's besser als wir alle.

Mrs. Banerjee kommt und geht, täglich, einige Weibchen legen immer ein paar Eier. Ich bezahle sie mittlerweile ganz redlich, ich habe eine Stiftung dafür geschaffen. Heinrich kommt zur Sache.

Eine Stiftung?

Die Caspari-Stiftung, sie unterstützt junge Wissenschaftler, unkompliziert und unbürokratisch. Das kommt für Sie vermutlich zu rasch, mag Ihnen übereilt scheinen, aber es ging nicht anders.

Mrs. Banerjee weiß, was die Tiere brauchen, sie hat

Franz schon länger bei seinem Zuchtprogramm unterstützt; ohne dass er es gemerkt hat. Die Haushälterin weiß es besser als wir alle.

Heinrichs Stimme klingt amüsiert, als er beschreibt, wie Mrs. Banerjee die Falter füttert. Zuckerwasser auch, sagt er, aber das ist nicht das Wichtigste, sie hat es mir detailliert erläutert. Also, was sie macht: Sie kratzt Vogeldreck zusammen, vom Vordach, von den Zaunpfählen, wo sie eben was findet, verrührt ihn mit Wasser, und stellt die Schälchen den Schmetterlingen hin. Sie sind ganz wild darauf. Sie habe das schon immer gemacht, auch vorher, sagt sie; Franz wusste nichts davon. Weil sie gemerkt hat, dass ihm etwas Sorgen bereitete, die Falter öfters »nicht gut drauf waren«, so nannte sie es, hat sie überlegt, »was man ihnen zufüttern könnte«, und nach reiflicher Überlegung ist sie draufgekommen, hat das Richtige gefunden, nach einigen Experimenten, wie sie mir erklärt hat.

Hatten die beiden ein enges Verhältnis? Der Vater fragt es zögernd, plötzlich wirkt sein Gehör wieder einwandfrei.

Nicht so eng.

Wollt ihr ein Bier, fragt er, vielleicht?

Sie nicken, synchron. Bin schon unterwegs, ich hole meine Frau.

Bis sie zurückkommen, dauert es mindestens eine Viertelstunde; beide zerknüllen Taschentücher in den Fäusten.

Herr Caspari stellt fünf Gläser auf den Tisch, unsere Tochter müsste bald heimkommen; er schenkt ein.

Auf euch, sagt er.

Auf Caspari, sagen sie.

Von draußen ertönt ein Winseln: das italienische Windspiel!

V.

WISSENSCHAFT GEHT NIE GUT ODER SCHLECHT AUS, Wissenschaft ist immer der Beginn. Geografisch sind wir weit weg vom Anfang, eine kleine Zeitverschiebung weit, vier Stunden. Eine Stadt, in die im letzten Jahrhundert viele geflohen sind, besonders aus Wien, eine Dame, Ruth Kollner, sie erreichte sie 1938, wurde kürzlich hundert. Heinrich war bei der Feier, er baut Kontakt auf zu den österreichischen Vertretungen in England, hat an der Botschaft vorgesprochen. Man war nicht unhöflich.

Er geriet in ein Gespräch mit dem Botschafter, der über Caspari gelesen hatte. Das muss ein interessanter Mann gewesen sein, sagte der Botschafter, begabt. Ich war mit ihm befreundet, entgegnete Heinrich, eng befreundet. Mein Beileid, sagte der Botschafter, es muss ein Schock für Sie gewesen sein. Ja, sagte Heinrich, das war es. Ich habe auch über diese Rechtssache gelesen, fuhr der Botschafter fort. Wo er das gelesen hatte, wie das an die Öffentlichkeit gelangt war, blieb unklar; diesbezügliche Fragen beantwortete er gekonnte ausweichend, diplomatisch geschult. Heinrich empfand eine gewisse Bewunderung für diesen Mann, der jünger war als er selber und so gewandt; brachte sie zum Ausdruck.

Heinrich fühlt sich wund seit Casparis Tod, wund und

folglich offener für andere, seltsamerweise, wie er feststellt, bereit, seine Sorgen zu teilen.

Ich hoffe nur, wir bekommen deswegen keine Probleme, sagte er zum Botschafter, als Erben meine ich. Es könnte jemandem einfallen, den Erben Gerichtskosten anzulasten, auch wenn der Beschuldigte nicht mehr lebt, das hat es gegeben. Der Botschafter schmunzelte, Sie werden den Fall vergessen, mit der Zeit, er wird in den Akten untergehen. Heinrich bedauerte gleich, sich zu solcher Offenheit hinreißen haben zu lassen. Er war dabei, Vertrauen in das österreichische Staatswesen zu fassen, Vertrauen, das unerlässlich war, wollte er seine Stiftung so führen, wie er sie zu führen gedachte. Der Botschafter sieht alles lockerer, er ist die personifizierte Lockerheit. Heinrich hingegen will mit seiner doppelten Erbschaft sorgfältig umgehen, alles richtig machen, alles offenlegen; ab jetzt.

Sagen Sie, leitete er seinen Einwand vorsichtig ein, sich erinnernd, was er von Franz Wilhelm über die angeblichen Eigenheiten des Österreicherseins gelernt hatte, und wie er Franz widersprochen hatte, welch ein Unsinn das sei, im momentanen Europa eine Gemeinsamkeit zu erfinden, die man an die Grenzen eines willkürlich geschaffenen Verwaltungsterritoriums binde, eine willkürlich errichtete Kollektivität, nannte er es, als wäre ein Staat ein Betrieb, dem man durch Geburt zuwächst. Ich habe mehr mit einem Altphilologen in China gemeinsam als mit einem Schweizer Jäger, betonte er damals, und musste sich von Franz scharf widersprechen lassen.

Sagen Sie, wiederholte er, denn zum Österreichersein gehörte ein Hang zur Wiederholung und in der Folge eine unerschütterliche Geduld, eine Tugend, die er sehr schätzt, ist es nicht undiplomatisch, auf indische Unordnung zu vertrauen, sozusagen (das war ein Franz-Wilhelm-Wort) fast … rassistisch? Er war überrascht, wie ruhig der Diplomat blieb; Heinrich war nach den wenigen Sätzen schweißgebadet. Im Gegenteil, sagte der Botschafter, es ist die Basis der Diplomatie, Vertrauen – warum nicht auch auf das Chaos?

Auf irgendwelchen Abwegen gerieten sie zu Anekdoten über Franz Wilhelm Rosalie Caspari. Gegen seinen Willen verstrickte Heinrich sich darin, lauter Details aus dem Leben seines Freundes preiszugeben. Sobald er sie aussprach, kamen sie ihm schal vor, hätte er sie am liebsten mit einem Strohhalm in seine Kehle zurück gesaugt. Der Strohhalm, der auf dem Untersetzer lag, auf dem er auch seinen Drink balancieren musste, wollte er wohlerzogen sein (wie sein Gegenüber), glitt im Lauf der Unterhaltung in die Tiefen zwischen die Beine der Gesellschaft. Er verstrickte sich in Erklärungen, die die in der Nacherzählung zum Redeaccessoire verkommenen Handlungen seines Freundes, des anerkannten Wissenschaftlers Caspari, rechtfertigen sollten. (Ich rede, also bin ich, schalt er sich, konnte aber nicht mehr aufhören; er wurde geredet – von sich selbst.) Manchmal sei es notwendig, etwas zu sammeln, sagte er, für das man keine Genehmigung habe, absolut notwendig, der Botschafter neigte vorsichtig den Kopf: ein halbes Nicken. Die Lachspinne, die Caspari seinem Doktorvater aus Hawaii mitgebracht hatte, beispielsweise, der Doktorvater, aus Innsbruck sei er gewesen, habe sich unsagbar gefreut, dieses Tier zu Gesicht zu bekommen und seiner Sammlung einverleiben zu können: Es hat auf dem Rücken ein Muster wie ein lachender Mund und zwei Augen darüber, inklusive gehobener Brauen. Ich wiederhole hier nur, was Caspari mir erzählte, mit eigenen Augen habe ich so ein Tier niemals gesehen. Bald darauf starb der Doktorvater; beim Wandern in den Tiroler Bergen, auf Spinnensuche, denn er war immer auf Spinnensuche. Hätte Caspari einen Antrag gestellt (da kam die Schlusspointe), auf Exportgenehmigung einer *Happyface* aus Hawaii, wäre der Doktorvater gestorben, ohne je ein Exemplar gesehen zu haben.

Vertrauen Sie auf die Unordnung, wiederholte der Botschafter.

ICH WERDE SOGAR UNTERRICHTEN, das Semester beginnt nächste Woche, ein Seminar für Bachelor-Studenten, »Life on Earth«, der Titel stand schon fest. Shambhavi kichert. Ich werde dich einladen, ein Gastreferat zu halten. Ich bin vom falschen Fach, sagt Heinrich ruhig. Er ist bei ihr zu Besuch, in ihrem Büro am UCL (University College London), sie teilt es mit drei anderen, die sind aber gerade in der Kantine; sie hat eine PhD-Stelle. Es hätte ihn gefreut, glaubst du nicht, er wäre froh gewesen, dass ich diese Laufbahn einschlage. Kann sein, gesteht er ihr zu, kann sein. Er will sie nicht beunruhigen. Sie wohnen inzwischen zusammen. Es ist ein Versuch, hat er zu ihr gesagt, wir probieren das; sei bitte nicht enttäuscht.

Wenn du froh bist mit deiner Laufbahn, wenn du nur froh wirst, sagt er jetzt zu ihr. Du hast einen guten Platz, gute Aussicht. Shambhavi schaut, wenn sie an ihrem Tisch sitzt, auf die Gower Street, auf ein Transparent mit der Aufschrift »Working in London, for Londoners«.

Ihre Augen verfolgen eine Bewegung, sie schaut nicht

hinaus, sondern auf die verglaste Wand hinter ihm, wo sich Falter bewegen. Die Mützchen, das würde Franz aber freuen! An der Uni, ihrem Arbeitsplatz, getraut sie sich nicht, ihm zu nahe zu kommen, obwohl mittlerweile alles offiziell ist. Sie kennen ihn.

Er nickt. Was bleibt ihm anderes übrig. Wir ernähren uns von der theoretischen Freude, die wir unseren Verstorbenen attestieren, denkt er, ist das ein Zitat?

Mrs. Banerjee schickt mir nächste Woche noch mehr davon, lebendige Fracht. Die finden mein Projekt hier richtig gut, Shambhavi ist begeistert wie eh und je, sie ist außerdem hier zu Hause, ich hatte doch heute den Vortrag vor den Mitgliedern meines Departments, auch die Profs, es gab viele Fragen, so viele, dass wir abbrechen mussten, das ist doch ein gutes Zeichen?

Er nickt wieder. Er liebt sie schon sehr, will ihr das zeigen.

Sie glauben mir auch, dass *Calyptra lachryphagus* ein guter Modellorganismus werden könnte, jedenfalls schön für Studenten, für den Anfang, kleine feine Experimente … Das einzige Unangenehme ist der Geruch, die Zuchten von Franz waren ganz geruchsneutral, momentan brauche ich eine gute Entlüftung. Vogeldreck gibt's in London zwar genug, aber … auf Dauer werden wir eventuell auf künstliche Nahrung umsteigen müssen. Ich werde regelmäßig nach Mangalemi reisen. Das ist ihnen auch recht; trotz der Lehre, die ich zu machen habe.

Sie ist erstaunt, glücklich.

Er sagt nicht: Du hast aber auch Geld hinter dir, du hast eine Stiftungsstelle, eine der zwei jährlich ausgeschriebenen Stellen der dem Andenken Casparis gewidmeten Stiftung; Geld, das strikt gebunden ist an die Forschung an einer in den Statuten genau festgelegten Nachtfalterart, Geld, das ich daran gebunden habe.

Wir werden sehen, wie weit sie uns bringen, die Mützchen, sagt er im Aufstehen, bis später. Wie kann er ihr nur zeigen, wie sehr er sie liebt?

Bye, Happy, sagt er zu ihr. Sie spürt es, denkt er, es geht gar nicht anders, sie spürt es, ohne dass er sich äußert; in ihm ist das Gefühl so stark, so hoch, er schwappt über.

Arten sind Dinge, die in unseren Köpfen geschehen, sagt er dann ganz unpassend, schon von ihr abgewandt, Franz Wilhelm hat mir das beigebracht; wir werden sehen, wie weit wir mit dieser Art kommen.

ENDE

Irene Ruttmann

Adèle

Roman

160 Seiten. Zsolnay 2015

»Da saß sie auf einer schmalen Holzbank … Sie trug einen langen grauen Rock, die Füße steckten in schweren Männerschuhen. Und dann diese leuchtend rote, dicke Jacke, die fuhr mir in die Augen, als hätte ich seit hundert Jahren das erste Rot wieder gesehen.«
Nach dem Fronteinsatz als Krankenträger ist der zwanzigjährige Drogist Max im Dezember 1916 im besetzten Gebiet an der Aisne. Mangel an Nahrung, Kälte und die allgegenwärtige Todesnähe setzen den Soldaten auch hier zu.
In einem verlassenen Ort sucht Max nach Kräutern, um die Bauchschmerzen seiner Kameraden zu lindern, als er Adèle trifft. Salbei, Cognac, eine bescheidene Mahlzeit bekommt er von ihr. Und ganz behutsam entwickelt sich eine Zuneigung während der blutigsten Schlachten des Ersten Weltkriegs.
Irene Ruttmann versteht es, diese fast sprachlose Liebe auf so sinnliche und unprätentiöse Weise zu erzählen, dass ihr kleines Buch zu einem großen Roman wird.

»Wie ruhig und doch anrührend diese Geschichte erzählt wird, das hat mich tief beeindruckt.« Martin Pollack

Richard Schuberth

Chronik einer fröhlichen Verschwörung

Roman

480 Seiten. Zsolnay 2015

Vor der Tür des siebzigjährigen Philosophen Ernst Katz steht die Schülerin Biggy. Sie kennen einander von einer Bahnfahrt: Katz, dem verschrobenen letzten Mohikaner der Kritischen Theorie, war das Mädchen wegen seines scharfzüngigen Mundwerks aufgefallen. Mit einem Wiedersehen hatte er nicht gerechnet. Er nimmt Biggy bei sich auf und weiht sie ein in seinen Plan, den »Holocaustroman« eines Jungschriftstellers zu verhindern – einen Roman über eine außergewöhnliche Frau, mit der Katz ein Geheimnis verbindet. Doch ihre kühnen Methoden drohen zu scheitern. Richard Schuberths Debüt ist ein moderner Schelmenroman und eine rasante Außenseiterballade zweier ungleicher Zeitgenossen.

»Da werden keine Locken auf einer Glatze gedreht, sondern kluge, manchmal kontroverse Gedanken in eine sprachliche Form gebracht, die Literatur erst zu Literatur macht.«

Thomas Rothschild, *Die Presse*

»Schuberth beweist, dass kritisches Denken, verpackt in einen witzigen Plot, lustvolle Unterhaltung ergibt.« Sophie Weilandt, *ORF*